MILENA
Verlag

W0403458

Dreck, lass nach

(Rosa)

Rosa gegen den Dreck der Welt

Roman

von

Nadja Bucher

MILENA Verlag

DANKSAGUNG

Ich lobe und preise langweilige Hochzeiten –
zwei selige Freundschaften fanden dort ihren Beginn.

Ewigen Dank schulde ich dem WG-Küchentisch,
an dem einst ein Mann mit Hut und Hosenträgern saß.

Anfrage

Rosa stützte sich am Holzstiel ihrer Bodenbürste ab. Sie war erschöpft und wollte ohne großen Kraftaufwand nachhause. Ein Gespräch mit Frau Bräuner, Rosas karrieristischer Kundin, die Beruf, Familie, Ehe und sich selbst offiziell bestens im Griff hatte, war da völlig unpassend. Frau Bräuner hatte soeben nach Rosas Auslastung gefragt, denn eine Bekannte brauchte Unterstützung im Haushalt. »Da hab' ich sofort an Sie gedacht. Für Sie leg' ich, ohne mit der Wimper zu zucken, die Hand ins Feuer.«

Frau Bräuner hatte ein Faible für Sprichwörter, die sie ihrem Gegenüber schnell, hektisch und stets so um die Ohren schlug, als wollte sie das neueste Portfolio mit 25 Prozent Gewinngarantie mitliefern. Rosa presste ihre brennenden Augen zusammen, um Bedenkzeit herauszuschinden. Die Wohnung läge im achten Bezirk, sagte Frau Bräuner, »einen Katzensprung von Ihnen entfernt«. Rosa bräuchte nur in den J-Wagen zu steigen, »das ist doch nicht der Rede wert«.

Rosa dachte an die zuckelnde Straßenbahn, die 0,03 Kilowattstunden pro Fahrgastkilometer verbrauchte und obendrein Mineralstaub mittels Schienenabrieb verursachte. Alles klarerweise eine Lappalie im Vergleich zum viermal so hohen Verbrauch eines vollbesetzten PKWs, die Energiebilanz der Produktion nicht mitgerechnet. Aber wie viele PKWs fuhren schon vollbesetzt durch diese Stadt? Da saß doch immer nur einer drin. 59 Prozent der täglichen Wege wurden mit dem

Auto zurückgelegt, nur noch 18 Prozent zu Fuß. In den letzten 12 Jahren war die Zahl der Autos in Österreich auf 4,5 Millionen gewachsen – viermal so stark wie die Bevölkerung. 700.000 Autos in Wien erzeugten 30 Prozent der CO2-Emissionen. Das sagte ja schon alles. Autos waren jenseitig – Rosa fuhr Rad. Alle Strecken. Sofern das Wiener Wetter nichts dagegen hatte. Sie benötigte weder den J-Wagen noch Autos noch Züge. Die verbrauchten auf einer Strecke von Wien nach Salzburg bei durchschnittlich 200 km/h, 9,2 Kilowattstunden pro Fahrgast. Ein Auto bei 130 km/h hingegen 246 Kilowattstunden. Wenn *zwei* drin saßen!

Aber Frau Bräuner gönnte Rosa diese Gedanken nicht, sie drängte zu raschem Entschluss. In der Bank hatte sie gelernt, dass Finanzprodukte eine schnelle Kaufentscheidung erforderten. Sofort oder nie, hieß es in den Verkaufsseminaren. Dass Frau Bräuner diese Lehrinhalte gleich in allen Lebensbereichen anwendete, war ihre persönliche Note. Rosa erinnerte sich an das Ehepaar Pospischil, das den Mittwochvormittagtermin innegehabt hatten, von denen sie sich aber vor einigen Wochen getrennt hatte. Die flächendeckenden Spannteppiche und der noch immer nicht ganz stubenreine Bobtail Lucky waren Rosa zu viel geworden.

»Nein, nein, Haustier hat sie keins, bitte, vielleicht einen Vogel, wer weiß das schon so genau«, versicherte Frau Bräuner auf Rosas Frage hin und setzte ihrer Bemerkung noch ein »Scherzerl« hinterher. Mehr brauchte Rosa über ihre neue Kundin nicht zu wissen und mehr Informationen hätte Frau Bräuner ihr auch nicht liefern können. Denn Frau Bräuners Wissen über andere Menschen glich ihrem Interesse an ihnen und war somit gleich null. Rosa teilte ihr mit, dass sie nur mittwochs von neun bis zwölf frei hatte. »Das passt wie ein Handschuh, Sie sind ein Schatz, ich wusste ja, auf Sie ist Verlass. Hören Sie zu, wir machen gleich Nägel mit Köpfen. Ich leite alles in die Wege, und Sie werden kommenden Mittwoch um neun Uhr in der Lederergasse 35/7a erwartet. Hier, die Wohnungsschlüssel, damit Sie unten bei der Haustür reinkommen.«

Frau Bräuner fuchtelte mit einem schlanken Schlüsselbund vor Rosas Gesicht herum. An einem Ring hingen vier Schlüssel, zwei davon hatten farbige Plastiküberzüge. Polymere, dachte Rosa. Frau Bräuner erklärte noch, welcher Schlüssel für welches Schloss zuständig war, als ob Rosa das nicht vor Ort herausfinden konnte.

»Mir fällt ein Stein vom Herzen!«, rief Frau Bräuner, nachdem sie Rosa 55 Euro in die Hand gezahlt hatte. Die schulterte ihren Stoffrucksack, der einen Packen alte Zeitungen, einige leere Papiermüllsäcke, eine Flasche Essig und vier feuchte Baumwollfetzen beinhaltete, ergriff Bodenbürste und Holzbesen und verließ die bunte Bräuner'sche Wohnung. Noch im Stiegenhaus rief ihr Frau Bräuner nach: »Jetzt ist alles unter Dach und Fach, das lief ja wie am Schnürchen!«.

Vor dem Haus trieb Wind seitlichen Schneeregen die schnurgerade Brünner Straße entlang. Rosa zog die Schultern hoch. Sie fror trotz gefütterter, knöchelhoher Schuhe, Schafwollpullover und Walkjanker, Handschuhen, Strickmütze und Schal. Der Zweiunddreißiger donnerte vorbei, was bedeutete, dass Rosa bis zur nächsten Straßenbahn diesem Wetter hier in Stammersdorf ungeschützt ausgesetzt war. Temperaturen knapp unter dem Gefrierpunkt verhießen Glatteis und ein langes Anhalten der auf Gehsteigen, Radwegen und Straßenecken angehäuften Schneerückstände. Rosa hasste den Winter in dieser Stadt. Er zwang sie runter von ihrem Rad und hinein in öffentliche Verkehrsmittel.

Mit Holzbesen und Bodenbürste in der Hand stapfte sie wie der Heilige Nikolaus zur Haltestelle. Sie wusste ganz genau, dass sie deswegen im Zweiunddreißiger wieder jede Menge Leute blöd anstarren würden.

Hatscheks Wohnung

Nach dem dunklen Stiegenhaus hatte sie die Helligkeit des Vorzimmers nicht erwartet. Das Licht kam durchs Fenster am Ende eines kurzen Flurs. Vor dem Fenster stand ein Marmortisch, wie man ihn häufig in Wiener Kaffeehäusern antraf. Darauf lag die für sie bestimmte Karte. Natürlich wartete niemand auf Rosa. Sie hätte darauf wetten können. Schließlich überließ man seine Wohnungsschlüssel keiner Unbekannten, wenn man davon ausging, ihn ihr auch persönlich überreichen zu können. Das tat man nicht. Nicht einmal, wenn es sich bei der Unbekannten um eine Putzfrau mit guten Referenzen handelte. Außer eben, man wusste im Vorhinein, dass man an deren erstem Arbeitstag nicht anwesend sein würde.

Rosa ließ die Wohnungstür ins Schloss fallen, lehnte Bodenbürste und Besen gleich neben dem Eingang an die Wand, stellte ihren Stoffrucksack auf den Boden und steckte die Schlüssel in ihre Hosentasche. »Stell' da vor, putz' ich draußen das Schild, klingelt drinnen mein Handy. No, will ich aufsperren, aber hab' ich nix Schlüssel. Liegt drinnen neben Handy. Na, stell' da vor«, hatte ihr Ludmilla erzählt und Rosa, als gelehrige Schülerin, hatte sich diese Geschichte zu Herzen genommen. Seither verwahrte sie alle Schlüssel nah am Körper. Obwohl sie kein Handy besaß.

Rosa nahm die Karte vom Tisch. 55 Euro fielen heraus. Ihr Honorar für drei Arbeitsstunden samt Materialkosten. Das Kärtchen entschuldigte sich für den verpassten ersten Arbeitstag. »Unverhoffte Ereignisse gestatten es mir leider nicht, anwesend zu sein. Auf bald.« Gezeichnet mit freundlichen Grüßen. Eine unleserliche Kraxe saß unter der sonst fein säuberlichen Handschrift. Rosa beschloss nach mehreren Entzifferungsversuchen, die Unterschrift auf *Hatschek* festzulegen. Sie war enttäuscht, in Bezug auf die Abwesenheit ihrer neuen Kundin Recht behalten zu haben. Sie hätte sich lieber geirrt. Aber so waren die Menschen. Nicht einmal ihre Putzfrau interessierte sie. Überließen ihre Wohnungsschlüssel einfach einer wildfremden Person.

Rosa legte die Karte weg, schlüpfte aus ihren gefütterten Lederschuhen namens *Eisbär* von *GEA* und hängte ihren Walkjanker an die Garderobe neben dem Fenster. Sie schaute hinaus. In einem großen Hof schaukelten drei kahle Platanen wie Reisigbesen im Wind. Sie waren von einem betonierten Spielplatz und einer Hundezone umgeben. Im Erdgeschoss des gegenüberliegenden Hauses sah Rosa den im Sommer sicherlich kühlen Gastgarten eines asiatischen Restaurants. Jetzt allerdings war der Garten eine Fläche aus Waschbetonplatten, begrenzt von graustaubigem Bambusgestrüpp in sonnenverblichenen Plastiktöpfen.

Rosa wendete ihren Blick von der tristen Aussicht ab, die ein Wintertag Anfang Jänner mit aller Kraft unterstützte. Es war gewiss ein starkes Stück, einer Unbekannten Zutritt zur eigenen Wohnung zu gestatten; Rosa wunderte sich über dieses blinde Vertrauen, das ihr entgegengebracht wurde, empfand es als Missachtung ihrer Person, fühlte sich dadurch aber auch geschmeichelt und roch hinter Hatscheks Sorglosigkeit imponierende Dekadenz und Weitblick. Von Rosa ging ja wirklich keinerlei Gefahr aus. Da hatte Hatschek Glück gehabt. Trotzdem wollten Rosa bisher alle Kundinnen vor Arbeitsantritt kennenlernen. Was auch immer das heißen mochte. Eine fremde Frau zu sehen, die ihnen immer fremd bleiben würde und die es gerade mal so weit einzuordnen galt, um sie in den eigenen Räumlichkeiten zu dulden. Rosa wusste, dass sie ihren Kundinnen viel abverlangte. Sie hielt sich in deren Privatsphäre auf und erhielt Einblick in Intimitäten, die selbst engen Freunden verwehrt blieben. Sie verstand das tollpatschige Bemühen um Einschätzung ihrer Person. Ob sie Böses im Sinne hatte, ob sie zurechnungsfähig war, ob sie mehr Nutzen als Schaden brachte. Alles wollte beim ersten Treffen eruiert werden. Dringlicher als beim ersten Rendezvous. Denn danach musste niemand mit nachhause genommen werden. Aber Rosa stand beim ersten Besuch immer schon mitten in der Intimsphäre. In diesen Momenten spürte sie ihre Überlegenheit und konnte sich Verachtung für die generelle Unsicherheit ihrer Kundinnen, deren Streben nach Risikominimierung und dem ängstlichen Versuch, Überblick zu erlangen, nicht versagen.

Rosa riskierte am ersten Arbeitstag nichts. Sie bekam Geld sowie Persönlichkeitsstruktur ihrer Kundinnen geliefert. Manchmal erfuhr sie schon vor Betreten einer Wohnung – durch die sie herzlich willkommen heißende Türmatte, eine lustige Ding-Dong-Klingel, das polierte Messingschild mit geschwungener Namensschraffur – oder schlicht aus vorhandener Advent- oder Osterdekoration alles über die zu erwartende Besitzerin.

Hatscheks Vorzimmer wies außer der Eingangstür vier weitere Türen auf. Die erste links führte ins WC, die zweite ins Bad. Beide Räume waren weiß verfliest und frei von verspielten Accessoires wie bunten Klobrillen oder Türaufklebern mit sitzenden oder sich in expliziten Positionen befindlichen Figuren. Die Toilette war rein, Papier am Halter ausreichend vorhanden; in einer Ecke stand eine schlichte Klobürste, leider aus Hartplastik. Vom Plafond hing eine Milchglasflöte, die weiches Licht von sich gab.

Dieselbe Lampe befand sich im Badezimmer, das linker Hand ein weißes Waschbecken präsentierte, darüber einen ovalen, von dezentem Alurahmen eingefassten Spiegel. Ein Glas, in dem eine Zahnbürste und eine Zahnpastatube steckten, war an der Wand befestigt. Neben dem Becken ragte ein chromfarbener Handtuchhalter, über den ein dunkelblaues Tuch hing, in den Raum. In der Ecke stand ein matter Aluschrank. Die Breitseite des Bads füllte eine weiße Wanne aus. Deren Ränder waren von keinerlei Kosmetikartikel oder sonstigen Staubfängern verstellt. Die Chromarmaturen der Dusche blitzten. Vor der Wanne lag ein beiger Vorleger, dessen flauschige Frotteeschlingen in eine Richtung zeigten.

Rosa war von der Schlichtheit und Sauberkeit der Sanitärräume angetan. Sie verhießen geruhsame Arbeit. Hinter der dritten Vorzimmertür tat sich ein etwa zwanzig Quadratmeter großer Raum auf, eine Art Bibliothek. Offener Kamin, davor ein Kanadier aus Nussholz mit Stoffbespannung von *Backhausen*, eine Leuchte mit zylinderförmigem Lampenschirm und ein Zeitschriftenständer aus Kupferdraht. Auf der anderen Seite des Raumes zwischen zwei großen Kastenfenstern, die sich der Straße zuwandten, stand ein schnörkelloser Mahagonitisch samt dazugehörigem Bürosessel. Raubbau an Regenwäldern, durch Abholzung erodierte Böden und infolgedessen Verödung, Versalzung und Verwüstung ganzer ehemals fruchtbarer Landstriche – Rosa konnte das Vorhandensein von Tropenholz in dieser Wohnung nicht gutheißen, selbst wenn das Ensemble schon mehrere Jahrzehnte alt sein mochte. Ein Wermutstropfen auf dem doch überraschend gelungenen Beginn. Doch das gut sortierte Bücherregal, das die linke Wandseite überzog, besänftigte sie beinahe wieder. Von Brants »Narrenschiff« bis zu Kipphardts »März« fand sie etliche Buchtitel, die sie von früher kannte.

Sie wollte gerade ihren Erinnerungen an ehemalige Lektürefreuden nachhängen, da drangen dumpfe Laute von der Straße zu ihr in den vierten Stock. Sie ging ans Fenster, um hinunterzusehen. Der Lärm kam von Jugendlichen, die der Berufsschule Ecke Lederergasse entströmten. Alle Schüler waren schwarz gekleidet und sahen für Rosa identisch aus. Gänzlich uninteressiert an den Repräsentanten der Zukunft widmete sie sich wieder ihrem Rundgang.

Sie betrat das angrenzende Wohn- und Esszimmer durch eine weiße Flügeltür. Auch hier zwei Fenster. Ein grauer Tisch, dem ein Designer anzusehen war, stand mitten im Zimmer. Um ihn herum vier ramponierte *Thonet*sessel. An der Längswand flankierten zwei minimalistische Deckenfluter eine Couch. Darüber hing ein zirka drei mal ein Meter großes Gemälde. Acryl auf grober Leinwand; sehr grober, teilweise löchriger Leinwand. Es stellte den blauen Abdruck eines männlichen Körpers dar. Kein Couchtisch. Was Rosa positiv auffiel. Grässlich, diese gläsernen Tischchen, die schwer, eckig, voller Fingerabdrücke und selten von Schönheit waren. Auch fehlten Zierkissen und Vorhänge, was Rosa eindeutig als Pluspunkte notierte. Stofffetzen vor Fenstern fand Rosa stumpfsinnig. Die vergilbten lediglich, zogen Schmutz und Geruch an, verstellten die Aussicht und verdunkelten jeden Raum. Die meisten Vorhangstoffe waren obendrein unästhetisch, von Vorhangstangen und Karnischen ganz zu schweigen.

In einem offenen Wandregal schräg gegenüber der Couch waren etliche CDs und Platten, die Rosa nicht kümmerten, plus eine Stereoanlage, Boxen und ein Beamer untergebracht. Die dazu passende Leinwand hing aufgerollt neben dem blauen Acrylbild. Diese elektrotechnische Üppigkeit widerte Rosa sofort an, wurde aber vom fehlenden Fernseher fast ausgeglichen. Sie verließ den Raum, während ein heftiger Windstoß von außen gegen die Fenster drückte.

Rosa kam ins Schlafzimmer, wo raumeinnehmend ein Teakholzbett mit Aufbau und weißen Organzaschleiern stand. Na ja, dachte Rosa, tropisches Nutzholz aus asiatischen Monsunwäldern, aber durch das Zusammenspiel von Kommode und Wandschrank – ebenfalls aus Teakholz – wenigstens stilistisch eine Gesamtkomposition. Was es ökologisch freilich nicht besser machte. Am hofseitigen Fenster war die Jalousie hinuntergelassen, das Zimmer daher etwas schummrig.

Der letzte Raum in der kreisförmig angelegten Wohnung war die Küche, an der vorbei Rosa durch die fünfte Tür des Vorzimmers wieder zum Ausgangspunkt zurückgelangte. Sie war zufrieden, mehr als zufrieden – sie war erfreut: in der ganzen Wohnung durchgehendes Parkett. Alle Lampen klassisch, pflegeleicht. Und vor allem keine Waschmaschine, keine Mikrowelle und kein Fernseher. Rosa klassifizierte Hatschek aufgrund des bisherigen Eindrucks der Wohnung als unkomplizierte, rationale Person. Ja, Rosa freute sich, hier putzen zu können.

Die Küche war ein schmaler Raum, an dessen Längsseiten sich Küchenregale von der Tür bis zum Fenster zogen, die Arbeitsfläche war leer, lediglich unterbrochen von Abwasch, Herd und Geschirrspüler auf der einen und Kühlschrank auf der anderen Seite. Äußerst rudimentäre Ausstattung, notierte Rosa geistig ein weiteres Plus. Eine Kastentür neben dem Kühlschrank stand unaufdringlich offen und wies den Weg zu Hatscheks Putzzeug. Auch das fand Rosas Wohlwollen. Sie brauchte diese ewigen Putzanleitungen auf vollgeschriebenen Post-its und Notizzetteln nicht. Wie sie zu putzen hatte, wusste sie selbst am besten. Darüber hinaus benötigte sie nicht einmal Hatscheks Putzmittel. Sie brachte ihren eigenen Bio-Essig mit 7,5 Prozent Säure mit, das genügte. Eine Tatsache, die anscheinend noch nicht bis zu Hatschek vorgedrungen war.

Rosa begutachtete das vorhandene Reinigungsmaterial. Durchwegs konventionelle, hochgiftige Chemikalien. Doch hinter einer orange-lila Flasche *Cillit Bang*, auf der nach Rosas Meinung statt Schockfarben ein Totenschädel in Schwarz-Weiß prangen sollte, stand ein *Sonett* Spülmittel. Zuckertenside, Kokosfettalkoholsulfat und ätherisches Lemongrasöl aus kontrolliert biologischem Anbau. Das Mittel war zwar noch immer in Kunststoff verpackt, aber seine schiere Anwesenheit rührte Rosa.

Den Boden für diese emotionale Möglichkeit hatte der Gesamteindruck der Wohnung gelegt. Die grundsätzliche Reinheit, die stilsichere Einrichtung ohne Firlefanz, das rationale Weglassen von Elektrogeräten … das alles erweckte Rosas Sympathie für die Bewohnerin der Ledergasse 35/7a. Und dann auch noch ein vollständig biologisch abbaubares Geschirrspülmittel! Sollte Hatschek eine vernunftbegabte Kundin sein?

Wenn Rosa ihren Körper nicht vehement unter Verschluss gehalten hätte, wäre ihr ein leises Knacksen, wie bei gegeneinanderreibenden Eisplatten, nicht entgangen. Sie allerdings hörte ihre Taustimmung nicht, sondern ging einfach ins Vorzimmer und zog den Holzkübel und die Bürste mit weichen Ziegenhaarborsten aus ihrem Stoffrucksack. Dinge, die sie jeder Kundschaft am ersten Arbeitstag mitbrachte und die bis zur Auflösung ihrer Putztätigkeit dort verbleiben würden.

Den für Hatschek vorgesehenen Holzkübel stellte Rosa neben die Abwasch in die Küche. Zunächst musste die Wohnung gekehrt werden. Erst später konnte Rosa mit mitgebrachten Baumwollfetzen feucht aufwischen. Staubsauger mied sie, wo immer möglich. Hatscheks Parkett war freilich ideal für die Besenbehandlung. In stickigen Wohnungen mit Teppichen musste Rosa notgedrungen zum Staubsauger greifen, der, laut und ineffizient, eine Energieverschwendung war. Es belastete Rosa, die lärmenden Plastikkisten, die an einem Kabel hingen, durch Zimmer zu schleifen, daran änderten auch Ökostaubbeutel, Energiesparmodus und HEPA-Filter nichts. Das einzig brauchbare am Staubsauger waren die Bürsten am Saugkopf. Dort konnte man sehen, welche Staubmengen den Weg in den Beutel nicht geschafft hatten und hängen geblieben waren.

Daher besser gleich zum stromlosen Besen greifen. Was natürlich bei ekelhaften Teppichen nicht möglich war. Aber gut, Teppiche gehörten in dieselbe Kategorie wie Vorhänge, Zierkissen und Topfpflanzen. Zogen alle nur Dreck an.

Rosa ließ den Besen zielstrebig durch Hatscheks Wohnung gleiten, wobei sie in jedem Zimmer den Mist zu einem Haufen zusammenkehrte und ihn mit einem metallenen Kehricht, den sie in Hatscheks Putzschrank gefunden hatte, in einen der mitgebrachten Papiermüllsäcke leerte. Ihrer Kehrbewegung entströmte etwas Mechanisches, aber auch ein beruhigender Gleichklang. Ihre Arbeit ermöglichte es Rosa, nach eigenem Rhythmus vorzugehen, während ihre Gedanken freien Lauf hatten. Das liebte sie.

Nach dem Besendurchgang füllte Rosa warmes Wasser in den Holzkübel. Sie tauchte ein altes *Fairtrade*-Baumwollleiberl, wie sie es vor Jahren getragen hatte, ins Wasser, wrang es aus, wickelte es um die Bodenbürste und setzte zur Wischbewegung an. »Stell' da vor«, erinnerte sich Rosa an Ludmilla, »na bitte, wie schaut das aus, wenn ich so, so, so mach'?« Bei ihrer Ausführung war Ludmilla mit einem Swiffer sternförmig vor- und zurückgefahren. »Na deppat,« hatte sich Ludmilla auch gleich selbst die Antwort gegeben. Rosa verstand bereits vor dieser eindringlichen Demonstration, dass Ludmilla höchsten Wert auf Würde legte. Immer souverän auftreten, den Schmutz dieser Welt unter absoluter Kontrolle halten. Schon bei ihrem ersten Besuch in Rosas Spitalszimmer fiel ihre stoische Ruhe auf. »Stell' da vor, ich mach' so«, sagte Ludmilla und ließ Kopf und Schultern nach vor sinken. »Na bitte, wie schaut das aus?« Ludmilla wurde Rosas Lehrmeisterin im Kampf gegen Staub und Abnutzung. Manche würden von gleicher Wellenlänge reden; was aber beide verband, war abgrundtiefe Verachtung.

In Hatscheks leerer Wohnung fand Rosa zu ihrem eigenen Rhythmus. Holte mit dem Oberkörper aus und ließ ihn gemeinsam mit der baumwollumwickelten Bodenbürste nach vor gleiten. Niemals hätte Rosa dabei an das Wort *Harmonie* gedacht. Aber irgendetwas in der Art konnte sie während der Arbeit im Kaminzimmer empfinden. Als sie hier fertig war, rückte sie ins Wohnzimmer vor. Ihr Blick fiel auf eine Unterhose. Wie kam die hierher? Die musste doch schon vorher am Tisch gelegen haben. Wie konnte Rosa sie beim ersten Durchgang übersehen haben? Rosa war irritiert. Das ging gar nicht. Dass sie etwas übersah. Und dann noch eine Unterhose!

Rosa stand vor dem wackeligen Tisch, dem man seinen kreativen Willen anmerkte, und starrte auf die schwarze Satinunterhose. Das durfte nicht wahr sein. Mit dem Holzstiel ihrer Bodenbürste hob sie die Unterhose auf. Sie war gewaschen, jedenfalls unbenutzt, soweit Rosa aus sicherer Entfernung urteilen konnte. Eine sportlich bequeme Satinhose mit Beinansatz. An der Vorderseite ein kleiner Strassstein. Völlig sinnlos. Was sollte ein Strassstein am Bauch bringen, wenn er unter zwei oder mehr Schichten Gewand verborgen lag? Rosa dachte nach, ob Frauen Unterwäsche tatsächlich nach dem Gesichtspunkt der Ausziehbarkeit kauften. Ihr fiel Frau Bräuner ein. Die war sicherlich eine, die in sündhaft teure Dessousgeschäfte ging. Frau Bräuner hatte zwar angeblich wenig Zeit, aber das nötige Geld für solche Aktivitäten. Rosa stellte sich vor, wie Frau Bräuner vor vielen Reihen hauchzarter Spitzenhöschen stand und trotz deren offensichtlicher Kratzigkeit einen Kaufakt einging. Wie sie einen knappen Stringtanga samt zugehörigem Büstenhalter mit einschneidenden Metallbügeln und schweren Geleinlagen den ganzen, zehn Stunden langen Bürotag unter ihrem grauen Businessanzug trug. Bei jeder Bewegung scheuerte der Tanga die Haut im Schritt und in der Poritze wund. Der Büstenhalter drückte seine Spitzen und Bügel ins Bräuner'sche Fleisch, die Träger rieben sich an den Schultern. Nur unter Aufbringung größter Selbstbeherrschung schaffte es Frau Bräuner, sich die Spitzen *nicht* vom Leib zu reißen, schließlich hatten sie 350 Euro gekostet und sollten sich noch an ihrem Körper befinden, wenn sie sich endlich, nach getaner Arbeit und Abendessen, aus ihrem Anzug schälte. Dann sollte oder konnte Herr Bräuner, der, ebenfalls erschöpft, schon am Einschlafen im Sofa hing, ihre Unterwäsche erblicken.

Für genau diesen Moment wurde jenes Spitzenfoltergerät gekauft. So mussten es wohl einige Frauen machen, sonst wäre nicht auf allerorts plakatierter Wäschewerbung ähnliches zu sehen. Frauen, die sich erwartungsvoll auf Kanapees räkelten in der Hoffnung, endlich wahrgenommen zu werden. Ja, Rosa traute Frau Bräuner einen solchen Unterwäschekauf einhergehend mit solcher Unterwäschenlogik zu. Im Gegensatz dazu war Hatscheks Satinhose zweckmäßig komfortabel, was wiederum für Hatschek sprach. Trotzdem konnte die Hose nicht auf dem Esstisch liegen bleiben.

Rosa fiel ein ähnlicher, aber gänzlich anderer Vorfall bei Familie Gulmbrich ein: Sie fand auf dem Laminatboden des Kinderzimmers eine Perücke. Keinem Familienmitglied der Gulmbrichs hätte sie diese Perücke zugetraut. Familie Gulmbrich bestand aus einem Vater, den Rosa noch kein einziges Mal zu Gesicht bekommen hatte, dessen Konterfei jedoch von etlichen Familienfotos hinter Glas hervorlachte. Da war Herr Gulmbrich mit aufgedunsenem Gesicht, verschwollenen Fehlernährungsäuglein und einem vertrauensvollen Schnauzer präsent. Einmal leger im saloppen V-Pullover, ein andermal in der Rolle des Familienverantwortlichen mit Hemd und Sakko, wobei eine nichtssagende Krawatte von seiner glänzenden Halbglatze ablenken sollte. Die von Rosa aufgefundene Perücke hätte trotzdem nicht zu ihm gepasst. Dann gab es Frau Gulmbrich, Hausfrau und Mutter eines zweieiigen Zwillingspaares genannt Claus und Claudia.

Frau Gulmbrich war samt üppigem Lockenhaupt während

Rosas Putzzeiten immer anwesend, blickte ihr über die Schulter, machte sie auf Verunreinigungen aufmerksam, räumte hinter Rosa die Zimmer auf. Das war nicht nur beleidigend, das war zwanghaft. Aber Rosa blieb nachsichtig, weil Frau Gulmbrich sich nach einem heftigen Streit, bei dem Rosa ihren Abschied von der Familie verkündet hatte, vor ihr auf die Knie warf und sie bat, zu bleiben. »Frau Rosa, bitte geh'n Sie nicht. Ich kenn' ja meinen Kontrolltick, ich versuch' ihn auch in den Griff zu krieg'n, aber bitte bleib'n Sie, Sie sind meine einzige Stütze in der Familie.« Rosa verunsicherte diese Selbstoffenbarung. Frau Gulmbrichs wohlfrisierter Haarschopf zu ihren Füßen ließ sie stocksteif dastehen und das Flehen über sich hinwegrauschen. »Bitte, Sie dürf'n nicht glaub'm, dass ich Ihnen nachspioniere oder mit Ihrer Arbeit nicht zufried'n bin. Ganz im Gegenteil, ich bewundere Ihre Gründlichkeit. Wie Sie mit einem feucht'n Tuch die Steckdosen auswisch'n und die Lichtschalter von Staub befrei'n, das begeistert mich.«

Lob war für Rosa äußerst schwer zu ertragen. Sie war für Schmeicheleien überhaupt nicht zugänglich, aber Frau Gulmbrichs Versprechen, sich nie wieder in dem Raum aufzuhalten, den Rosa gerade putzte, stimmte sie um. »Ich verspreche es Ihnen«, sagte Frau Gulmbrich und erhob sich langsam, »obwohl ich gern mit Ihnen in einem Raum bin, weil Sie doch die Einzige an meiner Seite im Ringen gegen Chaos und Anarchie sind.« Natürlich hielt sie sich keine Sekunde lang an ihre Worte. Aber seither brauchte Rosa, wenn ihr Frau Gulmbrichs Nähe unangenehm wurde, nur kurz betreten zu Boden schauen, schon gab Frau Gulmbrich mit »Verzeihung« klein bei und ging.

Claus und Claudia hingegen waren kontinuierlich unerträglich, sogar für die relativ kurze Zeit von drei Stunden. Zur großen Erleichterung Rosas besuchten sie seit letztem September eine Ganztagsschule und waren fortan nicht mehr gesehen.

Doch der Kriegsschauplatz Kinderzimmer verriet Rosa, dass sich Claus und Claudia auch weiterhin bis in den kleinsten genetischen Unterschied hinein hassten. Auf fünfzehn Quadratmetern, ausgelegt mit strapazierfähigem Laminat, fand sie ein Schlachtfeld aus Spielzeug vor. Claudia bombardierte den unteren Teil des Stockbetts, der von ihrem Bruder bewohnt wurde, mit *My little Ponys* und *Barbies*. Claus torpedierte ihren ersten Stock mit *He-Mans* und *Hot Wheels*. Wenn alle Munition verfeuert war, griffen sie zu Wurfgeschossen, die im Hause Gulmbrich nie versiegten: Pölster. Das jedenfalls beklagte und schilderte Frau Gulmbrich, sobald Rosa die Tür zum Kinderzimmer öffnete.

Die Rollenverhältnisse waren bei Familie Gulmbrich klar bestimmt. Herr Gulmbrich sah sich hauptsächlich für die Beschaffung des Haushaltseinkommens verantwortlich, Frau Gulmbrich für die Reproduktionsarbeiten, Claus und Claudia für die Dekonstruktion dieser klassischen Einteilung. Für Rosa repräsentierte diese Familie den Zustand knapp vor dem gesellschaftlichen Megagau, von dessen baldigem Eintreten Rosa überzeugt war. Eine Perücke allerdings, wie sie Rosa eines Tages im Kinderzimmer vorfand, entsprach keinem Familienmitglied.

Das Rätsel löste sich unter Zuhilfenahme von Frau Gulmbrich. Ihre Schwiegermutter hätte übers Wochenende bei ihnen übernachtet. Die Arme musste sicher auf der kalten Ledercouch im Wohnzimmer schlafen, dachte Rosa. »Da is' ihr wohl ihre Ersatzperücke aus dem Koffer gefall'n«, schlussfolgerte Frau Gulmbrich. »Und die Kinder werd'n sie wohl zu sich verschleppt hab'm. Na ja, Kinder eb'm.«

Rosa hätte gerne auf Einblicke ins Familienleben ihrer Kundinnen verzichtet. Deshalb stöberte sie auch nie in Kästen oder Schränken. Sie wusste ohnehin, wo welche Kleidungsstücke hingehörten, wo Geschirr- und Handtücher oder das Bettzeug verwahrt wurden, schließlich musste sie bei manchen Kundinnen, wie bei Frau Helmberger oder bei Familie Bitterfels-Weidinger, Wäsche wegräumen. Aber Geheimfächer versuchte sie noch vor deren unfreiwilliger Entdeckung zu umgehen. Manchmal erahnte sie, hinter welcher Kastentür sich brisante Inhalte, schlimmstenfalls mit erotischer Komponente, verbergen konnten. Diese mied sie, weil sie sonst ihren Auftraggeberinnen nie wieder ohne tobende Hintergedanken gegenübertreten hätte können.

Aber wohin jetzt mit Hatscheks Unterhose? Auf dem Tisch liegen lassen? Zusammenlegen? Oder gleich alle Kästen durchgehen und in die passende Lade schlichten? Rosa hasste diese Gewissensfragen. Sie einfach am Tisch liegen zu lassen, als hätte sie nichts gesehen, wäre wohl das Einfachste gewesen. Aber für Rosa nicht möglich. Nicht, weil es ein Licht der Schlampigkeit auf sie geworfen hätte, sondern weil so eine Unterhose eben nicht auf den Esstisch gehörte. Keinesfalls auf einen Tisch gehörte, der in einer Wohnung stand, die von Rosa in Ordnung gebracht wurde. Da nutzte auch ein Zusammenfalten und Liegenlassen nichts. Denn auch eine zusammengefaltete Unterhose gehörte nicht auf einen Esstisch. Der einzige Ort für saubere, gefaltete Unterhosen war die Unterwäschelade. Rosa seufzte. Es blieb ihr nicht erspart: Sie musste sich schon am ersten Arbeitstag mit Hatscheks Schränken vertraut machen.

Rosa ging ins Schlafzimmer und ihre Stimmung hob sich schlagartig. Denn dank des übersichtlichen Ordnungssystems im Raum erwies sich nur die Kommode vor dem verdunkelten Fenster als passend. Nicht im doppeltürigen Kasten, der nach Kleidern, Hosen und Mänteln aussah, sondern in der Kommode beliebt Unterwäsche zu ruhen. Rosa zog die oberste Lade auf und war zufrieden mit ihrem und Hatscheks Ordnungssinn. Fein säuberlich waren links Höschen, rechts Büstenhalter aufeinandergestapelt. Rosa verzichtete auf eine eingehendere

Betrachtung sowohl der Unterwäsche als auch der restlichen Kommode und machte die Lade zu.

Nein, die Satinhose musste auf dem Tisch liegen bleiben, beschloss Rosa. Das Diktum der Spurlosigkeit gebot, dass kein Lebenszeichen von Rosa in einer von ihr gereinigten Wohnung aufzufinden war. Also bewegte sie sich wieder ins Wohnzimmer und drapierte die Unterhose so, wie sie sie vorgefunden hatte. Etwas unausgeglichen, aber mit reinem Gewissen, konnte sie nun endlich zur Oberflächenbehandlung der Sanitärräume übergehen.

Bonbonniere

»Kommen Sie her, liebes Kind«, winkte Frau Helmberger Rosa ins dunkle Vorzimmer und ließ das Licht abgeschaltet. »Hier, meine Liebe.« Sie hielt Rosa eine Bonbonniere mit roter Schleife entgegen. Krumm beugte sich ihr Körper darüber, als müsste sie das wertvolle Geschenk vor gierigen Augen schützen. »Ich bin so froh über Ihre Hilfe, ich möcht mich bei Ihnen erkenntlich zeigen.«

Rosa mochte Schokolade nicht. Die ganze Idee dahinter: Ein Rohstoff aus den Kolonien, für Ausbeuter bestimmt. Purer Genuss, nicht lebensnotwendig. Wenn Schokolade, dann *fair-trade*; am liebsten jede Bohne einzeln aus den Händen eines südamerikanischen Biobauern, der zuvor eine Ausbildung in biologisch dynamischer Landwirtschaft absolviert hatte. Mit Schokolade verband Rosa nie wiedergutzumachende Beteiligung am ökologischen Fußabdruck, an Erdölförderung, Aluminium- und Kunststoffproduktion. Schokolade brachte Rosa in arge Bedrängnis, obwohl sie nicht das leiseste Bedürfnis nach deren Verzehr verspürte oder gar Angst vor Kalorien kannte.

Schokolade war grundwegs abzulehnen, außer man lebte zufällig neben eben erwähntem südamerikanischen Kakaobauern. Aber das, was Frau Helmberger da in ihrer altersfleckigen Hand hielt, war weder biologisch noch *fairtrade*. Rosa sah Blut aus der Packung tropfen, sah verschmutzte Abwässer neben Aluminiumwerken, gerodete Tropenwälder, an deren Stelle Sojabohnen in Monokultur gepflanzt wurden, um Sojalecithin in die Pralinenschachtel zu bringen, und Ölkatastrophen im Golf von Mexiko, um die Bohnen nach Europa zu transportieren. Alles verpackt in nicht abbaubares Cellophan. Aber Rosa sah auch Frau Helmberger, die sich heimlich mit ihr im Vorzimmer traf, die sich von ihrem Gatten davonstahl, um Rosa ihre Zuneigung mitzuteilen. Rosa kannte diese Generation, deren einziger Weg Liebe zu zeigen über Nahrungsmittel führte. Der wohl elementarste Weg: füttern.

Rosa sah Frau Helmberger in die Augen. Sie wollte zu einem Kopfschütteln ansetzen. »Na, nehmen Sie's schon, meine Liebe, ist nur eine Kleinigkeit, aber Sie sollen sich's schmecken lassen.« Frau Helmberger drückte die Bonbonniere in Rosas Hände. Die äußerte Dank, senkte den Kopf und dachte darüber nach, was sie mit den Pralinen anfangen, wie sie ihr Gewissen am wenigsten damit belasten konnte. Frau Helmberger deutete Rosas Geste als Verlegenheit und klopfte ihr auf den Oberarm. »Meine Liebe, es ist ja *nichts*. Sei'n Sie froh, dass Sie noch Süßes essen können …«, womit sie auf ihre langjährige Zuckerkrankheit und ihre täglichen Insulinspritzen anspielte. »Bis nächste Woche, meine Liebe«, sagte sie und verschwand zu ihrem Gatten, der schon mehrere Male unwirsch ihren Namen gerufen hatte. Beim Verlassen der Wohnung sah Rosa unter der Schleife ihre 55 Euro plus 15 Euro für die Extrastunde stecken.

Der Tag bei Herr und Frau Helmberger war anstrengend gewesen. Nicht wesentlich anstrengender als jeder Dienstagvormittag seit vier Jahren, aber doch. Herr Helmberger liebte es, bis elf Uhr zu schlafen. Von einem Kommerzialrat außer Dienst erwartete man anderes. Vielleicht ein Paradebeispiel seniler Bettflucht zu sein. Aber Herr Helmberger hatte vor drei Jahren einen Schlaganfall erlitten, sich davon zwar relativ rasch erholt, doch bald darauf den nächsten bekommen, der ihn in den Rollstuhl setzte. Seitdem war Herr Helmberger Langschläfer, weil er einen Tag, der erst um elf Uhr begann, besser über die Runden brachte. Alles reine Taktik, liebte er schon im Amt zu verlautbaren. Sein spätes Erwachen erforderte, dass Rosa zwar um neun Uhr die Wohnung zu putzen begann, aber erst ab elf den Staubsauger in Betrieb nehmen durfte.

Sie kehrte und wischte zunächst das Linoleum in Küche und Vorzimmer, wobei die silberne Schablonenmalerei sie daran erinnerte, mit ihrem Holzbesen bloß nicht zu laut an die Wände zu stoßen. Ebenso vorsichtig ging sie mit den Fliesen in Bad und WC um. Bei der Reinigung der Toilette machte Rosa sich jedes Mal Gedanken über eine Schraube, die neben dem Klopapierhalter in der Wand steckte. Über die Schraube oder genauer gesagt, über die gelochten, mit einem Spagat zusammengebundenen Zeitungen, die daran hingen. Rosa wusste nicht, ob das Altpapier als Toilettenpapierersatz oder als Unterlage bei einem größeren Geschäft verwendet wurde. Auf alle Fälle stellte es einen Recyclingvorgang dar, ersparte unnötige WC-Gels, also nichtionische und anionische Tenside, aliphatische Kohlenwasserstoffe, Linalool, Coumarin, Geraniol, Eugenol und wurde folglich von Rosa begrüßt. Mit Wasser, Bio-Essig und Baumwollfetzen wischte sie Waschbecken und Duschwanne im Bad sauber. Den Allibert reinigte sie schnell mit Zeitungspapier und Essig – die streifenfreiste Methode gegen Kalkflecken.

Anschließend ging sie ins Wohnzimmer zur Oberflächenreinigung von Couchtisch, Kommode, Blumenetagere, Esstisch und Wandschrank, hinter dessen Glasschiebetüren sich

Nippes verbarg. Die unzähligen Figürchen musste Rosa glücklicherweise nicht betreuen. Dann war es meist elf geworden und Herr Helmberger rollte im Morgenmantel an und erkundigte sich mürrisch bei seiner Gattin nach dem Verbleib des Mittagessens. Entweder startete Rosa daraufhin den Staubsauger und beendete ihre Arbeit am Teppich des Wohnzimmers, oder sie ging ins Schlafzimmer, wischte dort Boden und Oberflächen sauber und ließ erst zum Abschluss das lärmende Elektrogerät in Erscheinung treten. Wie auch immer, bei den Helmbergers konnte sie nie richtig ihren Rhythmus finden.

Herr Helmberger war selbsternannter Tyrann auf Lebenszeit, wohingegen sich Frau Helmberger Untertänigkeit zur Leibrolle machte. Erst nach seinem zweiten Schlaganfall, genauer gesagt, als nach der fünfwöchigen Reha-Kur feststand, dass er an seinen Rollstuhl gefesselt bleiben würde, fand sie ein Ventil für ihren angestauten Ärger: Jeden Tag quälte sie ihn mit Physiotherapieübungen.

Sie zwang ihren Mann, immer und immer wieder von seinem Rollstuhl aufzustehen, was natürlich erfolglos blieb, aber den für sie heilsamen Effekt der vollständigen Demütigung mit sich brachte. »Stoß' dich ab! Stell' beide Füße parallel auf den Boden, und so mit den Armen, stoß' dich von der Lehne ab«, gab sie Anweisungen. Zwecklos. Sie liebte es. Er machte mit. Aus dem einfachen Grund, weil der 85-Jährige auch nach drei Jahren im Rollstuhl an seinem Traum, wieder gehen zu können, sehnsüchtig hing.

An diese Absonderlichkeiten war Rosa längst gewöhnt. Was den Tag der Pralinenübergabe im Vergleich zu anderen Dienstagvormittagen allerdings verschärfte, waren dutzende Figürchen, die am Parkettboden und Teppich des Wohnzimmers verstreut lagen. Beim Anblick des Chaos wusste Rosa, dass sie jede einzelne unversehrt gebliebene Figur aufheben, abstauben, auf den angestammten Platz hinter den nun zerbrochenen

Glasschiebetüren im Wohnzimmerschrank stellen musste und danach den Boden vom restlichen Müll, respektive von Splittern, säubern konnte.

Herr Helmberger war schon um acht Uhr erwacht. Er verlangte beim Öffnen seiner Augen nach Frühstück und war derart über die frühe Morgenstunde verärgert, dass sich Frau Helmberger nicht anders zu helfen wusste, als sofort mit den Übungen zu beginnen. Sie zerrte ihn aus seinem Stuhl, meinte pikiert: »Na bitte, geht doch«, und schon fiel Herr Helmberger vornüber, schlug mit dem Kopf am Wohnzimmerschrank auf, zerschlug dabei das Schiebeglas und lag zwischen Nippes und Scherben auf dem Boden.

Weshalb sie Herrn Helmberger gerade neben Esstisch und Schrank zu seinen Übungen nötigte, wusste Frau Helmberger selbst nicht so genau. Die Stimmung jedenfalls, als Rosa die Helmberger'sche Wohnung betrat, war grandios: Herr Helmberger saß mit einem Pflaster auf seiner Glatze, die von blutverkrusteten Haarresten umrahmt war, im Rollstuhl vor dem Wohnzimmerfenster und schmollte. Die alte flaschengrüne Couch und der Fauteuil mit abgewetzter Armlehne schwiegen betreten und auch Rosa versuchte noch leiser als sonst zu putzen. Nur Frau Helmbergers Arbeitslärm aus der Einbauküche wollte lauter sein als Herrn Helmbergers verletzter Stolz; Küchenladen wurden aufgerissen, das sich darin befindliche Besteck schepperte schallend, braune Emaildeckeln krachten auf geblümte Emailtöpfe, Kochlöffel wurden am Topfrand abgeklopft, und abschließend schrie Frau Helmberger: »Komm jetzt, Essen is' fertig!«

Ihr gekränkter Gatte wartete einige ihrer Rufe ab, bis er endlich in die Küche rollte. Rosa benötigte eine Stunde länger als sonst, um ein unzufriedenstellendes Resultat zu erzielen. Den Teppich konnte sie zwar tadellos wiederherstellen, das Parkett allerdings blieb zerkratzt. So etwas störte Rosa ungemein. Um dieses Malheur ungeschehen zu machen, hätten die Glasschiebetüren ersetzt und der Boden abgeschliffen werden müssen. Für die Glasscheiben war Rosa jedoch nicht zuständig, und ein Bodenabschleifen kam wegen des horrenden Energieverbrauchs gar nicht in Frage. Daher wusste Rosa nach vier Stunden Arbeit bei Herrn und Frau Helmberger, dass die verbliebenen Kratzer sie künftig immer an den heutigen Tag und einen wieder einmal eingegangenen Kompromiss gemahnen würden.

Rosa saß an ihrem Küchentisch, eine Tonschüssel Graupensuppe vor sich und starrte zur Fensterbank. Dort stand die Bonbonniere und verursachte ihr Sorgen. Sollte sie die Packung verschenken? Irgendwem auf der Straße? Einem Kind vielleicht. Das von dem Auszugszucker sicherlich Karies bekommen würde. Aber die Schachtel hier am Fensterbrett Staub ansetzen und verkommen zu lassen, konnte sie auch nicht. Wegschmeißen. In Biomüll, Metall, Papier, Kunststoff und Restmüll aufteilen, ging ebenfalls nicht. Schließlich waren viele Rohstoffe und Energie in dieses Konfekt geflossen, das sollte nicht völlig sinnlos gewesen sein.

Das Cellophan schimmerte im jähen Scheinwerferstrahl eines Autos. Es war erst fünf Uhr nachmittags, aber schon so finster, dass sich die Straßenbeleuchtung eingeschaltet hatte. Rosa konnte die Pralinen den Kindern der Bitterfels-Weidingers schenken, da kämen auf jedes der vier Kinder höchstens drei Stück und die Eltern würden sicherlich genau beim Zähneputzen zusehen. Der Schaden wäre folglich nicht allzu groß. Die jungen Körper würden die Schadstoffe schnell und gründlich ausscheiden. Bitterfels-Weidingers wollten zwar nur gesundes Naschen, waren allerdings viel zu inkonsequent, um bei einer Bonbonniere dieser Größe einzugreifen. Frau Bräuners Sohn Justin wollte Rosa nichts schenken. Die kinderlosen Pospischils wären ideal gewesen, die hätten die Pralinen an ihren Hund verfüttert. Aber dort hatte Rosa leider schon gekündigt. Claus und Claudia, die missratenen Zwillinge der Gulmbrichs, waren noch eine Option. Vielleicht würden die sich verkutzen oder plötzlich ihre fatale Nussallergie entdecken. Nein, dachte Rosa und starrte weiterhin aufs Fensterbrett.

Nahrungsmittelbeschaffung

In österreichischer Angoraunterwäsche, dicken Wollstrümpfen unter der pflanzlich gefärbten Hanfhose, mit langärmeligem Leinenshirt, darüber den Schafswollpullover der Biobäuerin ihres Vertrauens und ihrem Walkjanker samt *Waldviertler Eisbärschuhe* schnaufte Rosa um die Ecke zu *Bertrams Bioladen*. Das Wetter war jetzt, Mitte Februar, elend matschig und würde noch längere Zeit so bleiben.

Sie öffnete die Tür, eine Klingel schellte, sie stand im Laden und schon bildete sich zu ihren Füßen eine Pfütze. Bertram hatte seinen kleinen Laden selbst gestaltet. Links und rechts der Eingangstür waren Holzkisten schräg an der Wand befestigt. Heimische Obst- und Gemüsesorten, wie braunfleckige Karotten, Winteräpfel und Knollensellerie, lagen darin. Die Auswahl war saisonbedingt karg. Einige Jutesäcke voll Kartoffeln, Rüben und Kohl standen auf dem Boden.

Die Budel war nicht mehr als ein Tapeziertisch, bedeckt von einem unbehandelten Leintuch. Sie diente der Präsentation selbst gebackener Brote. Auch Marmeladen und Milchprodukte waren darauf aufgereiht. In einer Ecke des Ladens, verstaubt und bewusst unbeachtet, stand ein Kühlschrank. Außer Betrieb. Der Stecker lag gut sichtbar, weit entfernt von jeder Steckdose, vor dem an sich funktionstüchtigen Gerät. Aus lebensmittelbehördlichen Gründen musste jedes Lebensmittelgeschäft eine Kühlgelegenheit vorweisen. Doch weil Bertram auf 300 Kilowattstunden jährlich verzichten wollte, steckte er ihn einfach nicht an. Das und die Tatsache, dass Bertram seine Waren ausschließlich direkt von Biobauern und -bäuerinnen bezog, die im Umkreis von 100 Kilometern lebten und arbeiteten, befürwortete Rosa. Teilweise wurde der Laden von Landwirtschaftsbetrieben beliefert, die Rosa noch von früher kannte. So kamen Emmer- und Einkornreis, Nackthafer und Nacktgerste vom Maierhof aus St. Bernhard. Der biologische Honig im Geschäft stammte von den Viehzüchterinnen und Imkerinnen Lies und Lena aus Molfritz. Milch, Butter und Joghurt wurde zweimal die Woche vom biologisch-dynamischen Milchbauern Hirsch aus Artstetten zugestellt. Nur in Mengen, die Bertram bis Mittag verkaufen konnte. Rosa erwarb jeden Freitag so viel Milch und Butter, wie sich in ihrer kühlen Speisekammer einige Tage schadlos hielt.

Hinter dem Tisch bedrohte ein Wandgemälde die Kunden des Bioladens, die bloß nicht vergessen sollten, dass auch sie Konsumenten waren. Bertram hatte einen Traktor auf massiven Rädern und mit einer überdimensionierten Baggerschaufel, die sich mit reißenden Zähnen in ausgebeutete Erdfurchen grub, gemalt. Wenn man Bertram nach dem Bild fragte – worauf er bei jedem Besucher nur wartete –, fing er ausführlich und latent aggressiv vom sozialpolitischen Zusammenhang von Landwirtschaft, chemischer Industrie, Kapitalismus und der planmäßigen Ausrottung der Menschheit an. Befragten ihn seine Käufer nicht, erklärte Bertram es ihnen trotzdem.

Wer Unachtsamkeit während des Vortrags zeigte, sich gestattete, einen Einwand oder gar andere Ansichten einzuwerfen, durfte sich nicht wundern, wenn ihm die zuvor erstandenen Nahrungsmittel wieder abgenommen, dafür das eingetauschte Geld ins Gesicht geschleudert und er eigenhändig von Bertram aus dem Laden geschmissen wurde. Solche radikalen

Erlebnisse sorgten dann unter Bertrams pazifistischen Stammkunden einige Tage lang für hitzige Diskussionen. Er jedoch konterte jede Kritik mit: »Ich ernähre keine Faschisten.«

Rosa schätzte Bertrams Geschäft, weil sie bei ihm alle Grundnahrungsmittel ohne Verpackungsmaterialien beziehen konnte. Milch goss Bertram aus einem großen Edelstahlkanister in ihre verbeulte Emailkanne, für die Butter brachte sie eine Keramikschale mit, das Brot wickelte sie in ein Geschirrtuch. Getreide, Mehl und Hülsenfrüchte transportierte sie in Glasbehältern nachhause. Obst und Gemüse trug sie lose im Stoffrucksack. Wie ruppig Bertram auch zu anderen Kunden sein mochte, Rosa gegenüber verlor er niemals ein scharfes Wort. »Hey Rosa, die müssten dir die Füße küssen, verstehst du? Ohne dich wären die nichts. Deiner Gnade haben sie es zu verdanken, dass die ihrem scheiß kapitalistischen Konsumverbrauch nachgeifern können. Da könnten die ihre ganzen Karriere-Arschkriecher-Machtspiele, die uns alle noch ins Verderben stürzen werden, vergessen.«

Rosa kaufte jede Woche zwei Liter 7,5-prozentigen biologischen Essig bei Bertram. Den füllte er aus einem großen Holzfass des Biowinzerehepaars Flechl in die von ihr mitgebrachten Glasflaschen. Aufgrund ihres Essigverbrauchs hatte Bertram zu fragen begonnen und erfahren, dass Rosa Putzfrau war. Was sie zu seiner Heldin machte.

»Hey Rosa, schau! Schenk' ich dir.« Er reichte ihr eine verschrumpelte rote Rübe. »Die ist von einem Freund von mir. Der badet einmal die Woche in einer wärmenden Majoran-Thymian-Mischung und leert sein Badewasser über die Gemüsebeete. Damit bekommen die Pflanzen seine Energie. Der is' voll gut drauf, der Typ .... Hey du, das ist die Rosa, die putzt für scheiß kapitalistische Verschwendungsschweine und ...«, erzählte er einem Kunden, der soeben ins Geschäft gekommen war. Rosa nahm Bertram die rote Rübe ab, bat ihn aber zu schweigen. Was ein hilfloser Versuch war, ihn in andere Bahnen zu lenken. Denn er bemerkte niemals, wenn er sich oder andere bloßstellte. »Ich find' halt super, was du machst«, setzte er noch hinzu. »Es is' nur schade, dass die typisch unsichtbare, häusliche Arbeit auch bei dir in weiblichen Händen bleibt. Aber wenigstens bekommst du Geld für gemeinhin unbezahlte Arbeit.«

Rosa schulterte ihren Rucksack, von dessen Fassungsvermögen sie wie so oft überrascht war, und bezahlte.

»Hey Rosa, wollen wir uns ›Blutorangen‹ ansehen? Is' von *Attac* gesponsert, ja, ich weiß, die sind auch schon zu groß, aber die Doku soll total gut sein. Das Filmteam hat mehrere Monate mit afrikanischen Flüchtlingen auf einer italienischen Orangenplantage verbracht, du weißt schon, wo's diesen Aufstand gegeben hat, die werden ja wie Sklaven gehalten.«

Rosa schlug die Einladung zum gemeinsamen Kinoabend aus. Nicht wegen der 8 Kilowattstunden, die der Filmprojektor beziehungsweise dessen Lampe verbrauchen würde, sondern weil sie allein sein wollte und grundsätzlich lieber ohne Begleitung ins Kino ging. Und vor allem, weil sie von Bertrams Hinterzimmer wusste. Das war ihr in Bezug auf seinen Bioladen egal. Sie sah zumindest in Anbetracht von Bertrams sonstigem biologischen Bewusstsein und der Qualität seines Lebensmittelangebots darüber hinweg. Aber im privaten Bereich kam Rosa mit Bertrams Hinterzimmer nicht zurecht. Denn nach Ladenschluss hielt er sich gern stundenlang dort auf, wo ein amerikanischer Kühlschrank mit integrierter Eiswürfelmaschine randvoll mit Bierflaschen, ein *Marshall*-Verstärker, ein *Fender* Bass und eine *Gibson* zugegen waren. Stundenlang spielte er dort. Der Raum war schallgedämpft, die Nachbarn nicht lärmempfindlich. Stundenlang. Das machte durchschnittlich 3,2 Kilowattsunden pro Abend, exklusive Produktionsaufwand der Geräte, Kunststoffschallschutz und den 350 Kilogramm CO2, die der Kühlschrank jährlich emittierte.

Bei Hatschek

Die Routine in der Hatschek'schen Wohnung hatte sich nach gut einem Monat wie folgt eingespielt: Den Holzkübel mit warmem Wasser in der linken Hand und einem handlichen Stück alten Baumwollfetzens in der rechten, ging Rosa im Uhrzeigersinn durch die Wohnung und wischte die Möbel ab. Mit dem präzise zugeschnittenen Stoff, der früher Teil eines biologischen *Fairtrade*-Bettzeugs war, kam Rosa bequem in alle Ritzen und Ecken.

Nur in Hatscheks Wohnung fand sie optimale Bedingungen für die Oberflächenbehandlung vor. Denn nichts lag im Weg, nichts musste zuvor weggeräumt werden und nichts war stark beschmutzt. Lediglich leicht angestaubt waren Designertisch, Thonetsessel, Deckenfluter.

Aus reiner Freude wischte sie über Türschnallen und Fenstergriffe, obwohl sie sicherlich keinerlei Fingerabdrücke aufwiesen. Im Schlafzimmer hätte sie gar nichts zu tun gehabt, fuhr aber trotzdem über Kastentür, Kommode und Bettgestell. Selbst die Küche schien unbenützt. Sie wischte an der Silikonfuge zwischen Arbeitsplatte und Wandfliesen entlang, glitt über leere Flächen, reinigte die Frontseiten der Kästen und abschließend, mit einem Tupfer biologischem Essig aus der Glasflasche, Wasserhahn und Spülbecken samt Abtropfwanne. Waren einige Kalkflecken hartnäckig, träufelte sie Essig direkt auf den Fetzen und rubbelte intensiver über die betreffende Stelle. Danach trocknete sie mit einem frischen Baumwolltuch nach, um absolute Fleckenlosigkeit zu garantieren. Hatscheks Wohnung ermöglichte Rosa eine Leichtigkeit, die sie in ihrem Arbeitsalltag immer angestrebt hatte. Während sie bei Familie Bräuner großteils Hindernisse beseitigen musste, bei Frau Gulmbrich stets mit eigenen Widerständen kämpfte und bei

Herrn Novotny gegen eine österreichische Modelleisenbahn verlor, konnte sie hier beinahe mühelos putzen.

Im Badezimmer befüllte sie den Holzbottich neuerlich mit warmem Wasser, kippte etwas Bio-Essig hinzu und verteilte die Mischung mittels ihrer weichen Ziegenhaarholzbürste auf Fliesen, Armaturen und Badewanne. Eine Holzbürste, dachte sie währenddessen, erübrigt alle Plastikschwämme, die trotz ungeheurer Ansammlung von Bakterien auf Jahrhunderte hinweg nicht abbaubar sind; der Holzkübel macht alle Kunststoffbehälter obsolet, die ja doch nur Weichmacher freisetzen. Sie ließ den Essig etwas einwirken. Inzwischen reinigte sie das ohnehin saubere WC, kam wieder zurück ins Bad, spülte den Essig mit frischem Wasser ab und wischte alles trocken. Rückstandslos. Rosa arbeitete ohne Hektik, in Eintracht, entspannt und rundum zufrieden. Sie konnte sich ihre Zeit frei einteilen. Die für Hatschek anberaumten drei Stunden waren großzügig bemessen. Sie war allein, niemand störte sie. Hier war ihr ein freies Durchatmen möglich, hier konnte sie sich entfalten. Ja, stellte Rosa fest, nur bei Hatschek kam ihre Reinigungskraft voll zur Geltung.

Aber an diesem Mittwochvormittag blieb Rosa mit ihrem Holzkübel in der linken Hand und ihrer Bürste in der rechten mitten im Badezimmer stehen. Auf Hatscheks Badewannenrand stand ein *Ringana*-Shampoo. Bisher waren die Flächen im Bad immer leer gewesen – und jetzt? Tenside aus Palmöl, schützende Weizenproteine und Rosenöl aus kontrolliert biologischem Anbau – *Ringana* war definitiv kein herkömmliches Shampoo.

Rosa kannte Produkte dieser Marke nicht aus eigenem Gebrauch, hatte aber von deren hohen Qualitätsstandards gehört. Ausschließlich pflanzliche Inhaltsstoffe und vor allem Verzicht auf jegliche Problemstoffe. Sie war immer froh über alles, was *nicht* in einem Produkt war. Keine chemischen Antioxidantien, Duft- oder künstliche Farbstoffe, Formaldehydabspalter, Konservierungsmittel, halogenorganische Verbindungen, Mineralöle, chemische Tenside, Triclosan, Glykole, PEGs, Oxybenzon, UV-Filter. Und selbstverständlich keine Tierversuche. Dieses Produkt war definitiv kein Zufall, kein Fehlgriff; dieses Shampoo musste das Resultat einer bewussten Kaufentscheidung sein, wusste Rosa, deren Herz nun schneller schlug. Mit ihrem eigenen, selbst auferlegten Standard war das natürlich nicht zu vergleichen. Sie verwendete lediglich Ringelblumenseife, hergestellt aus den garteneigenen Pflanzen einer kleinen, privaten Seifensiederei nahe Wien. Die Seife war unverpackt, nicht wie Ringana in eine recycelbare Plastikflasche gefüllt. Aber dieses Shampoo war mehr als ein Anfang. Mehr als ein *Sonett* Spülmittel. Sogar mehr als ein *Sonett* Bodenreiniger – der sich jedoch ohnehin nicht in Hatscheks Haushalt befand. Ein Shampoo von *Ringana* war keine einmalige Unachtsamkeit beim Einkauf, wenn die Gedanken kurz abschweiften und die Hand eigenmächtig ins volle Regal griff. Dieses Produkt war kein Versehen, das womöglich erst zuhause, bei der ersten oder gar zweiten Anwendung bemerkt wurde, bei dem sich die Frage stellte, wo denn damals, als die Hand diese Packung ergriff, die Gedanken gewesen waren. Dieses Shampoo wies eindeutig auf eine ökologische Gesinnung hin.

Rosa setzte sich auf den Wannenrand, den Holzkübel zu ihren Füßen, worin die Bürste vergnügt wie eine Quietschente schaukelte. Sie schaute sich im Bad um, das sie, abgesehen vom Shampoo, unverändert vorfand. Links über dem Waschbecken der gläserne Zahnputzbecher, darin Bürste und Zahnpastatube. Über dem Becken der ovale Spiegel mit kleinen Spritzern, die Rosa bald mit Essig und Altpapier beseitigen würde. Rosa öffnete den Aluminiumschrank neben der Badezimmertür. Im obersten Regal lagen Hand- und Badetücher. In Augenhöhe waren Parfüms eingeordnet. Chanels »Chance«, Jil Sanders

»Sun«, Calvin Kleins »One«, Kenzos »Pour Femme«. Des Weiteren Gesichtscremes, Bodylotions und ein Körperpeeling. Herkömmliche Massenprodukte auf Mineralölbasis. Voller Polysorbate, Sulfate und Benzoate. All das spülte Hatschek ohne Bedenken den Kanal hinunter und kümmerte sich nicht, was mit dem Wiener Wasser in der Kläranlage Simmering passierte. Weiters im Aluminiumschrank: ein Toilettetäschchen voller Schminkzeug. Teuer, aber mit allem, was krebserregend war, Erbgutschäden verursachte, allergisierend wirkte und die Haut austrocknete, wenn die schützende Keimflora nicht ohnehin schon gänzlich zerstört worden war. Und dann auch noch eine elektrische Zahnbürste, die überflüssigerweise 1,2 Watt Strom benötigte. Als würde diejenige im Glas nicht bessere Dienste erweisen. In einem schwarzen Beutel befand sich ein elektrischer Rasierer, wie ihn Rosa für ihre kurzen Haare hätte verwenden können. Vielleicht schnitt auch Hatschek sich die Haare selbst? Dieser Gedanke durchzuckte Rosa. Im untersten Regal standen ein Behälter mit Waschmitteltabs, Weichspüler und eine Pre-Wash-Spraydose, deren hochentzündlicher Inhalt unter Druck stand. Zeolithe, nichtionische und anionische Tenside, Polycarboxylate, Phosphonate, Enzyme, Duftstoffe.

Außer dem *Ringana*-Shampoo gab es hier ausschließlich ökologische Verbrechen. Trotzdem wollte Rosa an Hatscheks biologisches Bewusstsein glauben. Sicher befand es sich noch im Schlummerzustand – aber es konnte geweckt werden! Rosa verspürte ein seltsames Gemeinschaftsgefühl, wie sie es manchmal bei ihren Lieblingsdokumentationen über Umweltzerstörung empfand. Eine Freude über die übereinstimmende Meinung mit dem Filmemacher. Je deprimierender eine Dokumentation über Nahrungsmittelindustrie oder Welthandel war, desto freudiger ging Rosa aus dem Kinosaal, da sie wieder versichert war, dass es da noch jemanden auf dieser Welt gab, der der Wirklichkeit mit gleicher Kaltblütigkeit wie sie in die Augen sah.

Selbstverständlich war Hatschek im Gegensatz zu Rosa ökologisch unterentwickelt, steckte noch in den synthetischen Sechzigern. Es wäre freilich ein weiter Weg, den man aber gemeinsam zurücklegen könnte. Rosa nahm das Shampoo in die Hand, betrachtete es gedankenverloren und stellte es wieder auf den Wannenrand. Nein, forderte sie sich selbst zur Vernunft auf, sie sollte Reinigungsmitteln nicht allzu viel Gewicht beimessen. Was sagten ein Shampoo und ein Spülmittel schon aus? Sie sollte sich davon nichts erwarten. Da brauchte es schon andere Dinge, um ihr Interesse zu wecken. Rosa schnappte sich die Holzbürste und versuchte wieder in ihren Putzrhythmus zu finden.

Rosas Äusseres

Rosa war optisch unauffällig. Sie war eine dünne Frau, ohne Hüften und Busen, Anfang vierzig. So unscheinbar, dass nachgerade keine besonderen Kennzeichen ihr Markenzeichen hätten sein können. Rosa schminkte sich nie, reinigte sich und ihre Haare ausschließlich mit unparfümierter Pflanzenseife und verwendete keinerlei Pflegeprodukte. Ihre Kleidung war zweckmäßig organisch und durchwegs mittels Direktvermarktung von heimischen Erzeugern erstanden. Zur Arbeit trug sie in der kühlen Jahreszeit eine ältere, dunkle Hanfhose mit geradem Schnitt, Leinenhemden, darüber Wollpullover und Walkjanker. An wärmeren Tagen dünne Leinenhosen, ebenfalls gerade und komfortabel geschnitten, Leiberl in Naturfarben und *Waldviertler* Sandalen. In ihrer Freizeit kleidete sie genau dasselbe, nur jüngeren Datums. Ihr Gewand blieb so lange in Gebrauch, bis es abgetragen oder löchrig wurde. Dann stopfte

Rosa ihre Socken, flickte Hosen und Hemden und trug sie noch ein Weilchen als Arbeitskleidung. Erst wenn sie indiskutabel wurden, verwendete Rosa sie als Putzlappen und kaufte sich neues Gewand, das exakt so aussah wie das alte. Die Mehrzahl der sich in Gebrauch befindlichen Putzlappen stammte noch aus Rosas früherer Garderobe. Jetzt kaufte sie schon seit Jahren keine organische Baumwolle mehr. Der lange Transportweg und der ungeheure Wasserbedarf der Pflanzen waren untragbar geworden, *Fairtrade* hin oder her. Ihre Unterhosen waren naturweiß, Büstenhalter konnte sie sich aufgrund mangelnder Auslastung sparen. Modischer Zierrat, Schmuck oder grellbunte Accessoires befanden sich nicht in ihrem Besitz.

Ihre dunklen, glatten Haare hielt sie ständig kurz, damit ihr keine Strähne ins Gesicht oder gar ins Auge fallen konnte. Schere und Holzkamm führte sie hierfür geschickt um den Kopf und schaffte selbst ohne Spiegel eine unauffällige Frisur. Mit einem elektrischen Rasierer hätte die Prozedur wesentlich rascher und einfacher vonstatten gehen können, aber den Stromverbrauch von 3,3 Wattstunden wollte sie ihrem reinen Gewissen nicht zumuten. Ihre Kinnlinie grenzte das Gesicht markant vom Hals ab, dessen Muskeln sich kraftvoll zur Mulde zwischen Schlüssel- und Brustbein abschwangen. Das einzig wirklich Schöne, geradezu herausragend Schöne an Rosa war ihr schlanker Kappenmuskel, der als perfektes gleichschenkeliges Dreieck im stumpfen Winkel einen grazilen Nacken bildete und nichts von ihren robusten Handwurzelknochen oder kräftigen Fingern ahnen ließ. Die Schönheit ihres Rückenansatzes verwies auf nichts weiter als auf sich selbst und möglicherweise auf einen aufrechten Gang, auf ein unbeugsames Rückgrat, das andere vielleicht Dickschädel geschimpft hätten.

Darüber hinaus gab es über Rosas Äußeres wenig zu berichten. »Bio«, dachten manche Leute, die Rosa mit Schafwollmütze, Schal und knöchelhohen, braunen *Eisbär-Waldviertlern* die

Straße hinuntergehen sahen. Aber aller Wahrscheinlichkeit nach dachten sie gar nichts, weil Rosa ihnen überhaupt nicht auffiel. Niemand nahm sie wahr und das war ihr ganz recht. Weil sie weder gefallen noch Aufmerksamkeit erregen wollte. Am liebsten fuhr sie unbemerkt mit ihrem Fahrrad durch die Stadt oder ging – ohne dass sie von jemandem angesprochen wurde – ins Theater, Konzert oder Kino. Ja, all diesen Freizeitaktivitäten frönte Rosa, obwohl sie wusste, wie viele Kilowattstunden eine durchschnittliche Filmvorführung verbrauchte und wie viele Haushalte in Guatemala mit diesem Strom eine Woche lang leben konnten. Doch Rosa hielt sich an die Ratschläge ihrer Therapeutin, sich Gutes zu tun. Und manchmal gelang es ihr, ihre Schuldgefühle den unerhörten Konsum und Energieaufwand betreffend, zu vergessen und sich zu amüsieren. Zumindest ein Mal im Monat. Am liebsten bei Dokumentationen und Es-hat-doch-alles-keinen-Sinn-Theaterstücken. Dann fühlte sie eine innere Freude und war gestärkt in ihrem Glauben an den baldigen Untergang.

-- ROSAS WOCHE --
MONTAG 9 UHR, FAMILIE GULMBRICH, DAS DRITTE JAHR

Zu Frau Gulmbrich fielen Rosa sofort Zierkissen neben einem rosigen Gesicht ein, das an die äußerste Kante einer dreiteiligen Sofalandschaft gedrängt war. Die Hände glücklich im Schoß, machten Frau Gulmbrich dutzende Pölster den Platz streitig. Aber genau so sind Zierkissen: Sie eignen sich Raum an, der für andere reserviert wäre. In Gegenwart von Zierkissen ist ein Hinsetzen, Anlehnen, eine Existenz überhaupt nicht möglich.

Frau Gulmbrich betrieb den Polsterwahn bis zum Exzess. Es gab keine einzige Sitzgelegenheit im Hause Gulmbrich, die nutzbar gewesen wäre. Die rustikale, an sich geräumige Küchenecke war flächendeckend von Pölstern belegt.

Im Wohnzimmer drapierte Frau Gulmbrich auf der stinkenden, kalten Ledercouch alternierend pfirsichfarbene und lindgrüne Pölster. Auf der Tagesdecke des ehelichen Doppelbetts vier Pölster mit japanischem Seidenüberzug zu einer Idee von Lotusblüte. Kissen verhinderten alles und waren Anstoß familiärer Streitigkeiten. Jeden Sonntag, bevor Familie Gulmbrich ihr Mittagsmahl in der Küche einnehmen konnte, mussten fünfzehn Pölster weggeräumt werden. Darüber empörte sich Herr Gulmbrich. Er wollte sich niederlassen und essen. Problemlos. Ohne Umräumarbeiten. »Einfach sitzen, kann das so schwer sein?«, frage er völlig ahnungslos, wie Frau Gulmbrich Rosa erzählte. Ihrem Mann, so Frau Gulmbrich, fehlten eben grundsätzliche Einsichten in ihre Ästhetik. »Der hat für so was keinen Sinn, da fehlt dem das Gespür.«

Die Zwillinge Claus und Claudia pflegten Polsterschlachten zu veranstalten, was Frau Gulmbrich zwar auch nicht mit Behagen erfüllte, doch sie waren mit ihren neun Jahren eben zu klein für die Achtung von Schönheit. »Die versteh'n das halt noch nicht, aber später, später wer'n sie mir dafür dankbar sein.«

Die allseits vertretenen Zierkissen sollten der visuellen, nicht der körperlichen Erbauung dienen. Sie durften weder verrückt noch benutzt, sondern mussten in ihrer Gesamterscheinung bewundert werden. Aber niemand beachtete Frau Gulmbrichs Wünsche. Ganz im Gegenteil stänkerte Herr Gulmbrich am sonntäglichen Mittagstisch so lange herum, bis sie eigenhändig die Küchenbank freiräumte, alle Pölster in Ermangelung einer besseren Zwischenlagerung ins Schlafzimmer brachte und notgedrungen auch dort die Lotusblütenkomposition mit den weder farblich noch stofflich passenden Küchenpölstern ruinierte. »Ein Barbar wie mein Gatte«, so Frau Gulmbrich, »weiß die Gemütlichkeit, die ich in sein Leben bring', eben nicht zu schätz'n.« Seine Plumpheit erkannte sie auch daran, dass er nach dem Essen, während sie in der Küche den Abwasch erledigte und die Sitzbank wieder in Ordnung brachte, im Wohnzimmer auf der Ledercouch zu schnarchen begann. Nicht ohne zuvor die dort befindlichen Pölster achtlos auf den Teppich geschmissen zu haben.

Frau Gulmbrichs Lebensaufgabe lag in der Aufrechterhaltung des Status quo, dem sie allzeit nachjagte. Deshalb war sie doppelt froh, Rosa an ihrer Seite zu haben, die sie als Einzige in ihrem Kampf unterstützte. So glaubte sie zumindest. Frau Gulmbrich, da war sie eine lobende Ausnahme in der großen Gemeinde der Zierkissenfreundinnen, wusste von der unsäglichen Angewohnheit ihrer Pölster, Milben und Milbenkot anzuziehen. Deshalb wusch sie alle Überzüge mindestens einmal pro Woche bei sechzig Grad. Da war auf ihren Waschzwang Verlass. Welchen Strom-, Wasser- und Waschmittelverbrauch das ergab – Frau Gulmbrich verwendete selbstverständlich ausschließlich Konzentrate mit Polycarboxylaten, Phosphonaten, Enzymen und Duftstoffen –, kümmerte sie nicht.

Montag 17 Uhr, Herr Novotny, das zweite Jahr

Zu Herrn Novotnys Wohnung besaß Rosa keinen Schlüssel. Nur zu seiner und Frau Gulmbrichs Wohnung hatte sie keinen freien Zugang. Frau Gulmbrich war schließlich immer zuhause und Herr Novotny duldete niemanden alleine in seiner Wohnung. Ein Misstrauensbeweis, den Rosa grundsätzlich ablehnte. Aber Herr Novotny war eine Mischung aus Höflichkeit und altmodischer Genügsamkeit, der sie diese Vorsichtsmaßnahme nachsah.

Herr Novotny war Beamter im Lebensministerium. Was sich auch immer darunter vorstellen lässt – Bäume, Babys, Blumen –, Herr Novotny entsprach keiner dieser Assoziationen. Die Visitenkarten des Ministeriums in freundlichem Gelb, darauf ein großes L für Leben, von grünem Blattwerk hinterlegt, suggerierten, dass da irgendetwas blühen und gedeihen sollte. Doch Herr Novotny war eher ein Stubenhocker mit grauen Ärmelschonern. Er eiferte den Wandlungen der letzten Jahre vom Land- und Forstwirtschaftsministerium zum neuen Image, Branding, Wording des Ministeriums für Land-, Forst-, Umwelt- und Wasserwirtschaft nicht nach. Er war um die sechzig, wusste vor lauter Umstrukturierungen selbst nicht mehr so genau, ob das Ressort Jugend und Familie jetzt auch noch in seine Verantwortung fiel, und wartete gelassen auf seine Pensionierung. Er hätte ohne viel Aufwand als Statist in einem Siebziger-Jahre-DDR-Film agieren können. Modernisierung war für ihn irgendetwas mit Mode, also nicht von Interesse. Auf der Beamtenkarriereleiter saß er auf der untersten Sprosse und fühlte sich dort recht wohl. Die Büroarbeit gab seinem Tag, seiner Woche, seinem Jahr Struktur und mehr wollte er von ihr auch nicht verlangen. Einzig diesem unzeitgemäßen Fehlen von Ehrgeiz hatte Herr Novotny Rosas Besuche zu verdanken.

Er öffnete ihr jeden Montag Punkt fünf die Wohnungstür; begrüßte sie in Hemd, Pullunder, Anzughose und Lederpantoffeln mit einem »Kommen S' nur rein, Fräulein Rosa«. Jeden Montagnachmittag offerierte er ihr Tee, »oder woll'n S' einen Kaffee?«, was sie stets dankend ablehnte. Nach dieser Zeremonie überließ er ihr die Wohnung, hielt sich nie in dem Raum auf, der gerade von ihr geputzt wurde und beschwerte sich, bis auf eine Ausnahme, niemals über ihre Arbeit.

Seine Wohnung lag ruhig in einer Seitengasse der Porzellangasse, Fenster zum Hof mit prächtigem Kastanienbaum. So prächtig, dass Herr Novotny im Sommer kein Licht in seine Wohnung im Mezzanin bekam. Aber er hielt Licht sowieso für überbewertet. Wenn Sonne dermaßen ausschlaggebend für die menschliche Entwicklung wäre, so Herr Novotny, warum versammelten sich die geistigen Eliten dann nicht auf dem afrikanischen Kontinent? Weshalb gingen dann alle neuzeitlichen Entdeckungen von der nördlichen Halbkugel aus? Nein, Sonnenlicht sei nachgerade schädlich für geistige Leistungen. Diese Theorie deckte sich natürlich keinesfalls mit den offiziellen Ansichten des Lebensministeriums. Genauso wenig wie Herrn Novotnys Überzeugung bezüglich synchron vorhandener Entwicklungsstufen beim Menschen. Ja, es gebe unterschiedliche Rassen, die man ganz leicht an Hautfarbe und Geburtenraten erkennen konnte. Ja, es gebe bessere, höher entwickelte und eben schlechtere, unterentwickeltere Rassen. Herr Novotny schreckte nicht davor zurück, das Wort *Untermensch* zu verwenden und diesen Titel nach Merkmalen, die der Ethnologie des neunzehnten Jahrhunderts entstammten, zuzuordnen.

Ungeachtet seiner wirren evolutionstheoretischen Glaubenssätze, denen Rosa auswich, war er kaum rassistisch. Seine gräulich-weiße Haut gereichte ihm folglich zur Zierde, auch wenn die eigene geistige Entwicklungsstufe bei seiner Modelleisenbahn Halt gemacht hatte. Dort und bei seiner Zinnsoldatensammlung. »Wenn S' bitte mal herschauen würden, Fräulein Rosa«, winkte er Rosa zu einer Glasvitrine in sein Spielzimmer. In dessen Mitte war eine österreichische Miniaturlandschaft aufgebaut, durch die sich mehrere Modelleisenbahnen schlängelten. An den Wänden stand eine Vitrine neben der anderen. »Hier, meine neueste Errungenschaft, ein Infanterist aus Napoleons Truppen, wie sie 1813/14 in Spanien kämpften.« Er tippte aufs Glas, hinter dem sich Armeen von Zinnsoldaten befanden. Für Rosa schauten sie mit ihren kleinen Gesichtern, glänzenden Lackuniformen und in den Boden gegossenen Beinen völlig identisch aus. »Hab' ich auf *Ebay* ersteigert«, sagte er verschämt, weil er sich genierte, letztendlich doch noch moderne Technologien in sein Leben gelassen zu haben.

Für Rosa war Herrn Novotnys Sammelleidenschaft eine verachtenswerte Marotte, da sie jedoch die Glasvitrinen niemals öffnen oder putzen musste, waren sie ihr egal. Inakzeptabel, aber egal. Die Modelleisenbahn war da schon ärgerlicher. Sie nahm fast den gesamten Raum in Beschlag, der mit Spannteppich ausgelegt war. Spannteppich! Damit Herr Novotny beim Spielen mit seiner Eisenbahn keinen kalten Hintern bekam, für den er neben der Modelllandschaft gerade noch Platz fand. Rosa bereitete dieses Zimmer große Mühen. Sie musste den Staubsauger, das heißt Saugkopf, Saugrohr, Schlitten und Kabel, um diese österreichische Landschaft herummanövrieren, ohne Großglockner, Dachsteinmassiv oder sonstige Felsformationen aus Pappmaché abzurasieren.

»Ist er nicht wunderschön, Fräulein Rosa?«, fragte Herr Novotny, noch immer seine neue Errungenschaft hinter dem Glas betrachtend. Rosa schaute zu Boden. Herr Novotny fühlte sich verstanden und verließ gerührt sein Spielzimmer. Sie hörte, wie er nebenan den Fernseher einschaltete und sich »Wien Heute« ansah. In dieser Sendung erfuhr er, wie das Wetter am jeweiligen Tag gewesen war, was für einen Beamten des Lebensministeriums von besonderem Belang zu sein schien.

Rosa hatte erst seit geraumer Zeit wieder Zutritt zum Spielzimmer erhalten. Nachdem sie bei Aufräumarbeiten einen Tannenwipfel geschlägert hatte, war Herr Novotny außer sich geraten. Er hatte mit geröteten Augen den abgerissenen Tannenwipfel zwischen Zeigefinger und Daumen gehalten. Vor Aufregung verschluckte er seinen höflichen Wiener Dialekt und schrie: »Was haben Sie gemacht, was haben Sie gemacht?« Als ob beide den Wipfelbruch nicht gesehen hätten. Rosa schaute Herrn Novotny begeistert an. Sie war überrascht, dass da noch so viel Leben in diesem Beamten war. Ob er das aus dem Ministerium mitgehen ließ? Ob die einen Lebenskraftreaktor besaßen? Ob Herr Novotny dort angeschlossen wurde und eine Überdosis abbekommen hatte? Er kreischte: »Das lasse ich nicht zu!«, und drängte Rosa aus dem Zimmer. »Sie gehen mir da nicht mehr rein, Fräulein Rosa, wer weiß, was Sie sonst noch alles verwüsten.«

Natürlich war es Rosa unangenehm, das Bäumchen geknickt zu haben – eine Schande! –, aber man konnte es wieder ankleben, sogar mit Klebstoff auf Zuckerbasis, und alle Spuren wären beseitigt. Doch das Wort Verwüstung ließ sie sich nicht nachsagen. Sie verräumte den Staubsauger, schlüpfte in ihre Sandalen – damals war Spätsommer und Herrn Novotnys Spielzimmer brütend heiß –, und verließ ohne Bezahlung die Wohnung.

Nach kaum drei Tagen empfing sie einen Brief von ihm. Zunächst erschrak sie, weil er ihre Adresse kannte. Dann aber fiel ihr ein, dass sie vor einiger Zeit, als sie arbeitsunfähig mit Fieber im Bett gelegen war, an alle Kundinnen Absagen geschickt hatte. Sie besaß ja kein Handy und zur Telefonzelle wollte sie nicht eilen. Sie schaffte es gerade mit letzter Kraft zum Briefkasten und floh danach zu vierzehntägiger Bettruhe, Essigpatscherln und heißem Kamillentee mit Honig. Nicht im

Traum hatte sie daran gedacht, dass sich Herr Novotny ihren Absender merken würde. In seinem Brief entschuldigte er sich demütig für seinen Gemütsausbruch, den er keinesfalls beschönigen wollte und der ihm unendlich leid tat. Er bat sie, ihre Tätigkeit wieder aufzunehmen. Sie bräuchte sein Spielzimmer nie wieder zu betreten.

Der Brief war auf Papier aus dem Lebensministerium verfasst und Rosa fragte sich, ob dieses Ministerium für Bevölkerungszuwächse zuständig war. Ob die Mitarbeiterinnen jährlich Kinder produzierten und alle Beamten Bäume pflanzen mussten.

Montags darauf öffnete ihr Herr Novotny um Punkt fünf die Wohnungstür. Mit »Kommen S' nur rein, Fräulein Rosa«, begrüßte er sie wie immer höflich und mit »Schön, dass S' da sind«, bedankte er sich. Einige Monate später fragte er sie leise: »Fräulein Rosa, wären S' damit einverstanden, kurz, nur ganz kurz mein Spielzimmer zu saugen?«

Worauf Rosa mit einem Kopfschütteln antwortete. Er respektierte das und änderte seine Strategie – sanft sollte Rosa wieder an sein Zimmer angenähert werden. Er ließ die Tür offen stehen, damit Rosa den Zustand des Spannteppichs vom Vorzimmer aus sehen konnte. Er lockte sie mit Tricks, wie dem eingangs erwähnten Zinnsoldaten, zu einer Glasvitrine ins Zimmer. Sie reinigte den Teppich aber nur so weit, wie sie mit dem Staubsauger vom Türrahmen aus kam.

Es sollte ein außergewöhnliches Ereignis benötigen, bis sich Rosa wieder um die österreichische Modelllandschaft kümmerte.

Dienstag 9 Uhr, Herr und Frau Helmberger, das fünfte Jahr

»Die fliegen nicht weg über'n Winter. Amseln bleiben da und verstummen. Erst wenn's wieder wärmer wird, fangen s' an zu zwitschern«, erklärte Frau Helmberger. Rosa stand im Wohnzimmer auf einem Sessel und wusch den Luster über Kopf. Das fand immer vor Frühlingsanbruch statt. Rosa war mittlerweile mit dem Jahresrhythmus des Ehepaars Helmberger vertraut. An den ersten helleren Tagen wurden die Lampen geputzt. Eine Woche später reinigte Rosa die Fenster mit Zeitungspapier und Essig. Gleich darauf schleppte sie die großen Teppiche aus Wohn- und Schlafzimmer in den Hof, die von Frau Helmberger persönlich ausgeklopft wurden. Während dieser Tätigkeit beobachtete Herr Helmberger vom Fenster aus die Vorgänge ganz genau, um seiner Frau allenfalls nötige Anweisungen zuzurufen. Rosa war sich über die hygienische Sinnlosigkeit dieser Aktion im Klaren, doch fügte sie sich diesem Ritual, weil es Frau Helmberger ein Anliegen, fast Tradition, war.

Nach den Teppichen mussten alle Kästen ausgeräumt und ausgewischt werden. Das zog sich über zwei Wochen hinweg. Danach kam lange Zeit nichts. Den Wechsel von Winter- zu Sommerkleidung vollführte Frau Helmberger ohne Rosas Hilfe. Ebenso das Absprühen der Topfpflanzen, worüber Rosa unendlich dankbar war. Frau Helmbergers Grüngewächse waren umständlich üppig auf einer Etagere im Wohnzimmer angeordnet. Für deren Reinigung belegte Frau Helmberger den Boden unter der Etagere mit Handtüchern, besprühte die Blätter gründlich mit Schildlauspräparat – sie glaubte die stinkende Ölmischung sei ungefährlich –, und wischte liebevoll jedes Blatt und dann den Fußboden trocken, der trotz Handtücher einiges abbekam. Rosa hatte große Bedenken, Frau Helmberger diese Arbeit allein zu überlassen. Aber die ließ sich ihr Stückchen Autonomie nicht nehmen. »Wenn ich das nicht mehr kann«, pflegte sie zu sagen, »dann is' eh schon alles zu spät«, gefolgt von »es muss ja.« Der Herbst wurde wieder vom Lampenputzen eingeläutet, danach erfolgte die Fenster- und Teppichreinigung. Die Kastenauswischung fand nur einmal jährlich statt, unterblieb folglich im Herbst. Diese Zusatzarbeiten benötigten selbstverständlich mehr als drei Stunden, deshalb hielt sich Rosa den Tag frei und setzte für den Nachmittag keine weitere Kundin an.

Als Rosa auf dem Sessel unterhalb des Wohnzimmerlusters stand und ihr Seifenlauge die Arme entlangrann, drehte Frau Helmberger ruckartig den Kopf zur Seite. »Hören Sie's?« Sie hatte den Holzkübel, mit dem sie Rosa assistierte, abgestellt und war zum Fenster gelaufen. »Jetzt singen s' wieder. Schön.« So begann der Exkurs über heimische Singvögel. Frau Helmberger staunte den kahlen Baum an, der auf einem kleinen Stückchen braunen Rasens vor ihrem Haus stand. Einige Amseln saßen in seinen Ästen; Frau Helmberger freute sich über die Tiere, als hätte Gott persönlich sie ihr anvertraut. »Sind s' nicht lieb?« Sie öffnete das Fenster und rief den Amseln zu. »Tschilp, tschilp, tschilp.« Doch die wiederum waren über Frau Helmberger weniger erfreut als umgekehrt und ignorierten sie.

»Mama, komm!«, schrie Herr Helmberger aus der Küche. Er musste mit seinem Rollstuhl zwischen Küchentisch und Sesseln, die er nie weit genug beiseiteschob, stecken geblieben sein. Vielleicht naschte er auch bloß wieder aus den allzeit auf dem Herd köchelnden Töpfen, in denen er Suppen, Szegediner Gulasch oder Saftfleisch zu finden hoffte. Er hatte die Pflicht, zu kosten – »Ich muss ja«, wie er immer sagte –, um sicherzustellen, dass Frau Helmberger die Speisen nicht verdarb. Für

Rosa waren die Kochtöpfe Anlass, die Küche nicht zu putzen. Denn Frau Helmberger kochte permanent und sorgte für ihre Arbeitsstelle, wie sie sich ausdrückte, selbst. Für Herrn Helmberger waren die Töpfe eine weitere Möglichkeit, Frau Helmberger in seiner unendlichen Langeweile zu sekkieren. »Ich komm' schon«, rief sie und ging in die Küche. »Überlegen Sie sich das gut mit dem Heiraten. Is' heutzutage nicht mehr nötig«, sagte sie, noch im Abgehen.

Rosa stieg vom Sessel, tauchte ihren Baumwolllappen ins Wasser und wusch die nächste Glasflöte. Sie hörte das Ehepaar miteinander streiten. Irgendwann vor Jahrzehnten müssen sie damit angefangen haben, dachte sie. Zunächst haben sie sich kennengelernt, waren charmant und höflich zueinander, liebten sich höchstwahrscheinlich, und irgendwann wird sich der eine über die andere geärgert haben, so sehr, dass ein scharfes Wort fiel. Da das Gegenüber nicht zerplatzte oder sonstige sichtbare Schäden davontrug, fiel beim nächsten Ärgernis ein schärferes Wort. Bald häuften sich die Ärgernisse und die bösen Worte, bis sie irgendwann zur Gewohnheit wurden. »Ach, gib' an Fried'n«, hörte Rosa Frau Helmberger sagen und Herr Helmberger konterte mit: »Die Oide, immer muss' keppeln«.

Wegen der Lampenputzaktion musste Rosa die Streitereien des Ehepaars länger mitanhören. Sie schätzte, erst um zwei Uhr aus der Wohnung zu kommen. Herr Helmberger schrie: »Ich will jetzt nicht mehr gestört werden. Ich leg' mich hin. In diesem Haus bin ich sowieso unerwünscht. Lediglich ein Störfaktor. Das muss ich mir nicht bieten lassen!« Er stieß lautstark gegen mehrere Kästen und Türrahmen, zweifelsohne absichtlich, damit seine Wut adäquate Resonanz fand und schlug endlich die Schlafzimmertür hinter sich zu. Rosa würde ihn heute nicht mehr zu Gesicht bekommen und den Luster im Schlafzimmer erst nächste Woche waschen.

»Jetzt is' a Ruh«, war Frau Helmberger erleichtert, als sie wieder ins Wohnzimmer kam. Sie hob den Kübel an und nahm ihre Assistenzstelle wieder auf. »Alte Männer, ich sag' Ihnen. Na ja. Hat Ihnen die Schokolade g'schmeckt?« Eine fatale Frage, auf die Rosa vorbereitet war. Sie bejahte, bedankte sich, wies jedoch darauf hin, dass ihr Schokolade nicht sonderlich gut bekäme und sie daher in Zukunft lieber auf deren Genuss verzichten würde. »Schad'«, sagte Frau Helmberger, womit diese Geschichte abgeschlossen war. Argumenten, die auf gesundheitlichen oder körperlichen Problemen fußten, wurde vertraut und sie wurden jederzeit und ohne Widerspruch geglaubt.

Mittwoch 9-12 Uhr, Hatschek, die sechste Woche

Mitte Februar war der Vormittag bei Hatschek schon zur Routine geworden. Rosa stand um sieben auf, war bis halb neun mit all ihren Vorkehrungen einschließlich Frühstück fertig und machte sich in ihren *Waldviertlern* mit Bodenbürste, Besen und Stoffrucksack auf den Weg in den achten Bezirk. Wetterbedingt konnte sie noch immer nicht mit dem Rad fahren.

Auf dem Marmortisch in Hatscheks Vorzimmer warteten ihre 55 Euro auf sie. Wie immer ohne Begleitschreiben. Ihre Schuhe hatte Rosa vor der Wohnungstür ausgezogen; sie wollte wegen der feucht-matschigen Straßenverhältnisse nicht Gefahr laufen, Schmutz in die Wohnung zu bringen. In dicken Wollsocken machte sie eine Inspektionsrunde durch die Wohnung, die, wie gewohnt, bereits jetzt aufgeräumt aussah. Rosa atmete tief durch. Sie musste sich eingestehen, sich hier wohl zu fühlen. Sie wollte sich nicht eingestehen, wachsende Sympathie für Hatschek zu empfinden. Aber die Leere und Sachlichkeit der

Räume ließ sie immer öfter, immer gefälliger an ihre Kundin denken.

Die erste Unregelmäßigkeit entdeckte Rosa in der Küche. Ihr Blick fixierte einen Teller, der in der Abwasch lag. Ein gebrauchter Teller mitsamt Besteck und einer kleinen, gläsernen Salatschüssel. Bei Hatschek waren bisher nie Rückstände von Nahrungsaufnahme zu entdecken gewesen; dieses Geschirr jedoch legte eindeutig Zeugnis von einem Abendessen ab. Es musste über Nacht in der Abwasch gestanden haben und – wurde selbst am Morgen nicht weggeräumt! Das sah Hatschek ganz und gar nicht ähnlich. Nach nur fünf Wochen in Hatscheks Wohnung traute sich Rosa diese vorteilhafte Einschätzung zu. Noch nie hatte sie, von der kleinen Unterhose mit Strassstein abgesehen, etwas einfach nur so hier herumliegen gesehen. Deshalb konnte sie Hatschek als ordnungsliebend einteilen. Ordnungsliebend, mit zeitweise starken Aussetzern.

Rosa ließ Teller, Glasschüssel, Messer und Gabel in der Spüle und ging ins Wohnzimmer. Der Designertisch wies keinerlei Anzeichen von Benutzung auf. Keine Schmutzränder von Tellern; keine Flecken von unachtsam abgelegtem Besteck. Diese Fährten hätte Rosa sofort aufgespürt, denn sie hasste allgegenwärtige Makel. Kaum wurde irgendwo auf der Welt irgendeine Flüssigkeit ausgeschenkt, schon liefen einige Tropfen den Schnabel der Kanne hinunter und bildeten einen Schmutzrand, wo auch immer die Kanne abgesetzt wurde. Das Gleiche passierte bei Tassen, Töpfen, Gläsern, Tellern, schlicht allen Gegenständen des täglichen Gebrauchs. Dabei waren die Schmutzränder an sich keine große Sache für Rosa. Sie wischte mit einem feuchten Tuch darüber und weg waren sie. Aber genau diese kleinen Verunreinigungen führten ihr fortwährend die Unzulänglichkeit der Welt vor Augen. Jede Teekanne tropfte, jede Tasse hinterließ Ränder am Tisch, jede Scheibe Brot bröselte. All diese Tücken verhöhnten sie tagtäglich. Doch mittlerweile konnte sie mit ihnen umgehen; sie auslöschen, als wären sie nie dagewesen. Mittlerweile betrachtete sie diese Fehler wie aufmüpfige Kinder, die verbotenerweise vor den Fenstern der Hausmeisterin Fußball spielten und nur auf Tadel warteten. Mittlerweile. Vor einigen Jahren hatte das noch anders ausgesehen.

Aber Hatscheks Tisch war kein potenzieller Ort für Unreinheiten. Hier wurde sowieso nie gegessen, konstatierte Rosa. Zu klein, zu wackelig und dann noch die maroden Sessel. Hatschek aß wohl meistens auswärts. Wie konnte es dann zu dem Geschirr in der Abwasch kommen? Entweder hatte Hatschek stehend in der Küche gegessen. Das konnte wegen Zeitknappheit und Hunger schon vorkommen, bedachte Rosa, die ein solches Verhalten zwar nicht gutheißen konnte, davon aber bereits gehört hatte. Oder hatte Hatschek mit dem Teller in der Hand auf dem Wohnzimmersofa gesessen? Wo hatte sie dann das Salatschälchen abgestellt? Rosa schaute zum Schreibtisch ins Nebenzimmer. Auch hier keinerlei Indizien für ein Abendmahl. Rosa ging zurück in die Küche, um den Teller unter ihre Nase zu halten. Er roch nach Spaghetti Bolognese. Die Farbe der eingetrockneten Sauce war dementsprechend. Rosa suchte nach Verpackungsresten im Mistkübel unter der Abwasch. Doch das vierteilige Müllsystem war leer. Sie öffnete den Geschirrspüler in der Hoffnung, auf benütztes Kochgeschirr zu stoßen. Der war aber auch leer. Rosa fragte sich, weshalb Hatschek zwar den Mistsack runtergebracht, den schmutzigen Teller jedoch nicht abgewaschen hatte.

Im Kühlschrank fand Rosa nichts, was mit der Zubereitung von Spaghetti in Zusammenhang gebracht werden konnte. Woher kamen sie und wohin gingen sie, und warum blieb nur dreckiges Geschirr zurück? Wie konnte jemand wie Hatschek zulassen, dass sich Bolognesegeruch in der Wohnung ausbreitete, wenn anscheinend schon der Sensibilisierungsgrad für Müllgestank erreicht worden war?

Rosa musste ihre heutige Putzroutine mit Abspülen beginnen. Eine Abweichung, die sie gerade noch bewältigen konnte.

Mittwoch 14 Uhr, Familie Bräuner, das dritte Jahr

Rosas Fahrrad hatte bereits mehr als dreißig Jahre überstanden und befand sich in tadellosem Zustand. Es war ein *Puch Steyr*, jenes schwarze Fünfundzwanzig-Kilo-Modell, dessen Produktion vor etlichen Jahren eingestellt wurde, aber noch immer als *Waffenrad* bekannt war. Rosa legte damit alle Wege zurück, das ganze Jahr über, außer bei Schnee und Regen. Bei nasser Fahrbahn war auf die Rücktrittbremse kein Verlass, die schon bei ausgezeichneter Wetterlage nur sanfte Bremsungen erlaubte. Ein gemütliches Gefährt, solange es nicht bergauf ging. Doch nach Mountainbike-Touren stand Rosa ohnedies nicht der Sinn, und Kundschaft aus dem 17., 18. und 19. Bezirk, wo Wien zu seinen Hausbergen ansetzte, lehnte sie ab. Rosa genügten die Steigungen zwischen Margareten und Alsergrund. Nichtsdestotrotz zählte Familie Bräuner zu ihren Kunden.

Die Bräuners wohnten am Ende der Stadt, in Stammersdorf. Um dorthin zu gelangen, musste Rosa keine Berge, lediglich eine ansehnliche Distanz überwinden. Wie bei allen Dienstfahrten fixierte sie Bodenbürste und Holzbesen mit zwei Lederriemen an Fahrradmittelstange und Gepäckträger. Sie mied die Route über den Gürtel, weil sie ihr zu hügelig war und lenkte ihr Rad vom Margaretenplatz über Karls- und Schwarzenbergplatz den Ring entlang, fuhr dann am Donaukanal bis zur Rembrandtstraße und um den Augarten herum, durch den 20. Bezirk bis zur Floridsdorfer Brücke – alles auf einer Ebene und ohne Steigungen, die Spiralauffahrt über die Donau hoch, was mit nur drei Gängen ziemlich anstrengend war, und dann hinein in die stark befahrene Brünner Straße bis nach Stammersdorf. Diese Strecke bewerkstelligte sie in 45 Minuten. Ein Auto zu Stoßzeiten benötigte länger und die Stoßzeiten dieser Stadt dehnten sich mittlerweile über den ganzen Tag aus.

Egal ob sie mit dem Rad fahren konnte oder öffentliche Verkehrsmittel nehmen musste, um 14 Uhr stand sie mit ihrem Stoffrucksack voller Putzutensilien, Bodenbürste und Holzbesen in der Bräuner'schen Wohnung, die sie immer für sich allein hatte. Der einzige Grund, weshalb sie hier noch putzte. Herr und Frau Bräuner arbeiteten, Sohn Justin wurde in der Ganztagsschule aufbewahrt.

Die Wohnung befand sich in einer burgartigen Eigentumssiedlung. Die Raumhöhe des Neubaus betrug zwei Meter vierzig, Fenster zum Hof, dünne Rigipswände gestatteten das Belauschen der Mitbewohner. Türen widmeten sich eher dem Sicht-, als dem Schallschutz. Die Einrichtung bezeugte Kostenaufwand, nicht Geschmack, obwohl tunlichst auf farblich abgestimmte Dekorstoffe geachtet wurde. Vorhänge harmonierten mit gelben, zu Falten gerafften Seitenteilen und passten zu den karminroten Sesselüberzügen. Diese zogen eine Verbindung zu den Untersetzern, die auf dem Wohnzimmertisch lagen und einen Verweis auf die Eckgarnitur gleich nebenan gaben, die in sattem Ocker einen Hocker ins Zimmer reckte. Den Raum dominierte, neben den *Bang&Olufsen*-Boxen, ein Flatscreen von *Pioneer*. Ein riesiges schwarzes Rechteck, dem man zutraute, es würde Familie Bräuner bei Nichteinschaltung verschlingen. Bei Einschaltung verschlang es dafür doppelt so viel Strom wie ein alter Röhrenapparat.

Herr und Frau Bräuner konnten als Gutverdiener bezeichnet werden. Beide Vollzeit in großen Konzernen beschäftigt, hielten sie sich durchschnittlich fünfzig Stunden pro Woche an ihren Arbeitsplätzen auf, exklusive Dienstreisen, die vorwiegend Herr Bräuner absolvierte. Frau Bräuner war selbstverständlich stolz auf ihren viel beschäftigten Mann. Ihr war wichtig, dass Menschen etwas *taten. Was* sie taten, war eher zweitrangig. Dass beispielsweise zwei Drittel aller Geschäftsflüge, die Herr Bräuner und Kollegen hinter sich brachten, lediglich der internen Firmenkommunikation dienten, und fünfzig Prozent davon leicht durch Webkonferenzen hätten ersetzt werden können, interessierte weder Frau noch Herrn Bräuner.

Die Bräuners steckten ihr Einkommen in teure Dinge, wozu auch Justin zählte. Fünf Wochen Urlaubsanspruch im Jahr und etwaige Gleittage legten sie in Schi-, Fern- und Wellnessreisen an. Verlängerte Wochenenden verbrachten sie gerne mit Städteflügen, von denen sie allerhand Markenware mitbrachten. Die Bräuners arbeiteten, um Geld auszugeben. Sie repräsentierten den gewöhnlichen mittleren Angestelltentypus. Durchaus bemitleidenswert, fand Rosa. Und verachtenswert, denn dieser Lebensstil belastete auch Rosas Atemluft. Die Billigflüge nach Rom oder Paris verursachten 140 Kilogramm CO2 pro Person und Strecke, ganz zu schweigen vom fünffachen RFI-Faktor. Die Bräuners wären Anwärter für Kompensationszahlungen gewesen, doch ihr fürchterliches Desinteresse ihren CO2-Emissionen gegenüber ließ sie aus der Zielgruppe fallen.

Alle Räume bei Familie Bräuner wiesen Fliesen- oder Laminatböden auf, waren grundsätzlich also anspruchslos. Rosas Tätigkeit erschwerten jedoch mannigfaltige Gegenstände, die vor der Reinigung wegzuräumen waren: vom Boden ein zwei Quadratmeter großer Teppich, auf dem der Esstisch stand, auf dem Untersetzer lagen, worauf Teelichter in bunten Gläsern auf ihren Einsatz warteten. Vom Flatscreen die Fernbedienungen. Von der Arbeitsplatte in der Küche drei Kaffeemaschinen. Vom Waschbeckenrand im Bad dutzende namhafte Parfüms. Die Bräuners waren eben auf Anhäufung von Material spezialisiert.

Rosa kannte solche Menschen noch aus ihrem Leben bei der Versicherung. Schon damals konnte sie die nicht leiden.

Deshalb wollte Rosa Punkt fünf mit ihrer Arbeit fertig sein. Dann kam Frau Bräuners solariumgebräuntes, leicht abgehärmtes Gesicht nachhause, das über die nie enden wollenden Strapazen des Arbeitsalltags klagte. Frau Bräuners durchtrainierter Körper erschien ebenso und hätte auf Rosas Fahrrad mühelos vom Anninger zum Kahlenberg fahren können. Doch ließe sich Frau Bräuner niemals auf einem Dreigangrad Baujahr 1975 blicken. Sie fuhr lieber mit ihrem typischen Angestellten-Dienstwagen – einem Audi A4 – ins Fitnessstudio, verursachte dabei durchschnittlich 219 Gramm CO2 pro Kilometer, was im Jahr 800 Kilogramm ausmachte, was sie aber wenig interessierte, denn Versicherung und Benzinrechnungen übernahmen ja die Firma und die konnte sämtliche Fahrzeugkosten steuermindernd geltend machen.

Im Fitnesscenter tobte sich Frau Bräuner aus. Dort stemmte sie Gewichte, stieg auf Maschinen Treppen und trat in ein Standrad, während sie Musikvideos auf Bildschirmen verfolgte. Frau Bräuner war nicht sonderlich schön, lenkte davon aber gekonnt mit roten Haaren, *Louis-Vuitton*-Taschen und *Hilfiger*-Jacken ab. Dementsprechend bewusst trat sie auf, immer begleitet von einem Stampfen ihres Stöckelschuhs.

Frau Bräuner wusste alles, konnte alles und war schlichtweg unabkömmlich – laut eigenen Angaben. Rosa war daher darauf bedacht, um 17 Uhr, bei Frau Bräuners Ankunft, die Wohnung in adäquate Fasson gebracht zu haben. Dann musste nur noch das Bezahlungszeremoniell überstanden werden, das von Frau Bräuner persönlich durchgeführt wurde. Auch die 83-jährige Frau Helmberger legte Wert darauf, Rosas Lohn eigenhändig zu überreichen. Aber die tat das großmütterlich liebevoll, als wollte sie bei der Geldübergabe »Da, kauf dir ein Eis« hinzufügen.

Frau Bräuner hingegen wollte die Macht des bedruckten

Papiers aus ihrer Hand auf Rosa übergehen spüren. Sie konnte niemals genug vom Anblick des Geldkreislaufs bekommen. Sie war fasziniert davon, immer noch Scheine in ihrer *Prada*-Börse aufzufinden, egal wie häufig sie diese auch öffnete. Ein Nervenkitzel durchlief sie dabei, wie den Magier, der noch einen Hasen aus seinem Zylinder zaubert. Dieses ganze Geld-hin-und-her-Geziehe war mystisch für sie: ein Bündel Banknoten aus dem Bankomaten heraus, in ihre Geldbörse hinein, aus der Börse wieder heraus, über den Ladentisch gereicht, ein *Wii*-Spiel für Justin in Empfang genommen. So einfach funktionierte Materialerwerb. Alles, was mit Geld zu tun hatte, war reibungslos, ging flüssig vonstatten, war problemlos geregelt und wie von langer Hand geplant. Jedes Tauschgeschäft, in dem Geld Schmiermittel war, war ein sorgenfreies Kinderspiel. Nichts musste definiert, nichts verhandelt, nichts erkämpft werden. Geld legitimierte ihre Person. Deshalb war für Frau Bräuner der Moment, in dem Geldscheine aus ihrer in Rosas Hand wanderten, wie ein Blick ins Familienalbum. Er versicherte ihr ihren Stammbaum. Er vergegenwärtigte ihr ihre Existenz.

»Ich brauch' bald einen Meldezettel fürs Büro, hat mein Kollege g'sagt, weil er gestern um sieben bei mir noch Licht g'sehn hat. Ein Wahnsinn, sag' ich Ihnen. Was ich seit der SAP-Implementierung mitmach', das geht auf keine Kuhhaut. Die anderen melden sich natürlich alle krank oder sind auf Urlaub. Selbst mein feiner Chef war heut' unauffindbar. Nur ich bin wieder der Fels in der Brandung.« Genau solche Sprüche hatte sich Rosa ersparen wollen. »Obwohl, bitte, ich will mich nicht beschweren, ich hab' eh Glück mit ihm. Stets elegant im Anzug. Unser zierlicher Sir aus Döbling, sag ich immer. Weil Riese is' er keiner ...«

Rosa fragte sich, warum Frau Bräuners Handy nicht klingeln konnte. Erstens, weil es fast jeden Mittwoch um diese Uhrzeit klingelte, und zweitens, weil dann nicht mit Rosa, sondern einem anderen Opfer gesprochen werden würde.

»Der hat wieder eine Ehekrise, sag' ich Ihnen. Das kenn' ich doch schon. Da wird sich die liebe Frau Gattin kurz einmal unbeachtet fühlen und gleich lasst er alles liegen und stehen und fahrt mit ihr auf Urlaub.«

Dass Rosa während Frau Bräuners Telefonaten im Mikrowellenfrequenzbereich von 800-2200 Megahertz zwischen einem von über tausend in Wien aufgestellten Handymasten und Frau Bräuners neuestem Smartphone stand, war die andere Seite der Wartezeit. »Der vertraut mir ja blind und denkt sich sicher, die wird den Laden schon schupf'n«, sagte Frau Bräuner und deutete mit beiden Händen auf sich, damit Rosa auch wirklich klar sein konnte, auf wen hier Verlass war. »Heut' bin ich extra früher gangen, schließlich hab ich noch ein Kind zu versorgen und einen Haushalt zu führen«, so Frau Bräuner weiter.

Rosa blickte vom Vorzimmer ins Wohnzimmer, das eine perfekte Kulisse für einen Möbelhauskatalog abgegeben hätte. Ohne Frau Bräuners Zutun, aber dank ihrer tatkräftigen Bezahlung. Rosa schlüpfte in ihre *Waldviertler Eisbärschuhe*. Frau Bräuner beobachtete sie dabei. »Für bequeme Schuhe schauen die eigentlich ganz flott aus«, meinte sie, »aber ich mit meinem breiten Vorfuß kann mir so was Billiges ja nicht leisten. Ich lebe eben auf großem Fuß und brauche Manolo Blahniks«, worauf sie in künstliches Lachen verfiel, das ihr sicherlich in etlichen Kommunikationsseminaren als verkaufsfördernd angeraten wurde. Sie schoss noch ein »Scherzerl« hinterher und endlich, nachdem Rosa ihr »Wiederseh'n« kopfnickend erwidert hatte, schloss sich die Wohnungstür hinter ihr.

Gegen die Bräuner'sche Farbenpracht war das graue Stiegenhaus eine Erholung. Rosa schulterte ihren Stoffrucksack und ging mit Bodenbürste und Besen in der Hand die Treppen hinunter. Sie fuhr nie Lift. Die Lampe in der Liftkabine verbrauchte zwar mehr Strom als die Fahrt selbst, aber auch den wollte Rosa sparen.

Auf dem Heimweg zweifelte Rosa daran, dass eine Person wie Frau Bräuner Kontakt zu einer Frau wie Hatschek haben konnte. Die eine, wie sie eben war; die andere vernunftbegabt, stilvoll und von zarter Einfühlsamkeit, was schon an der einmalig leicht geöffneten Putzkastentür zu sehen war. Wie das schmutzige Geschirr zu kategorisieren war, wusste Rosa allerdings noch immer nicht. Sie hätte Frau Bräuner bezüglich all dieser Unstimmigkeiten befragen können; insbesondere, in welchem Verhältnis sie zu Hatschek stand. Aber selbstverständlich war ihr das unmöglich. Sie grübelte lieber weiterhin im Stillen darüber nach.

Donnerstag 9 Uhr, Familie Bitterfels-Weidinger, das vierte Jahr

Herr Bitterfels-Weidinger rückte Paulas Kinderstuhl samt Einjähriger an den Küchentisch. Ihre drei älteren Brüder saßen schon an ihren Plätzen. Rosa deckte auf, Herr Bitterfels-Weidinger rührte noch einmal im Kartoffelgulasch um. »Sie sehen heute so gelassen drein, Frau Rosa«, meinte er.

Wie Rosa Herrn Bitterfels-Weidinger einschätzte, wollte er nicht plauderhaft erscheinen. Normalerweise respektierte er Rosas verschwiegene Art. Doch beim Essen bevorzugte er ein unverfängliches Gespräch, da er jede Mahlzeit als sozialen Akt ansah, den es zu zelebrieren galt. Außerdem lockerte ein oberflächlicher Gedankenaustausch die Stimmung am Tisch, an dem er sich sonst allzu leicht in den Schmatzgeräuschen seiner Kinder verlor. Weshalb er die heutige Konversation ausgerechnet mit einem Kompliment an Rosa eröffnete, wusste sie nicht.

Er wollte ihr sicherlich nicht zu nahe treten; er dachte bloß nie sehr lange über seine Äußerungen nach, sondern teilte seine Beobachtungen offenherzig mit.

Rosa riss ihre Augen auf und wusste nicht, welche Veränderung er meinte. Da verzog sich Herrn Bitterfels-Weidingers Gesicht, als käme ihm der Gedanke, er habe seine Rede etwas zu voreilig an Rosa gerichtet. Er versuchte einzulenken. »Also verstehen Sie mich nicht falsch, ich wollte nicht unhöflich sein, Sie sind wie immer, keine Sorge, nur obendrein wirken Sie noch glücklicher, fröhlicher als sonst, ein bisschen lockerer.« Rosa schaute ihn geradewegs an. Mit einem Blick, in dem kein Fünkchen Lockerheit steckte. »Oje, bitte vergessen Sie's, es liegt an mir, ich bin heute ein bissl konfus, mit Ihnen ist alles in bester Ordnung, essen wir lieber, ich glaub', ich bin einfach hungrig.«

Herr Bitterfels-Weidinger stellte den Kartoffelgulaschtopf auf den Tisch und schöpfte einen Gupf auf jeden Teller. Rosa teilte Löffel aus. Paula saß neben ihrem Vater und wurde von ihm gefüttert, die anderen Kinder schaufelten selbstständig Essen in ihre Münder. Rosa vergaß die Worte von Herrn Bitterfels-Weidinger klarerweise nicht. Sie wollte nicht, dass ihr Gemütsregungen anzumerken waren. Sie wollte vor allem nicht, dass sie überhaupt Gemütsregungen verspürte. Noch weniger, da diese mit Hatschek zu tun hatten. Trotz des guten Essens – Herr Bitterfels-Weidinger war ein ausgezeichneter Hobbykoch – bevorzugte Rosa es, wenn sich die Familie während ihrer fünfstündigen Putztätigkeit nicht in der Wohnung aufhielt. Ähnliches musste wohl auch Herr Bitterfels-Weidinger verspüren, denn meistens unternahm er an Rosas Putztag Ausflüge mit den Kindern.

Im Übrigen mochte Rosa die Chaosfamilie gern. Besonders, wenn sie bei ihrem Eintreten, Donnerstag um 9 Uhr, abreisefertig im Vorzimmer standen und sich von ihr verabschiedeten. Paula klammerte sich dann meist um Rosas Beine, schrie: »Osa,

Osa«, und wurde von Herrn Bitterfels-Weidinger mit den Worten »Danke, Frau Rosa, danke und bis in sieben Tagen« sanft weggezogen. In der verlassenen, ruhigen Wohnung, die immer denselben Eindruck der Demontage bot, atmete Rosa erleichtert durch. Denn sie wusste, dass Vater und Kinder erst zurückkommen würden, wenn sie die Wohnung bereits verlassen hätte.

Im ersten Arbeitsschritt hob Rosa Spielzeugteile und Kleidungsstücke vom Boden auf, dann sammelte sie herumstehendes Geschirr ein und trug es in die Küche. Danach konnte sie sich der Grundreinigung widmen. Ihr Geld lag stets in zu großen Scheinen am Küchentisch bereit, weshalb Rosa immer genügend Wechselgeld bei sich trug. Herr Bitterfels-Weidinger war Hausmann und Glaskunsthandwerker, der in einem der fünf Zimmer seine Werkstatt betrieb. Eine zarte Gestalt mit wirrem, dunklem Haar, meist in Jeans und weißes Hemd gekleidet. Er wäre für die Instandhaltung der Wohnung verantwortlich gewesen, war dieser Aufgabe aber nicht gewachsen. Viel lieber spielte er mit seinen Kindern am Wohnzimmerboden, ließ sie in seiner Werkstatt Glaskugeln mit Fingerfarben bemalen und sang mit ihnen Lieder dem Wetter und der Jahreszeit entsprechend. Nach demokratischem Familienbeschluss bekam er daher Rosa zur Seite gestellt.

Frau Bitterfels-Weidinger war Hafnerin, trug maßgeblich zum Familieneinkommen bei und war häufig in Österreich unterwegs, um Kachelöfen zu setzen. Ihre seltenen Abende im Kreise der Familie wollte sie nicht mit Putzen vergeuden. Die Kinder der Bitterfels-Weidingers waren wie auf einer Perlenschnur aufgereiht im Abstand von zwei Jahren auf die Welt spaziert und vertraten die Jahre eins bis sieben. Auch ihnen stand der Sinn nicht nach Haushaltsführung.

Rosa war zusätzlich zur Grundreinigung auch der Abwasch, die Wäsche und das Aufräumen der gesamten 130 Quadratmeter großen Altbauwohnung übertragen worden. Sie mochte die Familie, was sich in ihrer Bereitschaft, in diesem Hause zu essen, ausdrückte. Selbstverständlich verwendete Herr Bitterfels-Weidinger ausschließlich biologische Lebensmittel, die er allerdings im Biosupermarkt erstand. Nach dem Mittagessen, dank Herrn Bitterfels-Weidingers extrovertierter Kochweise, musste Rosa die Küche erneut reinigen, was ihr aber gleichgültig war. Denn bei Familie Bitterfels-Weidinger ging es ihr nicht um Spurlosigkeit, sondern lediglich darum, die Familie vor einem völligen Versinken im Dreck zu bewahren.

Rosas Beunruhigung

Grundsätzlich bestimmte Routine Rosas Tage, selbst wenn sich ihre Wochen- und Arbeitsabläufe nicht haargenau glichen. Manchmal fiel eine Kundschaft urlaubsbedingt aus, oder Rosa begann nicht im Vorzimmer, sondern in der Küche, aufzukehren. Die Abweichungen, mit denen Rosa umzugehen hatte, waren minimal, abschätzbar und vertraut. Die Entdeckung von Hatscheks verunreinigtem Geschirr stellte allerdings eine Ausnahme dar. Was für andere unter geringfügiger Unregelmäßigkeit firmierte, verursachte bei Rosa gehörige Unruhe, war aber keinesfalls mit Ekel zu verwechseln.

Rosa gehörte nicht zu jenen Hygienehysterikern, denen vor benutztem Geschirr grauste. Sie hatte nichts mit Leuten zu tun, denen es unmöglich war, von jemand anderes Teller zu kosten, ihn abzuräumen oder abzuwaschen. Bei schweren Fällen dieser Krankheit führt schon der Anblick einer dreckigen Gabel zu Appetitlosigkeit. Dieses Phänomen ist in Fachkreisen als *7-Zwerge-Syndrom* bekannt. Der Name rührt von dem Märchen Schneewittchen her. Schneewittchen aß von Tellern und trank aus Bechern, die sie im Haus der Zwerge vorfand. Als die rechtmäßigen Bewohner der Unterkunft nachhause kamen, erkannten sie anhand der Ess- und Trinkspuren sofort, dass sich ein Eindringling im Haus befinden musste. Dass die Zwerge von dem benützten Geschirr angeekelt waren, kann daraus geschlossen werden, dass Schneewittchen künftig für den Abwasch zuständig war.

Rosa jedenfalls litt nicht unter dem 7-Zwerge-Syndrom und sie stellte bei der Konfrontation mit Hatscheks Teller und Salatschüssel auch keinen Ekel in sich fest, sondern lediglich offene Fragen. Weil das Geschirr eine unvorhersehbare Abweichung zur bisherigen Routine war und auf ein grundlegend anderes Bild von Hatschek als bisher von Rosa entworfen, hinwies. Wäre Hatscheks Wohnung von vornherein so chaotisch gewesen wie die von Familie Bitterfels-Weidinger, hätten Teller und Schüssel in der Abwasch Rosa nicht überrascht. Bei Hatschek war sie aber eine aufgeräumte Wohnung gewohnt, in der sie nur leere Oberflächen von Staub befreien und Parkettböden feucht aufwischen konnte.

Deshalb ließ die Entdeckung eines beschmutzten Tellers samt dreckigem Salatschälchen und Besteck in einer ansonst sauberen Küche Rosa fassungslos zurück. Das völlige Fehlen von Zubereitungsspuren gab ihr zu denken. Mikrowelle gab es nicht. Also mussten die Spaghetti gekocht und das Sugo, selbst wenn ein Fertigpräparat verwendet worden war, in einem Topf aufgewärmt worden sein. Benütztes Kochgeschirr war jedoch nicht auffindbar. Hatschek hätte es, *vor* der Nahrungsaufnahme, abwaschen und verstauen müssen. Oder es handelte sich um ein Fertiggericht, das im Ofen oder Wasserbad zubereitet werden konnte. Dann würde der Abwaschvorgang kaum Zeit beansprucht haben, das heißt der Verzehr der Nahrung hätte beginnen können, solange diese noch heiß war.

Leider fand Rosa keinerlei Verpackungen im Hausmüll als

Evidenz für diese Theorie vor. Aber aus beiden Varianten (Fertig- vs. Frischgericht) konnte sie schlussfolgern, dass Hatschek ihre Kochutensilien abwusch, noch bevor sie zu essen begann. Eine durchaus seltene Angewohnheit. Die Rosa aber vollends verstand, weil sie bei sich zuhause auch so vorging. Wenn Hatschek allerdings ebenfalls darauf erpicht war, alles wieder rasch zu reinigen und zu verräumen, weshalb brachte sie es dann fertig, ihr dreckiges Geschirr einfach so in der Spüle liegen zu lassen? Über Nacht! Es selbst am Morgen nicht abzuwaschen, und die Wohnung obendrein in diesem Zustand zu verlassen.

Rosa fürchtete, Hatscheks Bild korrigieren zu müssen; obwohl die Wohnung eindeutig einer intelligenten Person gehören musste. Was bereits aus den hier nicht vorhandenen Warenlagern zu schließen war. Speisevorräte, wie sie bei Herrn Novotny vorzufinden waren, der Fertiggerichte mit Verfallsdaten jenseits der Zweitausendeinhunderter-Grenze in seinen Küchenkästen stapelte, fehlten bei Hatschek gänzlich. Herr Novotny legitimierte sein bunkerhaftes Wesen mit vordergründigen Preisvorteilen. Aber Rosa kannte diese kleinlichen Krämerseelen, die sich hinter rationalen Begründungen ängstigten, um sich scheinbare Sicherheiten zu konstruieren – und wollte Hatschek nicht unter ihnen wissen.

Hatscheks Andersartigkeit wurde selbst von den fehlenden Zimmerpflanzen bewiesen. Bei Topfpflanzen wich Rosas Gesichtsfarbe spontan. Sie versuchte schon lange, den historischen Augenblick zu ergründen, als Grünpflanzen samt Erde menschliche Wohnräume zu besiedeln begannen. Irgendein auslösendes Moment musste das doch gehabt haben, dachte Rosa, konnte jedoch keines eruieren. Ästhetische Gründe waren daran sicherlich nicht beteiligt. In den wenigsten Fällen waren Pflanzen nämlich in ein geschmackvolles Umfeld gesetzt. Tontöpfe bildeten unansehnliche Kalkablagerungen, wohingegen emaillierte Töpfe nur in grässlichen Farb-, Muster-

und Formgebungen zu erstehen waren. Blumenerde war schieres Gift, angereichert mit chemischem Dünger und Torf, dessen industrielle Ausbeutung europäische Moore, die sich über Jahrtausende entwickelt hatten, zum Verschwinden brachte. Die Blätter wurden, damit sie halbwegs schimmerten, mit Schildlauspräparaten vollgepumpt. Topfpflanzen standen immer im Weg. Entweder vor dem Fenster, wo sie auch noch das Zimmer verdunkelten, oder in irgendeinem Winkel, aus dem sie sich überfallsartig vorneigten, sobald jemand daran vorbeigehen wollte. Darüber hinaus wurden Zimmerpflanzen rasch von grauen Staubschichten überzogen, die Nase und Schleimhäute reizten. Oftmals sogar setzten Zierpflanzen beim Stoffwechsel giftige Substanzen frei.

Unlängst noch hatte Rosa einen Kunden, Herrn Marlois, der konsequenter Pflanzenliebhaber war. Er lebte alleine in einer geräumigen, hellen Wohnung in Innenstadtnähe, war Frühpensionist, erfreute sich aber allerbester Gesundheit. Herr Marlois kümmerte sich liebevoll um seine zahlreichen Zimmerpflanzen: Jede stand oder hing an einem für sie optimalen Platz. Sonnig, schattig, halbschattig, kühl, warm, tropischfeucht; alle Klimazonen wurden von Herrn Marlois mit Lampen und Luftbefeuchtungsanlagen nachgeahmt. In der windstillen Ecke seiner Küche befand sich eine riesige Spathiphyllum, die prächtig gedieh. Sie wuchs zu solch gigantischem Ausmaß an, dass der Küchentisch, über den sie partiell hing, nur noch bedingt nutzbar war. Herr Marlois erlaubte es niemandem, seine Pflanzen zu verrücken. Das war mühsam für Rosa und unangenehm für etwaige Gäste, denen die Spathiphyllum penetrant in den Nacken hing. Bedeckte die Pflanze anfangs zwei Sessel und einen Teil der Tischplatte, konnte bald nur noch an einer Ecke des Tisches Platz genommen werden. Herrn Marlois' absolutes Lieblingsstück aber war seine hängende Prachtlilie, Gloriosa superba. Die streckte ihre langen Kletterarme von der Wohnzimmerdecke und dominierte auch ohne rot-orange Blüten (die ein Mal im Jahr für drei Tage zu erleben waren) das Erscheinungsbild des Raumes.

Herr Marlois besprühte die Blätter seines Lieblings täglich, wusste genauestens über dessen Nährstoffbedarf Bescheid und achtete auf Licht und Temperaturverhältnisse. Alles wusste Herr Marlois über diese Prachtlilie, außer, dass sie bei der Photosynthese eine spezielle, geruchlose Säure erzeugte, die von den Blattspitzen beständig an die Raumluft abgegeben wurde. Herr Marlois atmete die Stoffwechselerzeugnisse seiner Pflanze mit der Atemluft ein, über Jahre hinweg. Lange merkte er nichts davon; irgendwann klagte er über Kopfschmerzen. Er machte Wetterumschwünge, übermäßigen Alkoholkonsum, seine schlechter werdenden Augen dafür verantwortlich. Niemals hätte er die hängende Gloriosa superba verdächtigt. Nicht einmal, als sich zu den immer stärkeren Kopfschmerzen noch Schwindel, Herzrhythmus- und Gleichgewichtsstörungen dazugesellten. Selbst als er eines Tages tot unter der Pflanze lag und ein Arzt unauffälligen Gehirnschlag attestierte, fiel auf die Prachtlilie kein Argwohn. An jenem Tag übrigens, als Herr Marlois im Wohnzimmer lag, konnte der Arzt nicht einmal mehr den Totenschein auf dem Küchentisch ausstellen, so sehr überwucherte ihn die Spathiphyllum.

Hatschek war da anders; das verriet auch das gepflegte, durchgängige Parkett ihrer Wohnung. Wenn Rosa im Vergleich dazu an das kinderlose Ehepaar Pospischil dachte, von denen sie sich erst kürzlich getrennt hatte …

… Herrn Pospischil hing über seine Hühnerbrust, die sich zum Schmerbauch aufschwang, eine charakteristische Goldkette. Frau Pospischil trug ein breites Becken in unübersehbaren Leggins. Die beiden lebten in einer Wohnung, die flächendeckend mit Spannteppichen in unterschiedlichen Farben ausgelegt war. Im Bad ein hellblaues Exemplar, das WC war rot, das Vorzimmer braun, Wohnzimmer beige, der Küchenboden strapazierfähig gemustert. Alles reinster Irrsinn – die Optik, das Raumklima, der Zustand. Dem Teppich waren seine Erfahrungen wie Jahresringe anzusehen. Brandflecken dort, wo im Wohnzimmer der Weihnachtsbaum umstürzte. Abrieb dort, wo im Vorzimmer die meisten Besucher kamen und gingen. Essensreste dort, wo in der Küche gekocht wurde. Schimmelpilz dort, wo im Bad die Wanne überlief. Der Spannteppich wurde bei Herrn und Frau Pospischil zum hygienischen Terrorakt.

Dem wirkte Rosa jede Woche mit Nassreinigung entgegen. Sie rutschte auf Knien durch die Wohnung, ihren Holzkübel neben sich, und schrubbte mit einer harten Schweineborstenholzbürste Pflanzenseife in den Teppich. Horrender Aufwand, mäßiger Erfolg. Von Woche zu Woche verschob Rosa die Auflösung ihrer Arbeitsvereinbarung. Erst als Kinderersatz Lucky, ein unkupierter Bobtail, einzog und ziemlich lang brauchte, um stubenrein zu werden, ging Rosa.

Ja, selbst Haustiere hatte Hatschek nicht. Das allein war schon der Beweis für geistige Gesundheit. Sich Tiere in den eigenen Wohnbereich zu sperren, war die absurdeste Idee von allen, fand Rosa. Haare, Kot, Körperausdünstungen, Straßenschmutz, Flöhe, Zecken, Würmer, Milben, biologische Abhandlungen unbenennbarer Parasiten holten sich Leute freiwillig in ihre Wohnungen. Obwohl doch wirklich hinlänglich bekannt sein musste, dass Tierhaare heftigste Reaktionen bei Allergikern auslösten.

Den Pospischils freilich war das egal. Die schafften sich Lucky an, der anfangs kurze Haare hatte und relativ pflegeleicht war. Doch wuchs dem Hund bald ein schwarz-weißes Fell von zehn Zentimetern Länge. Seine Haare waren von solcher Feinheit, dass sie sich über die gesamte Wohnung verteilten, überall anlegten und selbst mit dem Klopfstaubsauger auf stärkster

Stufe nicht von den Möbeln zu entfernen waren. Das Tier wuchs sich zu einem sabbernden Zottelbären aus, der seinen kotverschmierten Anus am Wohnzimmerteppich abwischte und stark aus dem Mund stank. Als Lucky unter die Bettdecke seines Besitzers schlüpfte und Herr Pospischil gerührt bekanntgab: »Das is' meine größte Freud', wenn er bei mir im Bett übernachtet«, verkündete Rosa ihren Abschied. Sie nahm fortan keine Aufträge bei Tierbesitzern an, egal ob es sich bei deren Mitbewohnern um Wellensittiche, Fische oder Echsen handeln sollte. Obwohl gerade Tierbesitzer vermehrt Anfragen an sie richteten. Denen war die Schmutzproduktion ihrer Lieblinge scheinbar auch zu viel.

Rosa gab gerne Kontaktdaten für Spezialeinheiten der chemischen Reinigung, die mit Schutzanzügen und Atemmasken anrückten, weiter. Chemie war in diesen Fällen gerade recht. Sie lehnte die Angebote aufgrund geistiger Inkompatibilität ab. Bei jemandem, der sich unhygienische Bestien in seinem Lebensraum hielt, der stinkende Nahrungsmittelabfälle aus Plastik- oder Aluminiumverpackungen – durchwegs aus Massentierhaltung – von Konzernen wie *Kraft* oder *Unilever* in der Küche neben der eigenen Essstelle verfütterte, konnte Rosa nicht putzen. Das wäre Selbstverleumdung und Vergeudung ihrer Fähigkeiten gewesen.

Auch dieser Unart gab Hatschek sich nicht hin. Genau deshalb, weil Hatscheks Wohnung weder Zimmerpflanzen noch Teppiche, Vorhänge, Zierkissen oder Haustiere beinhaltete, war Rosa ihr zugetan. Weil Hatscheks Wohnung nicht so war wie die anderer Kundinnen, stellte sich Rosa Hatschek auch anders vor. Weil sie Hatschek nicht kannte, machte sie sich ein Bild von ihr. Dreckiges Geschirr in der Abwasch passte aber nicht in dieses Bild.

Als Rosa weiterhin über Hatschek, Haustiere und Teller nachdachte, fiel ihr erneut Ludmilla ein. Sie hatte ihr im Krankenhaus von jemandem erzählt, der sich Vogelspinnen hielt. Ludmilla war überhaupt ein Pool an grauenvollen Geschichten gewesen, denen Rosa fasziniert zuhörte. Als Putzfrau des Pavillons 23, Station für forensische Sozialpsychiatrie, stand sie eines Tages mit Wischmopp und in gelben Plastikschlapfen in Rosas Zimmer. Ludmilla sagte »Hallo« und wischte das Linoleum. Das tat sie konzentriert und mit einer Ernsthaftigkeit, als verrichtete sie Messdienst. Nachdem Ludmilla von links beim Fenster nach rechts zur Tür gewischt hatte, sagte sie »Baba« und schloss die Tür von außen. Am nächsten Tag kam sie wieder und absolvierte das gleiche Programm. Am dritten Tag entspann sich ein Gespräch über Putzmittel, das bald von schaurigen Geschichten über Leute, bei denen Ludmilla putzte, abgelöst wurde. Sie war zwar bei der Reinigungsfirma für Wiener Krankenanstalten angestellt, doch nahm sie nebenbei noch weitere Aufträge an. »Na sicher, alles in Pfusch«, klärte sie Rosa stolz über die finanziellen Vorteile ihrer Zusatzbeschäftigung auf. Dabei zog sie das »i« von »sicher« so lang, als wollte sie daraus eine soziale Hängematte schneidern. Auch die stete Nachfrage und relativ gute Bezahlung verriet Ludmilla ohne Angst vor Konkurrenz.

Es dauerte nicht lange, und Ludmillas Besuche wurden zu Rosas Höhepunkt im Spitalsalltag. Sie liebte Ludmillas Geschichten, ihren groben Akzent und ihren menschenverachtenden Schwung in jeder Bewegung. Menschen waren für Ludmilla nur verursachendes Übel. Auf die *Gegenstände* kam es an, sie galt es zu schützen und zu bewahren. »Stell' da vor«, begann sie jede ihrer Geschichten, lehnte sich dabei an den Stiel ihres Wischmopps, stemmte eine Hand in die Seite und stellte ein Bein über das andere. Regelmäßig glitt ihr dabei ihr Schlapfen vom Fuß. Das Linoleum um sie herum glänzte feucht. »Stell' da vor«, sagte Ludmilla. Rosa saß erwartungsvoll auf ihrem Bett, die Beine baumelten seitlich herunter. Aufmerksam wie ein Kind im Zuckerlgeschäft schaute sie in Ludmillas dunkle Augen, die von schwarzen Rändern untermalt wurden.

»Stell' da vor«, begann sie auch die Geschichte von Herrn Linnhardt. Der war ein alleinstehender Mann um die fünfunddreißig. Klein, untersetzt und haarig. Dunkelhaarig mit fast kahlem Kopf und starker Körperbehaarung, die schon nach der Glatze im Nacken begann, den Rücken vollständig bedeckte, bei Brust und Bauch nicht stoppte, selbst an den Fingern nicht fehlte und auch auf den großen Zehen anzutreffen war. Lediglich Handinnenseiten und Fußsohlen waren unbehaart. Weshalb Ludmilla Herrn Linnhardts Körper derart detailliert schildern konnte, lag an dessen Vorliebe, seine Wohnung zu überheizen und sich darin mit Sandalen, Shorts und Unterhemd zu tummeln.

Herr Linnhardt heizte seine Wohnung nicht zu seinem eigenen Vergnügen. Die 35 Grad Raumtemperatur hielt er für seine fünfzehn Vogelspinnen konstant. Die konnten sich erst bei wohliger Wärme so richtig frei in der Wohnung bewegen. Meistens bewegten sie sich trotzdem nicht, sondern saßen stunden- und tagelang an ein und demselben Fleck: an der Decke, im Terrarium, im Ärmel von Herrn Linnhardts Jackett oder in seinen Schlüpfern. Ludmilla grauste unendlich vor diesen Viechern, doch brauchte sie zu dieser Zeit Geld. Viel Geld, für ihre Familie in Bosnien. Und Herr Linnhardt war bereit, dreimal so viel wie üblich zu zahlen, sonst hätte sich niemals Reinigungspersonal in seine Spinnengrube verirrt.

Das Lustige an Herrn Linnhardt und seinen Vogelspinnen, meinte Ludmilla, war deren Ähnlichkeit. »Musst' da vorstellen«, variierte Ludmilla manchmal ihre Einleitung, »alle schwarz und lauter Haare«. Die Tiere sahen aus wie Linnhardts missratene kleine Nachkommen, denen er nur seine Behaarung vererbt hatte. Mit Vogelspinnen ist es allerdings so, dass sie sich in regelmäßigen Abständen – eigentlich ziemlich häufig – häuten. Was aber anders als bei Schlangen verläuft. Vogelspinnen verpulverisieren ihre oberste Hautschicht. Das führte in der 40-Quadratmeter-Wohnung bei fünfzehn Spinnen und Zentralheizung im Dauerbetrieb zu einer ziemlich heftigen Staubbelastung. »Stell' da vor«, sagte Ludmilla, denn Herr Linnhardt, von teigigem Wesen eines Computerkoordinators, war Stauballergiker. »Musst' da vorstellen«, immer nur rote Augen, rote Nase, immer nur niesen und Taschentücher. Seine eigene Wohnung hätte für ihn zum Sperrgebiet erklärt werden müssen. Aber er nahm alle Asthmaanfälle dankbar hin, nur um mit seinen haarigen Ablegern zu sein. »Stell' da vor, so ein Idiot, na sicher hearst«, schloss Ludmilla die meisten ihrer Erzählungen, wobei das »i« von »sicher« die Garantie, selbst niemals einer solchen Dummheit verfallen zu können, unterstrich.

Retournierung der Pralinen

Freitag war Rosas freier Tag. Sie saß in ihrer Küche, hörte dem Knistern des Holzes im Tischherd zu und schlürfte ihren Bergkräutertee. Bertram hatte ihn von einem Freund aus dem Waldviertel; der pflanzte alte Bergkräutersorten in Permakultur an, erntete die Blätter per Hand, trocknete sie am Dachstuhl, packte sie in mit Papier ausgeschlagene Leinensäcke und brachte sie nach Wien. »Mit dem Fahrrad!«, wie Bertram stolz versicherte. Das Päckchen um zehn Euro.

Es war Ende Februar, noch immer kalt und matschig. Rosa brauchte wärmenden Tee. Seit Wochen verdunkelten graue Wolkendecken die Stadt, als hätte sie sich eine Kappe über ihren Wasserkopf gezogen. Rosa führte mit beiden Händen ihr Teehäferl zum Mund und starrte auf den Fenstersims. Dort verstellte Frau Helmbergers Pralinenschachtel noch immer die

Aussicht. Mit einem plötzlichen, nicht auf die Außentemperaturen abgestimmten Energieschub stellte Rosa ihre Tasse ab, ergriff die Schachtel, zog sich Strickmütze, Lammfellhandschuhe, Walkjanker, Filzüberhose, Wollsocken und gefütterte *Eisbärschuhe* an und radelte, vom Margaretenplatz um die Ecke, die Zentagasse zum *Kost-nix-Laden* hinauf. Natürlich waren die Radwege nicht von Rollsplitt oder Schneeresten geräumt, aber sie kam trotz Wiener Wind voran.

Als Rosa die rote Tür des Geschäfts öffnete, schellte eine Glocke. Wie bei Bertram, dachte sie und weshalb Klingeln für Läden mit einer Grundfläche von 25 Quadratmetern überhaupt vonnöten waren. Das, was Rosa erblickte, war definitiv kein gut sortierter Fachhandel. Im Halbdunkel lagen Waren aller Art auf windschiefen Regalen gestapelt oder hingen an Kleiderständern, die Vorbesitzer hier abgestellt hatten.

»Guten Morgen«, grüßte ein junger Mann und erhob sich von seinem Hocker hinter der Budel. Seine Dreads bändigte ein ausgedehntes, gelbes Haarband. In den seitlichen Taschen seines violett-weiß gemusterten Leinenüberhemds wärmte er seine Hände. »Kann ich dir helfen?«, duzte er Rosa, die er zwar nicht kannte, die aber gut zwanzig Jahre älter war als er. Sie führte das auf ihre organische Bekleidung zurück und die Annahme des Burschen, eine im ökologischen Geiste Gleichgesinnte vor sich zu haben. Rosa hielt ihm die Bonbonniere hin, versicherte ihm die Unversehrtheit des Produkts und ein Ablaufdatum in ferner Zukunft. Er nahm die Packung dankend entgegen und bemerkte: »Fastenzeit is', gell?«

Rosa war nicht gewillt, dem sympathischen Jungen ihre diffizilen Überlegungen zum Thema Schokolade darzulegen, versuchte gütig zu schmunzeln, was ihr wegen der frostigen Temperaturen im Geschäft nicht gelang, und verabschiedete sich.

Bialetti

Am nächsten Mittwoch war die Unruhe wegen Hatscheks schmutzigem Geschirr noch nicht gänzlich aus Rosa gewichen. Da sie jedoch keine endgültige Erklärung fand, ließ sie es vorerst gut sein. »Einfach loslassen«, wie ihre Therapeutin früher geraten hatte. Was ihr natürlich nicht leichtfiel. Rosa kam vor, die Tage würden tatsächlich wieder heller, misstraute ihrer Beobachtung aber. Zu leicht konnte die Sehnsucht nach Sonnenlicht, das im Februar niemandem in dieser Stadt zuteil wurde, ihre Sinneswahrnehmungen täuschen. Trotzdem empfand sie Aufbruchsstimmung, als sie um halb neun morgens, ohne ihren Trafo am Rad in Betrieb nehmen zu müssen, durch die Stadt radelte.

Um diese Uhrzeit war ein Großteil der Wienerinnen und Wiener längst erwacht, einige davon saßen seit sieben Uhr im Büro, die anderen waren mit Liefertätigkeiten beschäftigt. Die Menschen in dieser Stadt liebten es, früh aufzustehen. Das gab ihnen ein Gefühl von Wichtigkeit und konnte immer als Fleiß oder guter Wille ausgelegt werden. Sie hupten, drängelten, versperrten Kreuzungen mit zu großen Autos, parkten in zweiter Spur.

Rosa lenkte ihr Rad die Pilgramgasse hinunter und die Otto-Bauer-Gasse über die Hofmühlgasse wieder hinauf, kurz in die Mariahilfer Straße neben dutzenden LKWs entlang und gleich in die Neubaugasse bis zu den Straßenbahnschienen der Westbahnstraße, zur Kirchengasse Schuss bergab und ab Neustiftgasse steil die Piaristengasse bergauf – mit etwas Glück ohne lärmendem 13A neben sich –, bog elegant von der Florianigasse in die Lederergasse ein und ließ das Rad schließlich zum Haus 35 auslaufen.

Ihr wurde ungewohnt warm, doch beim Betreten von Hatscheks Wohnung – in die wieder gleißend hell die Sonne schien – war ihr Puls erneut bei 65 angelangt. Noch während sie sich wunderte, dass es hier immer sonniger als draußen war, bemerkte sie den Kaffeegeruch. Sie ging in die Küche. Eine alte *Bialetti* stand am Herd. Im Geschirrspüler entdeckte Rosa eine Espressotasse und einen Löffel.

Jetzt wurde in dieser Wohnung also auch noch Kaffee getrunken!, bemühte sich Rosa, nachdem sie einige Sekunden mit argem Widerstand gegen Hatscheks Kaffeekonsum zugebracht hatte, diesen Zustand zu akzeptieren. Kaffee war für Rosa genauso verwerflich wie Schokolade. Vielleicht sogar *noch* schlimmer. Aber sie wollte Hatschek ihren Espresso gönnen, solange die ihre Tasse sofort nach dem Gebrauch im Geschirrspüler verstaute.

Warum die *Bialetti* allerdings am Herd stehen gelassen wurde, wollte Rosa nicht einleuchten. Sie schraubte die noch warme Maschine auf – den Kaffeesud wollte sie im Biomüllbehälter des vierteiligen Müllsystems unter der Spüle entsorgen. Wieder waren alle vier Behälter leer – Hatschek musste jeden Morgen den Müll mitnehmen. Zumindest jeden Mittwochmorgen. Aus ihrem Stoffrucksack holte Rosa einen Papiersack, leerte den Kaffeesud hinein und stellte den Sack in die Bibliothek neben den Kamin. Später würde sie die Asche hineinschaufeln.

In der Küche spülte sie die einzelnen Teile der Espressomaschine aus, wischte sie trocken, schraubte sie zusammen und stellte sie in den Küchenkasten gleich oberhalb der Spüle. Viel gab es dort nicht zu sehen: ein paar leere *Tupperware*-Boxen mit verschiedenfarbigen Deckeln, eine offene Packung *Lavazza* und *Wiener Kristallzucker*. Alles unsauber geöffnet und ungenügend verschlossen. Die Verpackungen hatten sich aufgerollt, Kaffee und Zucker waren de facto Fraß für Ungeziefer. Schon wieder so ein Moment, dachte Rosa, in dem Hatscheks Bild verschwamm. Da war einerseits die klare Ordnung ohne jeden Schnickschnack, und dann diese groben Schnitzer. *Lavazza*-Kaffee. Wer brachte das denn heutzutage noch zustande? *EZA* aus kontrolliert biologischem Anbau war doch das Mindeste. Obwohl Transportwege, Alu- und Plastikverpackung und das generelle Dilemma mit Kaffee auch hierbei nicht wegzuleugnen waren. Und dann noch *Tupperware*! Polyethylen, Thermoplast, alles nicht abbaubar. Weshalb sofort nach dem Kaffeetrinken die Tasse wegräumen, wenn das Kaffeepulver in der Verpackung ausraucht und sich im raffinierten Auszugszucker braune Klumpen bilden, weil Hatschek offensichtlich den bereits feuchten Löffel eingetaucht hat? Wie passten diese Unachtsamkeiten zu einem *Ringana*-Shampoo? Wie passte *Tupperware* zum dezent geöffneten Putzmittelschrank? Wie passte weißer Zucker zum offenen Kamin? Wie passte Kaffee zur fehlenden Waschmaschine? Wie passte die *Bialetti* zur schwarzen Unterhose am Wohnzimmertisch?

Eben, gar nicht.

Inskription

Um die Unstimmigkeiten in ihrem Körper zu besänftigen, ging Rosa ins Kaminzimmer. Von allen Räumen der Hatschek'schen Wohnung hielt sie sich dort am liebsten auf. Das Zimmer war pflegeleicht: Lediglich Asche musste aus dem Kamin geschaufelt werden, die Buchrücken waren abzustauben, Arbeitstisch und Lehnsessel abzuwischen zuzüglich Bodenreinigung. Aber das konnte warten. Vorerst musste Rosa im Kanadier Platz nehmen. Hatscheks Wohnung war ohnehin so sauber, dass Rosa keine drei Stunden dafür benötigte.

Der Raum wirkte kühl, als hätte sich nie jemand darin aufgehalten. Anders als das Vorzimmer, wo Kaffeegeruch oder ein Gemisch aus Parfüm und Duschgel in der Luft hingen.

In der Bibliothek roch es immer menschenleer. Rosa schaute auf die Bücherwand, die wenig Freiraum für Zuwachs bot. Hatschek musste belesen sein, aber auch einer gewissen Sammelleidenschaft frönen. Was freilich in eine völlig andere Kategorie als Herrn Novotnys Eisenbahnen, Zinnsoldaten und Fertigmenülager fiel. Beim Horten von Büchern ließ Rosa eine gewisse Nachsicht walten. Ihr Blick glitt über Titel, die sie früher selbst in ihrer Wohnung beherbergt hatte: Büchners »Lenz«, Robert Walsers »Spaziergang«, Dostojewskis »Idiot«.

Sie erinnerte sich, wie ihr Hatscheks Wohnung auch wegen der anwesenden Bücher gleich sympathisch gewesen war. Obwohl diese Menge bereits Atembeschwerden hervorrufen konnte. Außerdem wurden doch die wenigsten Bücher zweimal gelesen. Bücher aufzuheben war im Grunde nostalgisch, sentimental, ein Indiz dafür, an Vergänglichem und Besitz zu hängen. Noch vor zehn Jahren hatte Rosa in einem Raum gesessen, den sie ihr Wohnzimmer nannte, und dessen Wände vom Boden bis zur Decke von Bücherregalen überzogen waren. Auch im Vorzimmer, selbst im Schlafzimmer direkt neben ihrem Bett, stapelte sie Bücher. Sie liebte es, die Massen an zurückgelegtem Papier vor Augen zu haben. Eines Tages jedoch wurde ihr klar, dass dies pure Eitelkeit war, die obendrein Staub ansetzte. Bananenkartons voller Bücher schaffte sie daraufhin zur Caritas, in Jugendzentren, Tagesstätten für Obdachlose und öffentliche Bibliotheken. Die waren bereits nach kurzer Zeit nicht mehr sonderlich über ihre Geschenke erfreut und wollten nicht länger *zugemüllt* werden, wie sie es nannten. Und das, obwohl Rosas Bücher in tadellosem Zustand waren! Keine einzige Seite geknickt, kein Buchrücken gebrochen, kein Umschlag verschmutzt. Sie behandelte sie so vorsichtig, dass keine Gebrauchsspuren aufzufinden waren.

Als sich ihre bisherigen Abnehmer der Bücher erwehrten und ihre Wohnung noch immer bis oben hin voll war, kam ihr die Idee mit den Flohmarktstandlern. Die nahmen alles, wenn sie nichts dafür zahlen mussten. Rosa belieferte den Naschmarkt so lange, bis ihre Wohnung – außer ein paar essenziellen Exemplaren – bücherfrei war. Mittlerweile hatte sie sich auch dieser Reste entledigt und vor etwa einem halben Jahr ihr letztes Buch, Marlen Haushofers »Wand«, in die Bücherbox zur freien Entnahme gestellt.

Sie schloss die Augen. In der Stille der Hatschek'schen Wohnung merkte sie, wie müde sie war. Sie schlief nicht weniger als sonst und arbeitete nicht mehr. Es wird wohl am Winter liegen, dachte sie.

Sie schaute zum Fenster, das Ausblick auf ein Stückchen grauen Himmel bot. Am Wochenende hatte Rosa im kleinen Saal des Votivkinos einen Dokumentarfilm über Einfluss und Gefahren von Sonnenlicht auf das menschliche Leben gesehen. Vitamin-D-Mangel aufgrund fehlenden Lichts, daraus resultierende grauenvoll verbogene Knochen bei sogenannten Kellerkindern der Zwischenkriegszeit. Daneben abschreckende Karzinome auf durchtrainierter Surferhaut. Hautkrebs war nicht nur in Australien im Vormarsch. Es geht klar bergab, dachte Rosa, obwohl man in hiesigen Breitengraden wegen durchgehender Finsternis eher aus dem Fenster springt, als von einem Sonnenstich getroffen zu werden. Scheinbar setzte das Wetter ihr mehr zu, als sie annahm.

Aber so schnell kann es gehen. So schnell kann Adrenalin durch einen Körper schießen, der Herzschlag sich steigern, können die Pupillen sich erweitern. So schnell kann es gehen. Es braucht nur ein Blick auf einen Zettel zu fallen. Und Rosa hatte sich schon des Längeren geärgert. Natürlich nicht bewusst und auch mehr gewundert als geärgert. Dass sie bei Hatschek *nie* etwas fand. Dass nie irgendwelche Schriftstücke, Postsendungen aufzufinden waren. Irgendetwas Persönliches. Nicht so wie bei den anderen. Wie beim Ehepaar Bitterfels-Weidinger, deren Rechnungen, Honorarnoten und Mahnungen schon im Vorzimmer herumlagen. Wo sie durch Hustensaftflaschen, Rezepte und Salben von allen Kinderkrankheiten wusste. Facharztüberweisungen, Kurbestätigungen, Hilfsmittelverschreibungen fand sie mühelos bei Herrn und Frau Helmberger, gemeinsam mit der Parteizeitschrift, dem Bezirksblatt und dem Mitgliederheft des *ÖAMTC* trotzdem die Helmbergers schon jahrelang nicht mehr Autofahren durften. *Alles* erfuhr Rosa. Von Frau Gulmbrich und Frau Bräuner sowieso aus erster Hand, zusätzlich zu den Hinweisen aus dem Papiermüll wie Verpack-ungskartons, Versandhauskataloge, Modezeitschriften. Nur bei Hatschek lagen nie Schriftstücke herum. Das war wie bei Rosa. Sie holte die Post aus dem Postkasten und mistete gleich über dem Altpapiercontainer aus. Rechnungen zahlte sie, Briefe bekam sie selten. Zusendungen, die es erforderten, aufbewahrt zu werden, ordnete sie sofort ein. Alles andere wurde umgehend entsorgt. Dass Hatschek ebenso vorging, wagte Rosa kaum zu hoffen. Die seltenen Zeitungen im Drahtständer neben dem Kamin, *FAZ*, *Süddeutsche*, *Die Zeit* waren zwar aufschlussreich, aber Rosa vermisste Persönliches.

Doch jetzt endlich die Zettel auf Hatscheks Schreibtisch. Eine Ausnahme. Rosa las die Inskriptionsbestätigung, das Studienbuchblatt, ein Geburtsdatum, eine Matrikelnummer und die Zulassung zum Studium der Betriebswirtschaftslehre. Und natürlich den Namen. Eleonora Hatschek.

Überrumpelt

Er hatte sie ganz klar überrumpelt, und sie war schuld. Darüber konnte auch der handgepflückte Bergkräutertee, den sie als Essensersatz trank, nicht hinwegtäuschen. Draußen war es finster und drinnen sechs Uhr abends geworden. Rosas Magen knurrte.

Weil ihr Abendessen noch ausstand. Sie musste dreimal täglich zu fixen Zeiten Nahrung zu sich nehmen, sonst sank ihr Blutzucker und mit ihm ihre Energie, ihre Denkfähigkeit, ihr Reaktionsvermögen. Sonst passierte eben so etwas wie gestern. Ein übler Fehler. So etwas konnte ihr nur in unterversorgtem Zustand unterlaufen. Und jetzt nahm sie schon wieder Unregelmäßigkeiten bei ihren Mahlzeiten in Kauf. Wer war schuld daran? Wer? Herr Bitterfels-Weidinger, weil er mit seinen Kindern ins Planetarium gegangen war und sie kein Mittagessen von ihm bekommen hatte? Eleonora Hatschek, weil Rosa ständig darüber nachdachte, wie Hatschek auf die Idee kommen konnte, ausgerechnet BWL zu studierten? Oder war sie selbst schuld, weil sie von Familie Bitterfels-Weidinger nicht nachhause essen, sondern direkt in *Bertrams Bioladen* gegangen war? Oder Bertram, der ihre Schwäche ausgenützt und sie eiskalt überrumpelt hatte? »Hey Rosa, die halten einen Vortrag über Alpenlachs; Terra-Madre und Slow-Food-Partner stellen aus, danach gibt's ein viergängiges Menü«, hatte er gesagt, während Rosa, an nichts als Essen denkend, vor dem Traktor stand.

Ihrem Blutkreislauf mussten ganz schnell ganz viele Kalorien zugeführt werden; ihr Körper zeigte seine normalen Reaktionen auf den Ausfall des Mittagessens: Er funktionierte nicht mehr. Vor ihr auf dem Tapeziertisch lagen Vollkornstrudel, Dinkelgolatschen und Roggenkipferl. Rosa war das eigentlich zu viel. Jetzt einen Entschluss zu fassen, überforderte sie. Sie brauchte einfach warmes, gehaltvolles Essen, doch die Zubereitung würde zu lange dauern. Sollte sie schnell eine Golatsche hinunterwürgen, bevor sie in Ohnmacht fiel? Ihr Finger zeigte auf die Golatsche. Bertram reichte sie ihr.

»Hey, das wär' doch was für dich.« Er meinte wohl das Abendessen, und sie musste wohl eine Zustimmung geäußert haben. Aber sie wollte weder mit Bertram noch mit jemand anderem den Abend verbringen. Sie wollte nicht ihren persönlichen Tages- und Essensrhythmus umstellen. Sie wusste doch, welche Folgen ein spätes Abendessen hätte. Fürchterlichen Hunger. Sie würde übermäßig viel in sich hineinstopfen, läge die ganze Nacht mit Magenschmerzen wach und wäre am nächsten Tag übermüdet. Nein, sie wollte das nicht. Selbst wenn alle Lebensmittel den hohen Standards von *Slow Food* entsprachen. Sie wollte das nicht. Aber Bertram hatte sie in einem schwachen Moment erwischt – der Wetterumschwung war schuld. Einen Tag hatte es sonnige 15 Grad, am nächsten war es bitterkalt; Rosas Körper hinkte hinterher. Während ihrer Fahrradfahrten musste sie sich ständig Haube, Handschuhe, Schal an- und ausziehen. Das ermüdete. »Is' a Wahnsinn«, sagte doch schon Ludmilla. »Amal kalt, dann haaß, is' a Wahnsinn. Nix dazwischen.«

Rosa hatte Ludmillas Fähigkeit zur Integration bewundert. Nach nur sechs Jahren in Österreich konnte sie wie eine echte Wienerin jammern. Sie traf dabei genau die Stimmlage der Eingeborenen und jammerte auch über dieselben Themen. Fast glaubte Rosa, jede Stadt der Welt gäbe ihre eigenen Problemfelder vor, an denen sich die jeweilige Bevölkerung abzuarbeiten hatte, egal welcher ursprünglichen Herkunft sie auch war. In Wien jammerte man über das Wetter und andere Menschen, die selbstverständlich immer dümmer und verbohrter als man selbst waren.

»Stell' da vor«, hatte Ludmilla damals gesagt. »Hab' ich Mantel an, so wie immer, wor ja kalt, geh' ich raus, na merk' ich, is' warm. Schwitz' ich, mach' ich Mantel auf. No, bis ich ins Spital komm', bin ich auch schon verkühlt. Gestern schneit's, heite zwanzig Grad. Na bitte, wer halt' das aus?«

Ludmilla erwartete wie gewöhnlich keine Antwort von Rosa. Sie hustete einen bronchialen Bass und zündete sich nach dem Dienst eine 100-er Marlboro an. Rosa liebte Ludmillas Husten. Der dicke, festsitzende Schleim in ihren Lungen krachte bei seinen Fluchtversuchen entschlossen und legte sich doch jedes Mal wieder unverrichteter Dinge auf die Lungenbläschen. Als hätte eine Befreiung sowieso keinen Sinn, als wären seine geräuschvollen Bemühungen nur halbherzig und sein wahrer Platz im Leben eben an der dunklen Seite von Ludmillas Lungenflügeln.

Rosa musste in *Bertrams Laden* beim Erblicken der Topfengolatsche erschöpfter gewesen sein, als sie gedacht hatte, sonst hätte sie Kraft gefunden, Bertrams Einladung abzulehnen.

Sie trank ihren Bergkräutertee, der immer fader schmeckte. Dieses Abendessen würde sie nur Überwindung kosten. Sie war jetzt schon hungrig und musste sicher noch eine Stunde aushalten. Ein Dilemma, dem Rosa Rückzug und Ruhe entgegensetzen wollte. Aber sie musste sich aufraffen und Bertram treffen.

Abendessen

Er hat sich zurechtgemacht, dachte Rosa. Sie saß Bertram gegenüber an einem Tisch für zwei und fand, er sah anders aus. Nur konnte sie seine Veränderung nicht zuordnen. Sie hatte ihn noch nie in einer anderen Umgebung als in seinem Bioladen gesehen. Vielleicht lag der Unterschied darin? Fehlte ihm hier sein Traktor, der ihn im Laden wie ein Nimbus umgab?

Rosa war fahrig, was teils am niedrigen Blutzucker, teils an ihrem Ärger, nicht hinter Bertrams gewandelte Erscheinungsform zu kommen, lag. Es war, als fände sie den letzten der fünf Fehler im Suchbild nicht. In den Wohnungen ihrer Kundinnen entdeckte sie sofort jede Differenz. Stand ein Möbel nicht am gewohnten Platz, wurde ein neues Bild auf- oder ein altes abgehängt, selbst jede Zierkissenneuordnung bei Frau Gulmbrich bemerkte sie auf Anhieb. Aber was an Bertram anders war, fand sie nicht heraus. Er redete genauso viel wie immer, seine Haare hingen ihm gewohnt struppig lang ins Gesicht, die dreckige Jeans, die er im Bioladen trug, hatte er auch hier an und selbst das russische Bauernhemd samt schwarzem Schweinsledergürtel war ihr vertraut. Es konnte doch nicht an der lächerlichen Krawatte liegen, die er sich lose umgehängt hatte? Rosa hörte auf, Bertram zu fixieren. Sie beschloss, dass es am fehlenden Traktor lag.

Eine Kellnerin stellte einen Teller vor ihr ab. Darauf waren drei pochierte Karotten und zwei Frühkartoffeln mit einer Butterlocke arrangiert. Von einem Fähnchen am Tellerrand konnten Kalorien, wichtigste Inhaltsstoffe, Herkunft und ökologischer Fußabdruck abgelesen werden. (90; A, B1, B2, B6, C; Lainsitztal/Biohof Mitter, Artstetten/Hirsch; klimaneutral) »Schmeckt gut«, kam von Bertram, der sich seine Kartoffeln links und rechts in die Backen schob. Beim Kauen weitete er die Augen, was auf Rosa appetitanregend wirken sollte. Aber Rosa dachte an Hatschek …

… An der Schreibtischkante waren Hatscheks Unibücher fein säuberlich zu einem Stapel geordnet. Vorletzte Woche waren sie noch verstreut im Kamin- und Wohnzimmer herumgelegen. Ein irritierender Anblick. Aber der korrekte Stapel, in dem zwischen Büchern Hatscheks Mitschriften und Kopien wissenschaftlicher Aufsätze steckten, passte wieder zu ihr. Vielleicht brauchte Hatschek genügend Zeit, um Ordnung zu schaffen? Rosa hatte sich die Notizen angeschaut. Hatscheks Handschrift war grazil. Die Buchstaben standen gerade auf den Zeilen, begannen am linken Rand und endeten am rechten präzise in einer vertikalen Linie. Als hätte sie im Wordprogramm Blocksatz fixiert. Einziger Dekor waren kleine Knödel oberhalb der i-Striche; Umlaute wurden von einem Querbalken überdacht. Rosa kannte sich in Graphologie nicht aus. Für sie wirkte die Schrift klar und willensstark. Ihr gefiel Hatscheks Schrift. Schon auf dem Begrüßungskärtchen am ersten Arbeitstag war sie ihr positiv aufgefallen. Nur war die Karte in ruhiger Atmosphäre, im Hinblick auf Lesbarkeit, verfasst worden. Die universitären Mitschriften unterlagen hingegen keinerlei repräsentativen Ansprüchen, sondern dienten lediglich als Gedächtnisstütze. Sie waren eiligst auf das Papier gesetzt und zeigten Hatscheks Charakter unmittelbarer, ungeschminkter. Jedes Blatt versah Hatschek mit Datumsangaben und nummerierte die Seiten fortlaufend rechts oben durch.

Rosa spießte eine Karotte auf, tunkte sie ein wenig in die angeschmolzene Butter und steckte sie in den Mund. Sie nickte Bertram zu und spülte den Nahrungsbrei mit Wasser hinunter. »Da schmeckt man gleich den Unterschied«, war Bertram vom hiesigen Genusserlebnis begeistert. Rosa nahm sich die Kartoffeln vor.

Hatschek hatte ihre Mitschriften auf einem karierten Notizblock mit dem Firmenlogo einer ehemals autonomen Genossenschaftsbank verfasst. Jener Bank, die nun Leute wie Frau Bräuner auf Abteilungsleitungsebene sitzen hatte. War der Notizblock ein Beweis, dass Hatschek und Frau Bräuner tatsächlich Arbeitskolleginnen waren? Wenn Hatschek auch in der Bank mit den pferdeköpfigen Giebelkreuzen arbeitete, weshalb studierte sie dann? Zweiter Bildungsweg? Brauchte sie einen Titel, um die interne Bankenhierarchie zu erklimmen? Rosa fühlte Abneigung. Erstens war ihr eine mögliche Nähe zwischen Frau Bräuner und Hatschek zuwider. Zweitens verachtete sie Karrierewünsche.

»Ist doch schön, wie viele sich der Bewegung schon angeschlossen haben«, unterbrach Bertram ihren Gedankenfluss. »Wenn ich mich so zurückerinnere, wie ich vor achtzehn Jahren angefangen habe mit meinem Laden, da haben noch alle gelacht. Das wird nie was, wen interessieren schon biologische Lebensmittel, niemand kauft dir Freilandeier um zehn Schilling das Stück ab, haben sie gesagt. Und schau', wie viele Anhänger Slow Food jetzt hat.« Bertram erhob sein Weinglas. »Zum Wohl«, sagte er, nippte von seinem Wiener Gemischten Satz vom Weingut Cobenzl und tupfte seine Mundwinkel mit der Stoffserviette ab. Er hat Manieren, fiel Rosa plötzlich der Unterschied auf; in seinem Laden würde man nie erwarten, dass er in der Lage wäre, mit Messer und Gabel umzugehen. Sie war erstaunt über Bertram, belächelte aber auch seinen Drang, sich als Bio-Pionier darzustellen. Bertram war knapp über dreißig. Vor achtzehn Jahren hatte der sich allerhöchstens vor dem Landwirtschaftsministerium an einen Tiertransporter gekettet oder bei einer Unterschriftenaktion gegen Käfighaltung mitgemacht, dachte sie. Von einem eigenen Laden konnte damals noch nicht die Rede gewesen sein. Sie führte ihr Wasserglas zum Mund, nickte ihm zu und trank. Sie hatte keine Lust, hier als Stimmungsmacherin zu fungieren. Schließlich war es nicht ihre Idee gewesen, den Abend in Gesellschaft zu verbringen. Sollte sich Bertram um das Gelingen der nächsten Stunden kümmern. Wenn es ihm ein Anliegen war.

Vergangenen Mittwoch ging Rosa dann auch gleich Hatscheks Kasten durch. Nicht aus Neugierde. Nein, lediglich um Klarheit zu erhalten. Kleidung verrät viel über eine Person. Rosa wäre natürlich niemals auf die Idee gekommen, freiwillig Hatscheks Schränke zu öffnen, aber der Übergangsmantel im Vorzimmer hatte sie dazu genötigt. Ein schwarzer Übergangsmantel und *Burberrys* mit acht Zentimeter hohen Stöckeln in Größe 42. Da *musste* sie mehr erfahren.

Im Kasten hingen Röcke, Blusen, Kleider, Anzüge, Hemden; nach keinen ersichtlichen Kriterien geordnet. Dunkle taillierte Anzüge in relativ zierlicher Konfektionsgröße. Falls Hatschek tatsächlich in der Raiffeisenbank arbeitete, musste sie sich klarerweise einem gewissen Dresscode unterwerfen. Wenn Rosa den mit Frau Bräuners Stil verglich, fand sie Hatscheks Garderobe zumindest elegant. Frau Bräuner trug blaue, beige, grüne Kostüme, manchmal auch Hosenanzüge in Pastellfarben und Stretchblusen mit einem Elasthananteil von mindestens drei Prozent. Hatschek hingegen setzte auf klassisches Schwarz, schlanke Revers und stilsichere Gilets. Ökologisch genauso unverträglich, aber es zeigte einmal mehr, dass Hatschek über modischen Spielereien stand und treffsicheren Geschmack bewies. Nur die Stöckelschuhe passten nicht ins Schema. Rosa schien bedenklich, dass sich Hatschek überhaupt auf diese beruflichen Vorgaben einließ. Klares Indiz für Erfolgshoffnungen.

»Hey Rosa, willst du bei mir einsteigen?« Sie wusste nicht, wovon der Mann da sprach. Sie musste über ihren Gedanken etliche Teile seiner Rede versäumt haben. Rosa zog die Augenbrauen zusammen – eine Bewegung, die sich über die Jahre hinweg ein geräumiges Faltenbett auf ihrer Stirn eingerichtet hatte. »Mein Laden geht ganz gut. Eigentlich wirft er mehr ab, als ich brauchen kann. Allerdings steh' ich auch jeden Tag drin. Warum also nicht.« Oje, sein Laden, dachte Rosa. Er wollte, dass sie Verkäuferin bei ihm werden würde. Wie konnte er auf so eine absurde Idee kommen? Sie wollte garantiert nichts verkaufen und hatte niemals, nicht mit der geringsten Geste, Gegenteiliges suggeriert. Sie sprach wenig, zeigte sich ungesellig, kaufte nicht einmal sonderlich viel bei Bertram.

»Ich würd' dich gern anstellen, du wärst versichert und die Arbeit ist garantiert nicht so anstrengend wie Putzen.«

Hatte sie sich schon jemals über ihre Arbeit beschwert? Hatte sie auch nur ein Mal verlautbart, mit ihrem Leben unzufrieden zu sein? Woher nahm dieser Mensch das Recht, zu wissen, was gut für sie war? Glaubte er ernsthaft, ihr ginge es um Absicherung? Sie hatte von Anfang an gewusst, dass dieser Abend danebengehen würde. Das hatte sie jetzt von ihrer Inkonsequenz. Zuerst den Essensrhythmus durcheinanderbringen und dann Unruhe säen. Rosa bedankte sich für Bertrams großzügiges Angebot, meinte aber, sie wäre vollends zufrieden in ihrer derzeitigen Lebens- und Arbeitssituation. »Du kannst es dir ja noch überlegen«, sagte Bertram, »mein Angebot bleibt aufrecht.«

Sie kannte das, diese gut gemeinten Hilfestellungen, die nichts anderes übermittelten, als dass sie sich ändern, verdrehen sollte. Die ihr letztendlich weismachen wollten, dass ihr Leben geringer war. Aber ihr war das gleichgültig. Sie regte sich nicht mehr darüber auf. Sie war es gewöhnt, auf Unverständnis zu stoßen. Ja, sie erwartete gar nichts anderes! Und dass auch Bertram nichts verstand, war von vornherein klar. Das Einzige, was sie ärgerte, war, sich auf dieses Abendessen eingelassen zu haben, obwohl sie vorausgesehen hatte, dass es scheitern würde. Sie wollte nachhause und würde künftig nie wieder hungrig einkaufen gehen.

»Aber es kommt doch noch die Hauptspeise«, erklärte Bertram überrascht, als sie aufstand und ging. Sie sagte nichts. Heute wurden schon genug Worte gewechselt und Bertram, war sie sicher, würde sowieso bald wieder in seinem Hinterzimmer Gitarre spielen.

»Na Frau Rosa, freu'n Sie sich auf den Frühling?« Was sollte Rosa Anfang März darauf schon antworten? »Ihnen dauert der Winter auch schon zu lang, stimmt's?«

Frau Gulmbrich räumte Geschirr aus dem Küchenkasten. Vom Kinderzimmer her drangen Schreie an Rosas Ohr. »Die Zwillinge sind krank«, hatte sich Frau Gulmbrich gleich eingangs für die Anwesenheit der Kinder an einem Montagmorgen entschuldigt. Rosa ließ sie nicht wissen, dass sie derartige Vermutungen schon lange hegte. Denn völlig gesund konnte in dieser Familie niemand sein. Bei Frau Gulmbrich überkam Rosa ein Unruhezustand. Eine Art Nervosität, die aber, wenn Rosa genauer darüber nachdachte, eigentlich vom Zustand der Küche ausgelöst wurde. Obwohl die Verhältnisse der Gulmbrich'schen Küche nicht absonderlich waren. Und selbst Frau Gulmbrichs geistige Einstellung schreckte Rosa nicht mehr. Aber sie musste sie trotzdem fassungslos anstarren. Glücklicherweise nahm diese davon keine Kenntnis. Sie plauderte über den vergangenen Schiurlaub. »Die Zwillinge hab'm beim Kinderslalom ex aequo den zweiten Platz erzielt. Da hab'm sie sich gefreut. Und ein bissl um den Pokal gestritt'n.«

Frau Gulmbrich machte sich selbstverständlich keinerlei Gedanken über die Nebenwirkungen dieses Familienvergnügens. Sie dachte weder an Schilifte, die tiefe Schneisen in alpine Wälder schlugen, noch daran, wie erosionsgeschädigte Pisten im Sommer aussahen. Sie dachte nicht an Schneekanonen, die mit ihren Zusatzstoffen Proteine auf Hänge sprühten, die seit Jahren keine natürliche Schneeflocke mehr gesehen hatten. Sie dachte weder an eine Million Liter Wasser, noch an 1500 Kilowattstunden pro Hektar und Saison, die jede einzelne der 700 sich in Österreich befindlichen Schneekanonen verbrauchte.

Sie dachte ebenfalls nicht an atmungsaktive Funktionsunterwäsche und schicke *Goretex*-Jacken, die aus Kunststoff, folglich aus Erdöl, bestanden. Natürlich nicht.

Dass Frau Gulmbrich während ihrer Erzählung drei Tiefkühlpizzas auspackte, war nicht ungewöhnlich. Schließlich kränkelten die Zwillinge, da bereitet eine liebevolle Mutter gerne deren Lieblingsessen aus wertlosen E-Nummern, künstlichen Aromen, Natriumnitrit, Antioxidationsmitteln, Ascorbinsäure und aufgeschlossenen Sojaeiweißen zu, für die eine kilometerlange Kühlkette aufrechterhalten werden musste, um abschließend von Frau Gulmbrich mit 1400 Watt in der Mikrowelle aufgewärmt zu werden. Alles ganz normal. Aber es regte Rosa auf. Und das war neu. Fast neu. Und definitiv nicht gut. Rosa kannte diese Reaktion von früher und wusste, sie brauchte Ablenkung. Bloß nicht an die dreckigen Teller denken, die im Geschirrspüler bei 80 Grad mit *Calgonit Powerballs* voller Phosphate, Bleichmittel, Polycarboxylate, Protease, Amylase, Duftstoffe und mittels 18 Litern Trinkwasser gereinigt wurden. Lieber über die Zierkissen lachen, beschwor sich Rosa.

Sie ging ins Wohnzimmer, wo ihre Aufmerksamkeit leider nicht nur von Pölstern, sondern auch von dem neuen Fernsehsessel angezogen wurde. Frau Gulmbrich trottete hinter ihr her. Neben dem Sessel lag ein gewaltiger Stoß Verpackungskarton. »Ach, Frau Rosa«, sagte Frau Gulmbrich, »seh'n Sie das Ungetüm?«

Rosa sah obendrein noch Kinderarbeit, Sozialdumping, jegliche Form von Menschenrechtsverletzung und fehlende Umweltstandards in Shanghai; dem Ort in China, der für den Großteil europäischer Textilerzeugnisse verantwortlich war.

»Ich sag' Ihnen, seit der vom *Universal Versand* geliefert wurde, gibt's nur mehr Streitereien in der Familie.« Neben der unleugbaren Tatsache, dass der Sessel für dieses Wohnzimmer viel zu groß war, wollte jeder in der Familie darauf sitzen. »Keiner will auf die Ledercouch, die war die totale Fehlinvestition«, raunzte Frau Gulmbrich. Das verstand Rosa vollends – wer will schon auf kalter, stinkender, mit künstlichen Farbstoffen gegerbter Rindshaut aus Massentierhaltung, ebenfalls in China gefertigt, liegen? Deshalb versuchte Frau Gulmbrich ja auch, mit bequemen Zierkissen die Couch einladender zu gestalten. »Aber nichts da«, kippte Frau Gulmbrichs Stimme voller Gram, »die Polster werd'n ausschließlich zum Rauf'n verwendet.« Alle wollten auf den stoffbezogenen Fernsehsessel, auf den Frau Gulmbrich, per Verbot ihres Gatten, keine Pölster legen durfte. Als sie ihre Klage losgeworden war, konnte sich Frau Gulmbrich mit einem »Sie bringen den Karton wieder runter, gell«, über die Ungerechtigkeit der Welt hinwegtrösten und überließ Rosa die Beseitigung des Papiermülls, von dem noch Klebefolie zu entfernen war.

Rosa wusste, dass sie das alles nicht im Geringsten aus der Ruhe gebracht hätte, wenn sie nicht diese unerklärlichen Unstimmigkeiten bezüglich Hatschek beschäftigten. Die Vorstellung einer rationalen Frau, die voller Schlichtheit und Stil in einer nach Zweckmäßigkeit ausgerichteten Wohnung lebte, schimmerte wie ein Vexierbild vor ihr. Mal war Hatscheks Persönlichkeit konkret, mal unerträglich schwammig. Rosa fühlte sich in Hatscheks leerer Wohnung wohl. Sie empfand schon allein wegen der reduzierten Ausstattung große Sympathie für eine Person, der sie noch nie begegnet war.

Die prinzipielle Sauberkeit der Wohnung verriet Rosa, dass Hatschek nach ähnlicher Spurlosigkeit streben musste wie sie. Weshalb waren die Studienunterlagen dann einmal gestapelt und ein andermal in der Wohnung verstreut? Was hatte dann schmutziges Geschirr in der Abwasch zu tun, während Müllsäcke sofort beseitigt wurden? Weshalb elegante Anzüge neben Pumps von *Burberry*? Rosa drehte sich um die Frage »Wie passt das zusammen?«, wie eine Anakonda um ihr Opfer.

Nachdem sie den Fernsehsesselkarton im Altpapiercontainer versenkt hatte, ging Rosa ihrer Putzroutine bei Familie Gulmbrich nach. Sie wischte und kehrte und zum Schluss kam der 2500 Watt starke *Miele Powerline* zum Einsatz. Rosa achtete auf Gleichförmigkeit in ihren Bewegungen und es gelang ihr auch halbwegs, ihren Rhythmus zu finden, was trotz aufwühlender Gedanken zu Schweißlosigkeit verhalf – Rosas oberstem Gebot und aufgrund ihres niedrigen Blutdrucks leicht zu bewerkstelligen. Nichts schlimmer als eine Putzfrau, die ihren Körpergeruch wie nasse Socken hinterließ. Putzfrauen sollten Spuren beseitigen, nicht legen!

Um fünf Uhr stand Rosa in dickem Wirtshausgeruch, der Herrn Novotnys Küche entsprang und sich über die restlichen Zimmer ausbreitete. Entweder hatte Herr Novotny am Nachhauseweg vom Lebensministerium spontan ein Cordon Bleu der Fertigmarke *Chef-Menü* erstanden oder eine Packung aus seinem ungeheuren Lebensmittelvorrat geholt. Jedenfalls musste er ein solches kurz vor Rosas Eintreffen in heißem Fett herausgebacken haben; der Gestank war enorm. Das passierte dem alleinstehenden Beamten öfter, aber heute waren Rosas Sinne empfindlich.

Statt an Hatschek dachte sie ausnahmsweise an Herrn Novotnys Mistkübel. Er recycelte schon früher nicht, aber seit in den öffentlichen gelben Containern ausschließlich *PET*-Flaschen gesammelt wurden, gab es für ihn keinen Grund, nicht einfach alle Kunststoffe mit Genugtuung in den Restmüll zu schmeißen. Alles Tatsachen, die Rosa längst bekannt waren, doch sie merkte besorgt, wie diese sie wieder aufregten. Sie ließ das Spielzimmer aus und zog mit zackigen Handgriffen Herrn Novotnys Staubsauger hinter sich her. Eher um Herrn Novotny herum, wie sonst um seine Modelleisenbahn. Denn er saß mit einem Teller in der Hand vor dem Fernseher und schaufelte das bereits vorgeschnittene Cordon Bleu in den Mund. Sie hätte beinahe zu schwitzen begonnen, wenn ihr Körper nicht so sparsam gewesen wäre. Niedriger Blutdruck, kein Übergewicht, keine Produktion von Schuppen, keine fettigen Haare oder sonstige Körperflüssigkeiten. Auch Rosas Körper ging schonend mit Ressourcen um. Außerdem war es Mitte März und Herrn Novotnys ungedämmte Wohnung reichlich kühl. Obwohl sein heimeliger Elektrokamin mit künstlicher Glut 3,6-mal mehr CO2 als eine Gasbrennwertheizung verursachte.

Rosa war eine halbe Stunde früher als vereinbart mit Herrn Novotnys Wohnung fertig. Selbst auf die Gefahr hin weniger Geld zu bekommen, musste sie so rasch wie möglich von diesem Geruch weg. Die Vorstellung von Frauen mit Plastikhauben und Latexhandschuhen, die an einem Fließband Cordon-Bleu-Quadrate in Kunststoffrechtecke stopften, trieb sie an. Herr Novotny bemerkte ihr schnelleres Tempo nicht und zahlte den vollen Betrag. Er war rundum zufrieden mit dem Fertigteilfleisch in seinem Organismus. Triphosphate, Natriumascorbat, Poly-, Di-, Natrium- und Kalziumphosphate, die wahrscheinlich keine direkten Genmutationen verursachten, störten ihn noch nicht. »Wiedersehen und eine schöne Woche«, sagte er zum Abschied, und Rosa sah ein Panierbrösel in seinem Mundwinkel wackeln.

Und dann auf dem Fahrrad fiel Rosa die Lösung ein. Die einzig mögliche Antwort auf die quälende Frage »Wie passt das alles zusammen?« lautete: Hatschek machte das alles absichtlich. Das waren eigens für Rosa ausgelegte Fährten. Die *Bialetti*, die Unterhose, Inskription, Shampoo, Stöckelschuhe. Alles, um Rosas Aufmerksamkeit zu erregen. Alles, um Rosa mehr über ihre Person zu sagen. Alles, um mit Rosa in Kontakt zu treten.

Weshalb schrieb Hatschek Rosa dann nicht einfach einen Brief? Oder noch einfacher, warum war sie mittwochs um neun

Uhr nicht anwesend? Ganz klar. Hatschek war eine feinfühlige Person und wollte Rosa nicht überrumpeln. Hatschek setzte auf sanfte Annäherung und wollte sich nicht aufdrängen. Sie überließ es Rosa, ihren Aufrufen zu folgen. Ein vorbildliches Verhalten, wie Rosa fand und bewunderte.

Allein

»Danke, liebes Kind«, sagte Frau Helmberger wie jeden Dienstag und überreichte Rosa 55 Euro. Frau Helmbergers Hände hielten die Geldscheine wie einen Fächer. Dick traten die grünlichen Adern auf ihrem Handrücken hervor. Es schien, als wollte die Haut auf schnellstem Weg ihren Posten verlassen und das darunterliegende Muskelgewebe mitnehmen. Sie hatte bereits ihr Ränzlein gepackt und war geneigt, über alle Berge, weit weg, auf ein anderes Skelett gespannt, mit festeren Muskeln unterfüttert zu werden. Nur Frau Helmbergers Adern hielten die Stellung und zwangen auch ihre Knochen, an Ort und Stelle zu verharren. Bis man gemeinsam zu Staub zerfallen würde. Diesem Befehl leisteten die Knochen etwas übereifrig Folge. Sie bildeten an jedem Gelenk knollige Auswüchse, die wiederum die Haut noch rascher Reißaus nehmen ließen. Trotzdem waren Frau Helmbergers Hände warm und weich, was wohl an der dahinschmelzenden Haut liegen mochte.

Frau Helmberger achtete bei jeder Geldübergabe darauf, zumindest Rosas Fingerspitzen berühren zu können. Körperkontakt war, neben Schokoladegeschenken, eine weitere Möglichkeit, Sympathie zu bekunden. Rosa lächelte, ließ sich von Frau Helmberger an der Schulter tätscheln und »Was tät' ich nur ohne Ihnen« sagen.

Frau Helmberger war froh, Rosa an jenem betrübten

Dienstag bei sich zu haben. »Kommen S', liebes Kind, setzen Sie sich zu mir«, hatte sie Rosa vom Putzen abgehalten. Ihr Mann war gestern ins Spital gebracht worden. Den ganzen Tag über hatte er sich nicht wohl gefühlt, klagte über Schmerzen dort und da – nicht anders als sonst, aber doch ausdauernder. Als er sich ihren physiotherapeutischen Übungen mit einer noch nie dagewesenen Milde entzog, wurde Frau Helmberger bang. »Nein, bitte lass' mich«, hatte er gesagt. Nichts weiter. Kein »Oide«, kein »Gib' an Fried'n«, kein »Immer muasst mi quön«. Frau Helmberger hatte sofort die Rettung gerufen.

An jenem Dienstag wollte sie nicht, dass Rosa die Wohnung reinigte, obwohl es Zeit gewesen wäre, die Kästen auszuwischen. Sie wollte, dass Rosa neben ihr saß und ihr half, Herrn Helmberger ein bisschen weniger zu vermissen. Dabei unterstützte sie auch ihr ältestes Fotoalbum, das auf ihren Oberschenkeln lag.

»Er war doch äußerst ansehnlich, finden S' nicht?« Frau Helmbergers Finger tippte auf das Schwarzweißfoto eines jungen Mannes im Anzug mit Hut. Dessen schlanker Nasenrücken zeichnete eine präzise Gerade und schwang sich nach beiden Seiten zu eleganten Wangenknochen auf. Seine Lippen waren blass und ebenmäßig dünn, das Kinn rund, das Kiefer spannte sich in einer Linie nach hinten zu den Ohren. »Die perfekte Anzugfigur«, meinte Frau Helmberger und strich über das Foto aus dem Jahre 1946. Kurz bevor dieses Foto entstand, hatte sie Herrn Helmberger kennengelernt.

An dem Tag des Fotos hatte er sie mit seinem Rad von der Schule abgeholt. Ein Freund von ihm, ein Hobbyfotograf, hatte das Foto zufällig geschossen, ungeachtet der Tatsache, dass Herr Helmberger Stunden später Frau Helmberger, die damals natürlich noch einen anderen Nachnamen trug, abgeholt hatte. Sie wusste nicht mehr, unter welchen Umständen dieses Foto in ihren Besitz und in dieses Fotoalbum gelangt war. Wahrscheinlich hatte es der Hobbyfotograf Herrn Helmberger geschenkt, der zeigte es Frau Helmberger, sie erbat es von ihm, trug es einige Zeit in ihrer Geldbörse mit sich herum und irgendwann hielt es Einzug in dieses Album. So musste es gewesen sein. Vielleicht aber auch nicht. Wer sollte sich schon auf all die unaufhaltsam abrollenden Ereignisse konzentrieren können?

Frau Helmberger jedenfalls fühlte sich davon gänzlich überfordert. Deshalb wusste sie genauso wenig, wie dieses Foto an sie geraten war als wie die Veränderungen in Herrn Helmbergers Gesicht oder an seinen Körper. »Weil wahrscheinlich alles schleichend passiert, oder?«, fragte Frau Helmberger. An einschneidende Veränderungen hätte sie sich sicherlich besser erinnern können. »Wenn er auf einmal statt mit dunklen Haaren mit einer Glatze dagesessen wär', dann hätt' ich sicher was gemerkt«, überlegte sie. So jedoch schenkte sie seinem Haarausfall, Pigmentverlust, der Deformation seines Körpers über die Jahre hinweg kaum Beachtung. »Ich erinner' mich nur, wie er plötzlich den Rollstuhl gebraucht hat.«

Von diesem Moment an hatte Herr Helmberger ohne fremde Hilfe das Haus nicht mehr verlassen, was mit sich brachte, dass er sich unerträglich häufig an ihrer Seite befand. Dies stand in krassem Gegensatz zur bis dahin verbrachten Lebensweise, wo er immer unterwegs und sie zuhause war. Aber wie einst an die Einsamkeit, gewöhnte sie sich auch an diese Unerträglichkeit, »Ich muss ja.« Aber dass sie jetzt wieder, und so abrupt, alleine sein würde, bedrückte sie. »Mein Gott, wer hätt' sich gedacht, dass dieser Mann einmal *so* ausschauen würd!« Wieder strich sie über die Fotografie und sah dabei auf ihren Handrücken, der ja auch einmal anders ausgesehen hatte.

»Wer hätt' sich das gedacht«, murmelte sie und kam sich reichlich dumm dabei vor, denn ihr Mann und sie waren doch wahrlich nicht die ersten Menschen, die alt wurden.

Rosa holte sich Hatscheks Uni-Bücher aus der Bibliothek. Das war kein unzweifelhaftes Unternehmen für sie. Abgegriffene Seiten, dreckige Einbände, mögliche Notizen und Markierungen im Buchinneren; Flecken, die auf Nahrungsaufnahme, Vollbäder oder Körperflüssigkeiten verwiesen, beeinträchtigten Rosas Lektüre stark. Das war ganz anders als bei ihrer Arbeit, wo sie alle Abnutzungen und den Schmutz anderer tilgen, ungeschehen machen konnte. Im Privaten oder bei den Bibliotheksbüchern jedoch ließ sich nichts mehr korrigieren. Deshalb spielte sie mit dem Gedanken, die BWL-Bücher für sündhaft teures Geld zu erstehen. Aber diese Bücher waren natürlich ohne *Forest Stewardship Council*-Auszeichnung, daher nicht aus vorbildlich bewirtschafteten Wäldern und nicht nach den Richtlinien für schadstoffarme Druckerzeugnisse produziert. Sie waren vielmehr chlorgebleicht, mit schwermetallhaltigen Farben, optischen Aufhellern und Ethylendiamintetraacetat verschönert, mit Dispersionskleber, also mit thermoplastischen Partikeln, oder überhaupt gleich mit Polyurethan zu Verbundmaterial laminiert und abschließend in Plastikfolie eingeschweißt. Wiederverwendete Bücher würden ihren Anteil an Schadstoffausstoß, Wasserverschmutzung und Rohstoffverschwendung minimieren. Bücherentlehnung war ein durchaus legitimer Mittelweg in dieser problematischen Situation. Aber sie fühlte ein Ziehen im Magen, das immer auftauchte, wenn der zu beschreitende Weg nicht klar vor ihr lag; wenn es keine beste Lösung gab, sondern nur einen Kompromiss, der in jedem Fall ein Fehler war. Und sie hasste Kompromisse, denn sie musste sie zu oft eingehen. Bei den Kautschukreifen ihres Fahrrades, beim Hinterzimmer von Bertram, beim Staubsaugereinsatz während ihrer Putztätigkeit.

Jeder Kompromiss führte ihr vor Augen, wie inkonsequent sie in ihren Bestrebungen sein musste. Wie wenig radikal sie ihren Forderungen nach Nullverbrauch nachkommen konnte. Wie sehr sie noch immer am Untergang beteiligt war. Doch Rosa wollte in Hatscheks Gedankenkosmos eindringen; wollte an deren derzeitigem Wissenserwerb Anteil haben. Wollte der zarten Fährte, die Hatschek ausgelegt hatte, nachgehen. Daher musste sie ihrem Gewissen eine Teilschuld an verschmutzten Gewässern, gerodeten Wäldern und langen Transportwegen anlasten und sich mit Lese- und Gebrauchsspuren abfinden.

Sie radelte zur Hauptbibliothek, beschaffte sich Accounting and Management Control, Makroökonomie und Finanzwissenschaft. Übers Wochenende arbeitete sie die Unterlagen durch. Danach blieb ihr Verhältnis zu Hatschek ambivalent und ein Verständnis für diese Studienrichtung wollte sich auch nicht einstellen.

Am nächsten Mittwoch ließ Rosa ihren Blick mit gesteigerter Wachsamkeit durch Hatscheks Wohnung gleiten. Sie war bereit, weitere Zeichen wahrzunehmen. Neben den 55 Euro stand eine Vase mit Tulpen auf dem Marmortisch. Die erinnerten Rosa an letzten Donnerstag. »Für dich!«, war sie von der kleinen Paula angelacht worden, in deren tollpatschiger Kinderhand ein Märzenbecher schwankte. Rosas Augen glitten vom Plastiktopf über Rindenmulch und Hybridzwiebel zur gelben Blüte. Holländische Züchtung, dachte sie, aber wenigstens würde die bald verrotten und nicht wie die Pralinen ewig halten. Herr Bitterfels-Weidinger stand hinter seiner Tochter. »Ich musste Paula versprechen, Ihnen eine Blume zu kaufen, sonst hätte sie die ersten Blumenzwiebeln im Stadtpark aus den Beeten geholt.«

Rosa ließ Paula wissen, wie nett es von ihr war, an sie gedacht zu haben und nahm ihr die Pflanze ab. Paula, erst einmal das

Plastiktöpfchen losgeworden, wischte ihre Hände am Kleid ab und rannte ins Wohnzimmer zu ihren Geschwistern.

Pestizide, Fungizide, Insektizide, Mineraldünger; Rosa traute sich – die Blüte vor der Nase – kaum zu atmen. Erst wenn das Gewächs verwelkt wäre, würde sie es zur MA 48 bringen. Schließlich wollte Rosa den bisherigen Ressourcenverbrauch nicht völlig nutzlos verpuffen lassen. Mit den Männern am Müllplatz würde sie sich streiten müssen, das wusste sie jetzt schon. Denn die würden die Pflanze sicher in den Biomüll werfen wollen und nicht, wie es notwendig war, im Chemiedepot recyceln.

Es war Mitte März, die Sonne hatte sich den überwiegenden Teil der letzten Tage durchgesetzt. Die anfänglich irritierende Wärme wurde mittlerweile bereits erwartet. Frühlingsstimmung sollte allerorts von Schnittblumen unterstützt werden. Und wie die Tulpen am Marmortisch zeigten, war auch Hatschek anfällig für giftigen Dekor. Rosa ging durch die Zimmer. Im Kamin befand sich kaum mehr Asche, da die Abende selten kühl wurden. Im Bücherstapel auf dem Schreibtisch gab es keine neuen Unterlagen. Das Wohnzimmer wies nicht das geringste Anzeichen von Benutzung auf. Im Schlafzimmer war das Doppelbett gemacht und der Rollladen herunten. In der Küche wartete nicht einmal die *Bialetti* auf Rosa. Der Geschirrspüler war leer und auch im Kühlschrank fehlte das obligate Haltbarmilchpäckchen. War Hatschek verreist? Seltsam. Weshalb hatte sie dann Blumen in die Wohnung gestellt? Wieder ein Zeichen? Sollten die für Rosa sein? Sie blickte ins Bad. Am Waschbeckenrand lagen zwei offene Arzneimittelpackungen. Eine beinhaltete eine Tube, die andere Tabletten. Hatschek vertraute der Schulmedizin – das auch noch!

Rosa kannte die beiden Pharmazeutika nicht. Vielleicht war Hatscheks Gesundheitszustand dramatisch. Vielleicht war auch sie abtransportiert, eingeliefert, stationär aufgenommen worden. Vielleicht lag sie sogar neben Herrn Helmberger. Vielleicht waren diese beiden Gegenstände das Letzte, was Hatschek in der Wohnung platzieren konnte, um Rosa von ihrer alarmierenden Lage zu informieren. Weshalb hatte sie die Verpackungen dann nicht ordnungsgemäß verschlossen? Sicherlich eine Aufforderung, die Beipackzettel zu lesen und mehr über ihre Erkrankung zu erfahren.

Rosa kam dem nach.

Die *Voltaren*-Salbe sollte Linderung bei Muskelverspannungen bringen, die *Myolastan*-Tabletten ebenso. Also doch kein Notfall. Und Hatschek griff trotzdem zu solchen Mitteln? Rosa las von Minderung der Reaktionsfähigkeit, *Tetrazepam*, körperlicher und psychischer Abhängigkeit. Hatschek unterstützte die Pharmaindustrie, da gab es kein Schönreden mehr.

Rosa steckte die Beipackzettel in die Schachteln und setzte sie exakt so auf das Waschbecken, wie sie sie vorgefunden hatte. Was sollte das hier werden?, dachte Rosa. Konnte diese Person tatsächlich eine Gleichgesinnte sein? Oder hatte Rosa sich Hatschek nur nach ihren Vorstellungen und Wünschen ausgepolstert, angemalt und eingerichtet? Nein, dachte sie, *Myolastan* und *Voltaren* waren kein Aufruf mehr. Sie waren vielmehr ein *Hilfe*ruf; Rosa sollte sich Hatscheks annehmen. Sich um sie kümmern, ihr einen alternativen Weg zeigen. Das war eindeutig. All die Hinweise zeigten, dass Hatschek beste Voraussetzungen hatte, dass der Boden für einen weiteren Schritt aufbereitet war, dass es nur noch an Rosa lag, ihrerseits Bereitschaft zu bekennen.

Sie schob Tabletten und Salbe in die Kartons, verschloss sie und legte sie sorgfältig übereinander in den Alukasten. Hatschek würde heute Abend ihre Medikamente suchen, sie nicht am Waschbeckenrand, sondern im Schrank neben den Parfüms vorfinden. Und dann wüsste sie um Rosas Anteilnahme Bescheid. Sie wäre sich völlig im Klaren darüber, dass Rosa mitfühlend um sie bemüht war. Rosa stieg heißes Blut ins Gesicht. Sie stellte sich vor, wie Hatschek an sie denken würde. Ihr Herz klopfte. Sie spürte ungeduldige Freude. Rosa war vor lauter Aufregung bewegungsunfähig. Hatschek würde sie bemerken. Aber was, wenn ihr Vorgehen gegen sie verwendet werden sollte? Falls sie zur Rede gestellt werden würde? Was, wenn sie gefragt würde, weshalb sie die Medikamente nicht dort gelassen hatte, wo sie gelegen hatten? Wenn sie gefragt würde, weshalb sie die Packungen in den Kasten geräumt hatte? Dann konnte sie noch immer ihren Putzauftrag vorbringen. Dass medizinische Mittel nicht offen am Waschbeckenrand herumliegen sollten. Dass das gegen ihren Ordnungssinn verstieß.

Aber Hatschek würde sie nicht zur Rede stellen. Hatschek würde sie verstehen.

Aufregung

Rosa war aufgeregt, die ganze Woche, jeden Tag, bis sie erneut Hatscheks Tür aufsperrte. Die Angespanntheit hielt an, solange sie auf Wollsocken durch die Wohnung schritt und blieb bei ihr, während sie ins Bad blickte, in der Küche alle Schränke öffnete und im Schlafzimmer die Jalousie hochzog, um besser zu sehen.

Diese Aufregung, die sich stellenweise zu Nervosität steigerte, hatte sie schon kurz nach dem Entschluss, Hatscheks Medizin wegzuräumen, gepackt. Zunächst vollauf begeistert und angetan von ihrem radikalen Schritt, zögerte sie plötzlich. Nein, das durfte sie sich nicht herausnehmen. Das war ein zu unverfrorenes Unterfangen, es griff in Hatscheks Ordnung ein, es drängte sich ihr auf – Rosa drängte sich ihr auf.

Rosa hatte die Verpackungen wieder aus dem Aluschrank

genommen, Tube und einen Tablettenblister herausgeschoben und die Packungen erneut, genau wie sie sie vorgefunden hatte, auf das Waschbecken gelegt. Dadurch verwischte sie ihre Spur. Als wäre sie nie da gewesen, als hätte sie nichts gesehen, als würde sie nichts wahrnehmen. Doch Rosa hatte einen Stich unter dem Brustbein gefühlt. Ihr Stolz, der seit Jahren dort ruhte, zog sich zusammen. Ihren Stolz hatte sie dort wohlweislich begraben, damit er nicht noch einmal Schaden anrichten konnte. Er war nicht unwesentlich an Rosas erstem Zusammenbruch beteiligt gewesen. Er sollte, abgekapselt unterm Brustbein, fortan kein Leid mehr hervorrufen. Aber beim Anblick der akkurat platzierten Gegenstände regte er sich und Rosa gab seinem Ruckeln nach. Sie packte die Medikamente wieder in den Schrank und dachte, Hatschek solle an sie denken.

Damit hinterließ Rosa einen Abdruck und lieferte sich gleichzeitig aus. Weil sie auf Hatscheks Reaktion hoffte. Und die Hoffnung, die vor Jahren irgendwo neben dem Stolz deponiert worden war, legte ihren starken Arm um die noch schwächlichen Schultern von Stolz und jagte Rosa aus der Wohnung.

Dergestalt lief für Rosa die Woche ab. Sie strampelte gleich nach Hatschek die Josefstädter Straße hinunter, den Ring und die Donaulände entlang, über die Floridsdorfer Brücke die Brünner Straße geradeaus zu Familie Bräuner. Die Temperaturen waren noch immer frisch, die Straßen nach dem erneuten Kälteeinbruch stellenweise gefroren. Rosas Aufregung machte ihre Gesichtshaut dem eisigem Wind, der sich mit spitzen Nadeln die Straße entlangbewegte und nebenbei auch noch dutzende Steinchen Rollsplitt im Gepäck hatte, gegenüber gefühllos.

In emotional ausgeglichenen Zeiten wäre Rosa nach einer solchen Fahrt erschöpft in Stammersdorf angekommen; jetzt allerdings kurbelte ihr Kreislauf Energie durch ihre Adern. Wie gut, dass die bunte Wohnung der Bräuners vor Arbeit strotzte. Rosa hatte völlig vergessen, dass der liebe Justin vergangenen Sonntag seinen achten Geburtstag gefeiert hatte.

Der desaströse Zustand der Wohnung verriet ein rauschendes Fest. Die Vorzimmerfliesen waren übersät von eingetrockneten Pfützen, Kieselsteine fand Rosa noch im Badezimmer. Herd- und Arbeitsplatte in der Küche überzog ein deutlicher Mehl Staubzucker-Film, die mitverantwortliche Tortenform lag eingeweicht in der vollen Spüle. Der Müllkorb ging über. In der Ecke unter dem Küchenfenster warteten leere Prosecco- und Weinflaschen auf den Abtransport – ein Zeichen, dass erwachsenes Begleitpersonal beim Kindergeburtstag anwesend gewesen war. Dreckiges Kaffeegeschirr, Dessertteller, Kakaohäferl und Limonadengläser stapelten sich auf dem Tisch. Den Kakao übrigens hatte ein *Senseo Kaffepad*-Automat produziert, der Wasser durch *Tassimo T-Disc Milka Pads* presste. Kakaopulver war ja genauso schlimm wie Schokolade und Kaffee, aber in Form von Instantpads voller Milchkonzentrat, Säureregulatoren, Aromen, Invertzuckersirup, Emulgatoren und Süßstoffen ein absoluter Wahnwitz.

Das Bräuner'sche Wohnzimmer wirkte entgleist. Die sonst exakt ausgerichtete Sofalandschaft war verschoben, selbst der Faltenwurf der Vorhänge ließ auf unsachgemäße Verwendung schließen.

»So ein Fest is' keine Kinderjause«, lamentierte Frau Bräuner, als sie um fünf die wieder in tadellosen Zustand versetzte Wohnung betrat. Besonders wenn das Kind fünfzehn Schulfreunde einladen musste, weil *alle* Kinder der Privatschule mindestens fünfzehn Kinder zu ihren Geburtstagspartys einluden. Da allerdings kein Kind dieser Schule so viele Freunde hatte, mussten auch weniger nette Kinder eingeladen werden, die sich auf der Feier als wahre Feinde oder bloß feindselige Rivalen entpuppten.

In diese Hintergrundinformationen weihte Frau Bräuner Rosa selbstverständlich nicht ein, die konnte sie sich selbst denken. Frau Bräuner weinte den Zeiten nach, in denen Justins Geburtstage in für diese Veranstaltungen ausgerichteten Lokalen mit Kinderbetreuung stattfanden. »Er is' doch immer gern zum *McDonald's* gangen, aber bitte, die Dinge ändern sich eben.« Dieses Jahr hatten sich sogenannte *Homeparties* durchgesetzt, bei denen jedes Kind damit protzte, wie viel es sich zuhause erlauben durfte: laute Musik, Schreie durchs Stiegenhaus, auf Betten und Sofas springen, den Lichtschalter im Sekundentakt betätigen, Essen an die Wand werfen; Polsterschlachten veranstalten, auch gern mal mit Gegenständen, die richtig wehtaten.

»So was tu' ich mir nicht mehr an«, klagte Frau Bräuner. »Irgendwann is' Schluss mit lustig. Beim Vorhangrunterreißen hab ich klar Nein gesagt«, setzte sie nicht ohne Stolz und Stöckelstampfen ihren Ausführungen hinzu. Sie muss wohl des Öfteren eingegriffen haben, dachte Rosa, da sie keine Speisereste an den Wänden vorgefunden hatte. Frau Bräuner schaute selbst drei Tage nach der Feier immer noch ramponiert aus. Wäre Rosa nicht mit ihren Gemütsregungen beschäftigt gewesen, hätte sie sicherlich über die mangelhafte Strapazierfähigkeit Spätgebärender nachgedacht.

Für Rosa war das Chaos des Kinderfests ein Segen. Sie konnte sich drei Stunden abarbeiten. Sie bezähmte dreckiges Geschirr, kratzte eingetretene Kuchenreste vom Boden, weichte die von Flecken überzogenen Kakao-Kaffeemaschinen in Essig ein, schrubbte die Küchenfliesen und schamponierte den Wohnzimmerteppich mit Pflanzenseife. Nebenbei versuchte sie die fünfzehn neuen Geschenke, die in Justins Zimmer herumlagen, im wandhohen Schrank unterzubringen. Bei Justin gab es alles, was in Wiens Spielzeugabteilungen und im *World Wide Web* zu haben war: Laptop; Handy; *X-Box*; *Wii-*

Konsole mit Nunchuk, Fernbedienung und Beingurt; *Carrera-*Rennbahn, Hot Wheels, beyblade und Finger-Skateboards; plus eine neue Schiausrüstung, eine fünfte Jeansjacke und Boxhandschuhe, die Justin von seinen Eltern bekommen hatte.

Rosa schob, zog, schrubbte, kratzte und war, als sie mit der Bräuner'schen Wohnung fertig war, um keinen Deut ausgeglichener. »Nächstes Jahr kann er mich gern haben, da feiert er im Judo-Club, das hab' ich mir geschworen«, sagte Frau Bräuner. Sie schlüpfte vor Rosas Augen aus ihren *Hermès*stiefeln, roter Zehennagellack von *Guerlain* schimmerte durch die Nylonstrumpfhose. Noch bevor sie Rosa 55 Euro in die Hand zählen konnte, klingelte ihr neues *Blackberry*. Sie zog es aus der Handytasche von *Gucci* und ging ran. Rosa ließ sie neben sich im Vorzimmer stehen.

»Ich mein', ich will nichts sagen«, leitete Frau Bräuner ihr Gespräch ein. »Von mir hast du's nicht«, setzte sie an, um sich offensichtlich über ihren Chef auszulassen. »Aber der Alte is' auf einmal *sehr gut gelaunt*, du verstehst, was ich mein'? Ich kenn' das doch schon, das is' doch jedes Mal dasselbe. Wenn der eine Neue hat, blüht er auf.«

Rosa hasste diese Momente, wo sie im Beisein ihrer Kundin warten musste. Ganz besonders in ihrem derzeitigen Zustand, wo sie von Unruhe, Zweifel und Vorfreude gebeutelt wurde. Frau Bräuner störte das weniger; sie baute sich, noch mit ihrer *Hilfiger*jacke bekleidet, bequem in Standbein-Spielbein-Pose auf, stützte ihren handyhaltenden Arm ab und ließ die Augen zur Vorzimmerlampe gleiten. »Ich will nicht von Pantscherl reden, aber dieses süße Parfüm, das ihn neuerdings umgibt, is' schon verdächtig. Der alte Gockel, peinlich, sag ich dir. Na, mir tut ja nur seine arme Frau leid.«

Um dieser Art von Geschichten und den elektromagnetischen Strahlen des *Blackberrys* mit W-Lan, Bluetooth und GPS zu entgehen, schlüpfte Rosa in ihre *Eisbärschuhe* und wickelte

Schicht um Schicht Wolle über sich. »Ja sicher is' er jetzt freundlicher, da hast schon recht, aber weil unser Grandseigneur im dritten Frühling is', muss ich die doppelte Arbeit machen. Ich bin doch diejenige, die darunter leidet«, war Frau Bräuners Mitgefühl wieder einmal ganz auf ihrer eigenen Seite.

Als Rosas *Eisbärschuhe* bereits Gatschabsonderungen auf den Vorzimmerfliesen verursachten – was Rosa hier fast egal war, sie bei Hatschek jedoch niemals zugelassen hätte –, begann Frau Bräuner endlich in ihrer *Furla*tasche zu kramen. Dabei stellte sie ihre Multitasking-Fähigkeit unter Beweis. Ohne Unterbrechung mutmaßte sie über Beschaffenheit und Absichten der Neuen, die sicherlich nichts oder nur »das eine« konnte und mit illegitimen Mitteln Karriere machen wollte. »Mir braucht doch niemand was erzählen«, schnappte Frau Bräuner, während Rosa daran dachte, welche negativen Einflüsse auf Gehirnfunktion, Reaktionsvermögen und Hautzellenalterung bis hin zu Erbgutschäden hochfrequente elektromagnetische Felder hatten (wie jenes, welches sich momentan rund um Frau Bräuners *Blackberry* aufbaute).

Diese fischte, sich noch immer über die Liaison ihres Chefs ereifernd, 55 Euro aus der *Prada*geldbörse und reichte Rosa die Scheine im Paket. Für Elektrosmog und Tratsch verzichtete Frau Bräuner sogar auf den Genuss des Geld-in-die-Hand-Zählens.

Bei Familie Bitterfels-Weidinger fand Rosa normales Chaos vor, diesmal mit Frau Bitterfels-Weidinger, aber ohne Mittagessen. Rosa sammelte wie in Trance Spielzeug vom Boden, während in Herrn Bitterfels-Weidingers Glasmalereiwerkstatt »Maikäfer, flieg'« gesungen wurde. Sie kehrte, völlig abwesend, das Parkett der Altbauwohnung, über dessen Teppichlosigkeit sie sich sonst immer freute.

Paula schenkte ihr ein selbst gemaltes Bild einer Frau mit

Besen. Rosa nickte, nahm es entgegen und wischte das Vorzimmer weiter auf. »Geht es Ihnen heute nicht gut?«, erkundigte sich Herr Bitterfels-Weidinger, der sich gleich darauf mit einer abwehrenden Handbewegung für seine Frage entschuldigte, da Rosa nur stumm den Kopf schüttelte.

Freitagvormittag stand sie umnebelt dem bösen Traktor in Bertrams Geschäft gegenüber. Bertram hatte gerade einen Kunden in der Mangel und dozierte über Bodengüte, EU-Förderungen, die ja doch nur *Nestlé* und Großgrundbesitzern wie der katholischen Kirche zugute kämen, und von extensivem Maschineneinsatz.

Der Kunde, langjähriger Veganer, der erst vor Kurzem von Deutschland nach Wien gezogen war, kam nicht zu Wort. Obwohl er gerne von Bertram gewusst hätte, ob der jemanden kannte, »der mir bei der Isolierung meines Hauses helfen könnte«. Er hätte die Dämmung aus erdölbasierendem Styropor gerne gegen eine zirka sechzig Zentimeter dicke Strohschicht ausgetauscht. Aber das war Bertram viel zu kompliziert, außerdem insistierte der neue Kunde nicht vehement genug, sein Recht auf freie Meinungsäußerung durchzusetzen.

Bei Rosas Eintreten war die Türklingel ertönt und Bertram hatte ihr sein »Hey Rosa, schön dich zu sehen«, entgegengestrahlt. Es war ernst gemeint, das wusste Rosa, aber auch ein bisschen wie das Begrüßungsritual eines Hundes: Gewinsel, Gebell, Kopf hinunter. Falls das Tier es vor Freude gar nicht mehr aushielt, raufspringen und abschlecken. Bertram hatte sich zwar besser unter Kontrolle, aber ein wenig Schwanzwedeln war immer dabei.

»Rosa, das ist Martin, der wohnt jetzt bei uns um die Ecke, in der freistehenden Werkstatt im Margaretenhof.«

Rosa kannte das einstöckige, ehemalige Wirtschaftsgebäude, doch gerade beunruhigte sie die Vorstellung, dass Bertram jedem Kunden auch *ihre* Wohnkoordinaten weitergab. Was sie darüber nachdenken ließ, ob Bertram überhaupt wissen konnte, wo sie wohnte.

»Martin ist gerade von seiner Frau verlassen worden. Die haben über zehn Jahre in Sieben Linden gelebt, krass, dann lasst sie ihn wegen des Nachbarn sitzen. Was war mit dem?«, wandte er sich an Martin, der seine gedemütigte Hand, ohne den Blick zu heben, von Rosa schütteln ließ. »Der hat sich doch mit so einer ganz fiesen Machonummer bei deiner Frau reingehauen. Hat Baumstämme fürs Aktivhaus mit nacktem Oberkörper und fast alleine getragen. Aber, dass die da drauf reinfällt ... schon arg.«

Martin ging es offensichtlich nicht gut, was schon an seiner geknickten Halswirbelsäule zu bemerken war. Selbst Rosa in ihrem aufgewühlten Zustand merkte das. Bertram wäre nie im Leben auf die Idee gekommen, dass die Verlautbarungen von Martins Elend für diesen schmerzhaft sein könnten. Bertram hatte diese ungemein kindlichen Augen, die knallhart jeden über die Nacktheit des Kaisers informierten. Das hinterhältige an seiner Naivität war, dass sie ihm nicht übel genommen werden konnte. Und so sagte Martin, als die Ruinen seines Privatlebens penibel vor Rosa ausgelegt waren: »Bist 'n dufter Typ, Berti«, und schleppte seine vollen Jutesäcke aus dem Laden.

»Gut schaust du aus«, sagte Bertram zu Rosa. Er merkte wirklich nicht, was er bei anderen anrichtete. Sie kämpfte mit den schlimmsten Konflikten seit Jahren und Bertram machte ihr Komplimente. Ihr fielen Parallelen zwischen Bertram und seinem unsensiblen Traktor an der Wand auf – ob er da ein Selbstporträt geschaffen hatte? Sie kaufte das, was sie benötigte und trug ihre Milch in der Kanne und die Pastinaken, Kartoffeln, Karotten und Petersilienwurz im Rucksack nachhause. Sie musste sich dringend weiter mit Hatschek beschäftigen.

Nach dem Wochenende waren Rosas Nerven bereits am Durchdrehen. Sie bereute ihre Tollkühnheit, die Medikamente verräumt zu haben. Gleichzeitig konnte sie den Mittwochmorgen nicht erwarten. Würde Hatschek anwesend sein? Würde sie eine Nachricht hinterlassen haben? Würde Rosa auf ein neues Zeichen von ihr stoßen? Oder aber hatte sie Hatschek verschreckt?

Am Montag musste sie noch Frau Gulmbrich hinter sich bringen – drei Stunden lang in geistiger Abwesenheit zwischen Zierpölsterchen, Tiefkühlkost und Fernsehsessel aus China durchgleiten.

Frau Gulmbrich war wegen einer begonnenen Diät unleidlich, um nicht zu sagen grantig. In Anbetracht von Rosas Mitleidslosigkeit verzog sie sich ins Badezimmer. Sie hätte Rosa gerne ihr Elend geklagt; wie bitter und erbarmungslos ihr Magen sich meldete und sie an nichts anderes als an üppig gedeckte Buffettische denken ließ. Stattdessen sperrte sie sich in ihre verflieste Badeoase ein. Hier hatte sie aus hygienischen Gründen von einer Zierkissenausstattung abgesehen und die fehlende Gemütlichkeit durch feuchtigkeitsresistenten Dekor ersetzt. Auch hier war es unmöglich, sich irgendwo problemlos niederzulassen.

Am Rand der ausladenden Badewanne reihten sich Teelichter, dreidochtige Stumpenkerzen und geschliffene bunte Steine an Flaschen mit Badezusätzen und kleine Holzfiguren. Frau Gulmbrich, die sich in ihrem Kummer Reinigungscremes, Peelings und Feuchtigkeitslotionen aufs Gesicht schmierte, fand auf ihrem großen Waschtisch für zusätzliche Tiegelchen und Döschen schwer Platz. Als Stillleben hätte der Tisch perfekt den Begriff des *Horror Vacui* repräsentiert. Geschmacklose Porzellanfiguren, behangen mit Haarbändern und Modeschmuck; eine marokkanische Laterne, natürlich »Made in China«; eine *Kleenex*box, die in einem kleinen Sofaimitat steckte; zwei billige Kopien japanischer Vasen mit Kirschblüten aus Plastik und unzähliger Kleinkram, der Frau Gulmbrichs Hunger auch nicht zu stillen vermochte, überzogen den Tisch. Sie verhielt sich ruhig, litt still hinter ihrer bröckelnden Gesichtsmaske und riskierte es nicht, Rosa anzusprechen. Als die sich anschickte, ihren Putzauftrag im Badezimmer zu verwirklichen – eine Arbeit, bei der Rosa definitiv nicht zu ihrem Gleichklang finden konnte –, sagte Frau Gulmbrich nur: »Bin schon weg«, und folgte ihren Worten.

Auch Herr Novotny merkte bei seinem »Guten Tag, bitte treten S' ein, Fräulein Rosa«, dass sie heute anderwärtig beschäftigt war. Er schloss sofort die Tür seines Spielzimmers und blieb regungslos vor seiner »Wien Heute«-Sendung sitzen.

Am nächsten Tag freute sich Frau Helmberger über alle Maßen, Rosa zu sehen. Ihr Mann war bereits vor dem Wochenende aus dem Spital entlassen worden, man hatte keine körperlichen Mängel an ihm entdeckt. Heute war er aus unerklärlichen Gründen bereits um acht Uhr erwacht, folglich in übelster Laune. Es ärgerte ihn, dass sein Tag länger als sonst, also länger als erträglich, dauern würde, nun ließ er seinen Unmut hemmungslos an seiner Umwelt, also Frau Helmberger, aus.

Als Rosa um neun ins Helmberger'sche Vorzimmer trat, tönte seine Stimme durch die Wohnung, knallte sein Rollstuhl gegen jedes sich bietende Hindernis. Rosa legte ab, ergriff ihren Besen und machte sich daran, das Parkett des Schlafzimmers zu kehren. Da Herr Helmberger schon einmal wach war, konnte sie die Gunst der Stunde nutzen und ihre Runde im leeren Schlafzimmer beginnen. Doch kämpfte Herr Helmberger gerade dort damit, seinen Rollstuhl um die Psyche zu bewegen. Die Psyche war eine Art Schminktisch, vor vielen Jahrzehnten in jedem Schlafzimmer junger Ehepaare anzutreffen. Sie stand dem Bette gegenüber und bereitete mit ihren ausklappbaren Spiegeln visuell dereinst schöne Stunden. Doch an diesem

Dienstag steckte Herr Helmberger zwischen Psyche, Hocker und Bett fest. Er wollte soeben zum Schrei nach Frau Helmberger ansetzen, da stand Rosa mit dem Besen in der Hand im Türrahmen. Er sah, dass es ihr völlig einerlei war, ob er hier schrie oder feststeckte. Herr Helmberger hielt für eine Schrecksekunde den Atem an, wünschte Rosa einen »Guten Morgen« und rollte problemlos aus dem Zimmer.

Die folgenden drei Stunden verliefen beschaulich. Als Rosa den Teppich des Wohnzimmers staubsaugte, sah sie Herrn Helmberger in seinem Rollstuhl neben seiner Frau sitzen. Um seine Hände war Wolle gewickelt, die seine Gattin zu einem Knäuel aufrollte. Rosa konnte sich nicht erinnern, das Ehepaar jemals friedlich so nahe beieinander gesehen zu haben.

Ihre Aufregung hielt bis nach Beendigung des ersten Rundgangs durch Hatscheks Wohnung an. Erst als sie sah, dass es in keinem der Räume Veränderungen gab, die *Bialetti* wieder auf dem Herd stand, die Espressotasse bereits im Geschirrspüler verstaut war, 55 Euro – ohne Begleitschreiben – auf dem Marmortisch lagen und vor allem keine Tabletten, weder am Waschbeckenrand noch im Aluschrank, anzutreffen waren, wurde Rosa ruhig. Ganz ruhig.

Und ein wenig enttäuscht.

Beruhigung

Der Monat März hatte zu einem Rückschlag ausgeholt, die Grade noch einmal deutlich unter null und dazu winzige Schneeflocken sinken lassen. Natürlich verstummten die Amseln wieder, die kurz zum Zwitschern angesetzt hatten. Die graue Wolkendecke hätte den Wienerinnen und Wienern schon seit Monaten bekannt sein sollen, trotzdem wollte sich kein

Gewöhnungseffekt einstellen. Überall war das Murren und Klagen über das Wetter zu hören.

Rosa wappnete sich mit Mohairstrümpfen, Wollsocken und dicken blauen Hosen, schichtete Schafwollpullover auf Rollkragenleiberl auf langärmeliges Leiberl auf Unterleiberl. Trotzdem war ihr schon beim bloßen Blick aus dem Fenster kalt.

Sie machte Feuer im Ofen, setzte Wasser auf, warf getrockneten Rosmarin in einen Holzbottich und goss kochendes Wasser darauf. Den Bottich stellte sie im Wohnzimmer vors Fenster und streckte ihre Füße hinein, die sie zuvor wieder von all den Stoffschichten befreit hatte. Ihr wurde angenehm warm. Rosa dachte über Hatschek nach und entschied, keinen Gedanken mehr an sie zu verschwenden. In Ruhe und Gleichmäßigkeit wollte sie wieder leben und auf diese emotionalen Höhenflüge und Talfahrten verzichten. Sie wunderte sich, warum Hatschek solche Reaktionen bei ihr auslöste. Rosas einzige Antwort: Weil sie Hatschek noch nie gesehen hatte. Was zugegebenermaßen eine ungewöhnliche Situation war; wie oft hatte sie sich denn bisher in einer Wohnung aufgehalten, deren Bewohnerin sie nicht kannte? Selbstverständlich stellte sie da Überlegungen an und zog Rückschlüsse aus dem Gesamteindruck der Wohnung und deren Details.

Rosa rieb ihre Füße aneinander und schaufelte das warme Wasser bis zu den Knien. Sie überlegte, was ihre Wohnung wohl über sie verraten würde. Wenn ein Fremder hierherkäme, was würde er über sie erfahren?

Rosa stellte sich vor, wie jemand das Äußere ihrer Wohnungstür betrachtete. Kein Namensschild, nur eine Türnummer, keine Klingel, kein Spion, kein Sicherheitsschloss. Die Türmatte aus einfärbigen Hanffasern. Das Vorzimmer klein, ein Kleiderständer aus unbehandelter Buche, darunter zwei Paar *Waldviertler*, Modell *Eisbär* und Halbschuh *Kommod*, beide in Braun. Eine Vollholzküche ohne Elektrogeräte; kein Kühlschrank, kein Geschirrspüler, keine Waschmaschine. Ein Tischherd mit voller Holzlade, Keramikdoppelspüle, vier Sessel und ein Tisch aus Birke, in dessen Mitte eine Stumpenkerze aus Bienenwachs stand. In den Küchenkästen Vollkornmehl, Linsen, Bohnen in Rexgläsern mit Dichtungsringen aus Kautschuk. Nirgendwo Kunststoff, weder bei den Messergriffen noch bei den Kochlöffeln oder Schneidbrettern, und sicher keine Teflonpfannen, sondern Stahltöpfe, Gusseisenpfannen, Glas- und Tongeschirr.

Neben dem Tischherd stand ein Weidenkorb mit Deckel; darin lagen Rosas schmutzige Putztücher, die sie über vierzehn Tage hinweg zusammenkommen ließ und dann auskochte. Noch feuchte Fetzen hängte sie, bevor sie in den Korb kamen, über den Metallgriff, der rund um den Herd führte. Neben dem Küchenfenster führte eine Tür zur kühlen Speisekammer, in der sich Milchprodukte einige Tage lang frisch hielten. Obst und Gemüse waren in Mengen eines Ein-Personen-Haushalts, in dem wöchentlich eingekauft wurde, vorhanden.

Im kleinen, hellen Schlafzimmer gleich neben der Küche träfe der Fremde auf Rosas Doppelbett *Fred und Frieda* in Nuss von *GEA*. Dieses stammte noch aus ihrer bereits seit sechs Jahren beendeten Beziehung. Rosa wollte das Bett nicht aufgeben, weil es eine kostspielige Investition gewesen war und sie sehr bald den Vorteil von viel Platz entdeckte. Anfangs blieb sie noch auf ihrer Seite des Bettes liegen. Aber schon bald lag sie in der Mitte; Beine und Hände, unter zwei Decken vergraben, von sich gestreckt. Wie ja auch Hatschek in einem Doppelbett mit zwei Decken zu ruhen beliebte. Das würde der Fremde natürlich nicht erfahren. Aber er sähe das Naturfaserbettzeug in Grau, und ein Einstecktischchen, auf dem drei Bienenwachskerzen in einer Keramikschale standen. Er sähe auch einen Kleiderschrank von *Grüner Erde* und daneben einen Weidenkorb mit Schmutzwäsche, die er allerdings erst erblickte, wenn er den Deckel hob. Was Rosa schon in ihrer Vorstellung unangenehm war.

Im Wohnzimmer träfe er auf ein ziegelrotes Sofa von *Vega Nova*, ein Regal aus Kirschholz, darauf zwei Bücher aus der Bücherei »Permakultur für alle« und »Nahrhafte Landschaft«, sowie Theater-, Konzert- und Kinoprogramme dieses Monats. Diese lagen dort aber nur kurz, denn Rosa traf die Auswahl ihre Freizeitgestaltung betreffend rasch und verwendete die Flyer als Anzünder im Ofen oder brachte sie, im Falle von laminierten Seiten, zum Sondermüll.

Selbst Bücher fände der Fremde nicht immer. Wenn es keine Neuerscheinungen ohne Gebrauchsspuren in der Bibliothek gab, dann borgte Rosa sich auch keine anderen Bücher aus. Außerdem brachte sie alle Leihgaben fristgerecht zurück. Doch das würde der Fremde nicht sehen. Stattdessen würde er im Bad auf Sauberkeit stoßen; auf ein Waschbecken und ein an der Wand montiertes Holzbrett, auf dem ein Stück Pflanzenseife, eine Holzzahnbürste mit Wildschweinborsten und ein Glasfläschchen Salz lagen.

Vielleicht hätte Rosas hölzerne Badewanne sein Interesse erregt. Die hatte sie vor etwa acht Jahren von einem befreundeten Winzerehepaar aus Bad Fischau geschenkt bekommen. Aus Dank, weil Rosa die Weihnachtsfeier der Versicherung mit Produkten aus dem biologisch-dynamischen Weinbaubetrieb der Flechls ausgestattet hatte. Die Flechls hatten ein riesiges altes Weinfass nach dem ersten Drittel abgeschnitten, fassten es neu mit einem breiten Holzrahmen ein, versiegelten es und brachten es Rosa in den fünften Bezirk. Die ihnen auch prompt wieder etliche Kisten Weißen und Roten für Mitarbeiter und Geschäftspartner abnahm.

Für den Einbau des Abflusses beauftragte sie damals einen Installateur. All das könnte der Fremde freilich nicht wissen, aber gefallen könnte ihm das ehemalige Weinfass schon. Falls er also nicht völlig blind wäre, könnte er den Eindruck eines ökologisch geführten Haushalts bekommen.

Er wüsste zwar nicht, dass die gesamte Ausstattung der Wohnung vor mehr als sieben Jahren angeschafft worden war, aber es würde ihm nicht entgehen, dass es darin keine Fertigprodukte von Nahrungsmittelgroßkonzernen, keine Lampen, keine Kosmetika, ja nicht einmal einen Spiegel gab. Vor allem würde er keine Spuren aktiven, menschlichen Lebens finden. Die hatte Rosa daraus weggeputzt. Sie liebte es, wenn ein Raum als Bild erschien, worin sich jeder Gegenstand am passenden Platz befand. Deshalb wusch sie auch nach den Mahlzeiten sofort Geschirr und Besteck ab, verstaute alles und entfernte etwaige Verunreinigungen von Tisch und Arbeitsplatte.

Beim Verlassen des Raumes blies sie die Kerze aus und versicherte sich nochmals mit einem Blick in das leere, dunkle Zimmer, dass nichts mehr an sie erinnerte. Der Fremde würde kein Lebenszeichen von ihr finden, stellte Rosa erleichtert fest. Er könnte sich zwar von ihrer Wohnung, nicht aber von ihr selbst ein Bild machen.

Rückschlag

9 Uhr, Ende März, Mittwoch. Rosas Blick traf sofort auf die *Budapester* und den Trenchcoat, der an Hatscheks Garderobe hing. Sie stockte. Traute sich nicht weiter. Ihr erster Gedanke: Eleonora Hatschek! Der zweite: Sie wollte sie unter keinen Umständen treffen. Die nächsten überschlugen sich in ihrem Kopf, der immer schneller von immer neuen Gedanken überflutet wurde: Warum war Hatschek noch da? Sie musste sich verspätet haben. Hatte sie schon ihren Kaffee getrunken? Dem Duft in der Wohnung nach zu urteilen, schon. War sie heute zu

spät aufgestanden? Warum? Aus dem Bad drangen Dampf und Limettengeruch. War sie zu spät ins Bett gekommen?

Rosa lehnte Besen und Bürste an die Wand und hing ihre Strickweste neben den Trenchcoat, dessen Stoff sie hauchzart berührte. Äußerlich starr, war sie innen nervös wie beim ersten Rendezvous. Zögerlich ging sie, wie um sich zu schützen, zuerst ins Kaminzimmer. Der Bücherstapel am Schreibtisch war kleiner als letzte Woche.

Sie ging langsam weiter ins Wohnzimmer. Keine Veränderung. Erst als sie durchs Schlafzimmer ging und beinahe in der Küche stand, hörte sie die Wohnungstür ins Schloss fallen. Die *Bialetti* war auf dem Herd und noch heiß. Rosa lief ins Vorzimmer. Keine Hatschek, Mantel und Schuhe weg. Neben den 55 Euro am Marmortisch stand eine Espressotasse. Rosa hörte ihr Blut durch die Ohren schießen. Ihr Puls klopfte an die Halsschlagader. Zu viel Adrenalin raste durch ihren Körper. Sie wusste nicht, wohin damit. Ihr wurde schwindlig. Etwas presste von innen gegen die Schläfen und füllte ihr Hirn mit Watte aus. Rosa stützte sich am Marmortisch ab und ärgerte sich. Was war das wieder für eine unmögliche Angewohnheit? Stellte Hatschek jetzt einfach irgendwo ihre Espressotassen ab?

Noch außer Atem setzte sich Rosa in den Kanadier vor die Bücherwand. Waren die 55 Euro schon beim Betreten der Wohnung auf dem Marmortisch gelegen? Stand vielleicht sogar die Tasse schon dort? Sie hasste es, wenn sie wegen ein bisschen Aufregung wichtige Details übersah. Wahrscheinlich waren die 55 Euro schon dort gewesen und die Tasse noch nicht. Denn Rosa hätte sicher, trotz Aufregung, die Differenz im Erscheinungsbild bemerkt. Außerdem hätte Hatschek nicht so schnell Schuhe und Mantel anziehen und obendrein das Geld zurechtlegen können.

Rosa hing erschöpft im Lehnsessel. Der Abbauprozess des überschüssigen Adrenalins ermüdete sie. Warum hatte Hatschek nicht auf sie gewartet? Die musste doch ihre Jacke bemerkt haben. Weshalb hatte sie nicht nach ihr gerufen? Wenn sie eh schon spät dran war, warum nicht gleich noch später kommen und dafür endlich die eigene Putzfrau kennenlernen? Rosa schloss die Augen. Das war definitiv ein Rückschlag. Sie hätte diese Situation wesentlich gelassener meistern müssen. Sie hätte sich durch die Anwesenheit Hatscheks überhaupt nicht aus dem Konzept bringen lassen dürfen. Nein, dachte Rosa, das war absolut inakzeptabel. Was mit ihr los war, was das sollte, weshalb sie sich so verwirrt anstellte, wollte sie wissen, erhielt aber keine Antwort. Das musste alles anders werden! Sie wollte sich nichts aus Hatschek machen. Sie wollte, dass ihr diese Person weder Gedanken noch körperliche Reaktionen verursachte. Dass das mit Hatschek aufhörte, wollte sie, und dass sie weiterleben konnte wie bisher – in Ruhe und ohne diese Wahnsinnigkeiten. Sie sollte diese Arbeitsstelle aufgeben, kam ihr in den Sinn. Eine Nachricht schreiben. Was in der Art von »Mir zeitlich nicht mehr möglich, mit freundlichen Grüßen«.

Aber sie wollte keine Zettel hinterlassen, nicht mit ihrer Handschrift, nicht mit ihren Worten. Kein Zeichen. Nein, sie würde schon heute nicht mehr putzen, das Geld liegen lassen, von außen die Tür versperren und den Schlüssel durch den Briefschlitz werfen. Doch Hatscheks Tür wies weder Briefschlitz noch Postkasten auf. Sie konnte den Schlüssel unter die Türmatte legen … was freilich grob fahrlässig gewesen wäre und zumindest ein Erklärungsschreiben verlangt hätte, schon allein damit Hatschek den Schlüssel auffinden konnte. Nein. Sie würde noch ein einziges Mal putzen, das Geld mitnehmen, ordnungsgemäß die Tür verschließen, den Schlüssel mitnehmen und ihn postalisch an Hatschek senden. Das war besser. Das war gut. Dieser Plan stimmte Rosa zuversichtlich. Sie stemmte sich aus dem Kanadier. Mit diesem Plan konnte sie leben, beschloss sie und holte den Holzkübel aus dem Küchenschrank.

Den wahren Grund ihrer Zufriedenheit gestand sich Rosa freilich nicht ein. Der lag im Freiraum von einigen Tagen. Sie konnte sich etwas länger überlegen, ob sie den Schlüssel tatsächlich zurückschicken würde.

Sie konnte noch mehrere Tage in Ruhe über Hatschek nachdenken.

Waschtag

Der Rest der Woche verlief fließend. Selbst Freitagmorgen in *Bertrams Bioladen* kostete keine Anstrengung. »Hey Rosa, hab' dich schon erwartet. Wie geht's?«

Rosa dankte der Nachfrage und meinte, es ginge ihr gut. »Ich hab' dir deinen Liter Milch zur Seite gestellt, sonst wär' schon alles weg. War viel los heute.« Damit wollte Bertram wohl erneut auf seine Arbeitsüberlastung hinweisen und Rosa in Erinnerung rufen, dass sie dem Abhilfe schaffen könnte. Doch die stöberte, ganz ungewohnt, bei den Joghurtgläsern vom Milchbauern Hirsch herum. Bertram wies auf den hohen Säuregehalt der Ribiseln im Joghurt hin, die gut gegen Blaseninfektion wären. Zu seinem Erstaunen griff Rosa tatsächlich nach einem Glas und stellte es zu ihren anderen Nahrungsmitteln auf den Tapeziertisch. Der wippte eifrig.

Rosa ging zum Holzregal mit den Pflanzenseifen, beschnupperte die unterschiedlichen Sorten und schien bei jeder von ihrem Duft überrascht. Zusätzlich zur üblichen geruchsneutralen Seife nahm sie eine aus Ringelblumenschafsmilch.

»Heute wieder Waschtag?«, fragte Bertram. Rosa schauderte. Wie viel wusste er von ihren Lebensgewohnheiten? Eigentlich alles. Er kannte ihren Speiseplan, wusste, welche Mengen sie verbrauchte und wovon sie sich ernährte. Weil sie ihre

Lebensmittel zur Gänze von ihm bezog. Selbst aus ihrem Seifenverbrauch zog er Schlüsse. Er sollte keine Schlüsse ziehen! Mit dem flauen Gefühl der Abhängigkeit schaute sie auf den Traktor an der Wand. Sie musste wieder mehr direkten Kontakt zu Erzeugern herstellen. Sie musste wieder autarker werden.

Doch Bertram merkte nichts von ihrem Unbehagen, sondern fragte, wie ihr der Kräutertee seines Permakultur-Freundes geschmeckt hatte. Obwohl ihr das zu weit ging, sprach sie von dessen entspannender Wirkung und dem faden Geschmack nach heißem Wasser. Die Rexgläser voller Emmerreis vom Maierhof, Roggenmehl und Kletzen von Mitter verstaute sie im Rucksack, kaufte noch rote Rüben und Mangold, legte die zwei Seifen und das Joghurt obenauf und verließ den Laden mit ihrer Milchkanne in der Hand. »Hey, schönes Wochenende, Rosa«, rief Bertram hinterher. Sie hob nur sanft die Hand und drehte sich nicht mehr um.

Zuhause setzte sie einen 20-Liter-Wassertopf auf. Das noch schwach vom Frühstück glosende Feuer unterlegte sie mit etlichen Holzscheiten. Sie freute sich über die gut gefüllte Holzlade. Dank Rosas geringem Verbrauch würde sie diesen Winter mit dem Holz von Lies und Lena auskommen. Mühsam war das letztes Jahr, als sie gezwungen war, zusätzlich zu ihrem Holzholtermin im Oktober auch noch im März zu den beiden Züchterinnen von seltenen Ennstaler Bergschecken, Jochberger Hummeln und Waldviertler Blondvieh zu radeln.

Auf ihrem Waffenrad mit einem Anhänger von Bertram fuhr sie bei Nieselregen und Gegenwind 70 Kilometer nach Molfritz. Nur weil die Winternächte gar zu kalt gewesen waren und sie auch schon nachmittags eingeheizt hatte, war ihr Holzvorrat zu früh zu Ende gegangen. Aber diese unvorhergesehene Radtour war ihr eine Lehre. Seitdem machte sie ausschließlich für ihre Essenszubereitung Feuer. Und für ihren Waschtag.

Wenn ihr zwischendurch kalt werden sollte, zog sie sich wärmer an. Noch wärmer. In der Nacht schlief sie unter dicken, mit Schafwolle gefüllten Decken, trug Wollsocken und einen warmen Flanellpyjama.

Rosa war erleichtert, diesen Winter mit zwei Kubikmetern Holz auszukommen. Als das Wasser im Topf kochte, stopfte sie ihre naturweiße Unterwäsche hinein. Sie stellte einen zweiten Topf für ihre Leiberl auf. Heute war es auch wieder Zeit für die auskochbaren Stoffbinden. Für die fünf selbstgenähten Stücke, die dank ihrer schwachen Blutung für einen Monat genügten, brauchte sie zusätzlich einen kleinen, dritten Topf. Rosa saß am Küchentisch, schaute ihrer Wäsche beim Schwimmen zu und löffelte das saure Fruchtjoghurt.

Ludmilla hätte über sie gelacht. Ludmilla war größter Fan von Haushaltsgeräten. An oberster Stelle, quasi als Königin aller Haushaltsgeräte, stand für sie die Waschmaschine. Sie verkörperte den ultimativen Zivilisationssprung. »Stell' da vor«, pflegte sie zu sagen, »meine Mutter hat ganze Tag geschrubbt. Mit rote, offene Finger. Ganze Tag is' draufgegangen. Na, lieg' ich lieber in der Sonne, is' besser.«

Wenn Ludmillas Mutter in Bihac zum Waschtag rief, kamen alle Nachbarinnen mit der dreckigen Wäsche ihrer achtköpfigen Familien angelaufen. Das Ganze wuchs zum Volksfest aus. Rosas Wäsche hingegen war an einem Nachmittag, meist sogar in knapp zwei Stunden eingeweicht, über der Waschrumpel eingeseift, ausgespült und zum Trocknen aufgehängt.

Rosa wäre nicht lieber in der Sonne gelegen. Davon abgesehen, dass der Monat März in Wien sowieso nicht zu Sonnenbädern einlud. Rosa liebte es, in ihrer dampfenden Küche zu sitzen, kleine Stücke pflanzlicher Seife beim Auflösen zu beobachten und den zarten Seifengeruch einzuatmen. »Stell' da vor, kauf' ich Weichspüler Frühlingsduft im Angebot, gleich Sechserpackung, weil is' billiger, riecht gut, oba krieg' ich so rote

Flecken und juckt überall. Na stell' da vor. Was mach' ich jetzt mit Klumpat? Wenn ich runterschick' nach Bosnia, kost' mich mehr als ganzes Pulver.«

Rosa steuerte Ludmillas Erzählungen niemals eine Wortmeldung bei. Sie schaute sie nur an, hing an ihren Lippen und war von ihrer ungenierten Umweltverschmutzungslust fasziniert. Rosa stellten sich die Haare auf, wenn Ludmilla von derlei Dingen erzählte.

Anfangs dachte sie, Ludmilla würde diese im Reinigungsmilieu angesiedelten Schauergeschichten erfinden, extra um ihr Angst einzuflößen. Aber bald begriff sie, dass Ludmilla diebische Freude an ätzenden Putzmitteln, noch schärferen Geschirrspül-Gels und konzentrierten Tabs hatte. Andere Menschen hätte Rosa dafür verachtet, aber bei Ludmilla lachte sie nur laut auf. Sie erfreute sich am fatalen Erfindungsreichtum der Chemiekonzerne und Ludmillas kindlicher Kaufbereitschaft. Sowohl Rosa als auch Ludmilla glaubten an die unabwendbare Ausrottung der menschlichen Spezies. Doch während Rosa eine möglichst geringe Beteiligung daran anstrebte, war es Ludmilla völlig egal, bei diesem Untergang beide Hände kräftig im Abwasser zu haben. »Is' alles wurscht«, sagte sie, als Rosa sie nach etwaigen Ängsten oder Bedenken fragte. »Alles muss sterb'm.« Dieses Bekenntnis schweißte Ludmilla in Rosas Herz. Rosa fühlte, dass Ludmillas Gleichgültigkeit auf Erfahrungen und wohl durchdachten Überlegungen fußte.

Das Wasser im zweiten Topf brodelte; Rosa legte ihre Hemden und Hosen hinein. Den kleinen, dritten Topf entleerte sie in die Abwasch, seifte die Binden kräftig ein und spülte sie mit kaltem Wasser gut durch. Mit einer Holzkelle schöpfte sie aus dem anderen Topf die Unterhosen ins linke Becken der Doppelspüle. Sie holte die Putzlappen aus dem Weidenkorb, der neben dem Ofen stand, und stopfte sie ins kochende Wasser.

Nachdem sie ihre Kleider eingeseift und mit kaltem Wasser durchgespült hatte, wrang sie jedes Stück gründlich aus und warf es in einen Holzbottich. Den trug sie ins Wohnzimmer, wo dünne Hanfseile quer durch den Raum gespannt waren, über die Rosa ihre Wäsche zum Trocknen hing. Für Ludmilla wäre diese Prozedur zu mühsam gewesen. Doch Rosa freuten die gesparten Kilowattstunden. Obwohl sie in letzter Zeit immer mehr von diesen ganzen Berechnungen abkam. Ökologischer Fußabdruck, CO2-Emissionen und Stromverbrauch; alle zwei Jahre wurden die Berechnungsmethoden geändert und mit ihnen die Zahlen, die für Gut oder Schlecht standen. Rosa handelte da lieber nach ihrem persönlichen Empfinden, also so spurlos wie möglich. Deshalb wusch sie mit Pflanzenseife von einer nahegelegenen privaten Seifensiederei und nicht wie viele andere mit Waschnüssen. Denn Waschnüsse wurden aus Indien importiert und mussten folglich einen weiten, ölverschmierten Weg zurücklegen. Die wachsende Nachfrage nach saponinhaltigen Nüssen in Europa steigerte wiederum die Preise in Indien, sodass Inderinnen gezwungen waren, auf chemische Billigwaschmittel zurückzugreifen, was auf dem Subkontinent mit nur wenigen Kläranlagen zu erheblichen Umweltbelastungen führte.

Daher biologische Pflanzenseife aus Österreich, für alles, auch für Rosas Haare, die heute, wie an allen Waschtagen, geschnitten wurden. Rosa hatte Übung darin, über das Waschbecken gebeugt mit einer Hand ihren Kopf nach längeren Haarbüscheln abzusuchen – manchmal sogar unter Zuhilfenahme eines Holzkamms –, während die zweite Hand die Schere bediente. Trotzdem konnte es durchaus sein, dass an ein paar Stellen Kopfhaut durchschimmerte und an anderen Strähnen stehen blieben. Es kümmerte Rosa nicht, wenn ihre Haare wie Blumenzwiebeln im Frühling sprießten. Hauptsache, sie waren so kurz, dass sie nicht in die Augen hingen. In spätestens fünf

Tagen würde sich ihr dichtes Haar ohnehin wieder ebenmäßig um den Kopf legen.

Zum Abschluss des Waschtags füllte sie mehrere Töpfe heißes Wasser in ihre Holzbadewanne, besserte mit kaltem Wasser nach, bis die Temperatur passte und stieg in die Wanne. Sie seifte sich mit Ringelblumenschafsmilchseife ein, schamponierte ihre Haare und tauchte kurz unter. Dann lag sie eine gute halbe Stunde, den Kopf an den breiten Wannenrand gelehnt, mit geschlossenen Augen im Wasser. Sie hörte ihren Herzschlag, den Abendgesang der Amseln und das Wummern des Autoverkehrs vom Margaretenplatz.

Erst als das Badewasser beträchtlich abgekühlt hatte, stand sie auf, überschüttete sich mit kaltem Wasser aus einem bereitgestellten Krug und rubbelte sich trocken, bis sich ihre Haut rötete. Den Kopf mit einem Handtuch umwickelt, schlüpfte sie in ihren Flanellpyjama und zog auch gleich ihre dicken Wollsocken an. Während das Badewasser gurgelnd durch den Abfluss aus dem Weinfass rann, ergriff Rosa ihre Holzzahnbürste, streute Salz über die Wildschweinborsten und putzte ihre Zähne. Den Mund spülte sie mit reichlich Wasser aus, freilich mittels Zahnputzbecher und ohne den Hahn rinnen zu lassen. Zufrieden ließ sie die Zunge über ihre glatten, weißen Zähne gleiten. Trotz leicht salzigem Geschmack verstand sie niemanden, der es bevorzugte, statt Salz Sorbitol, Titanium Dioxid, Ascorbyl Palmitat, Tocopherol und Sodium Cocoyl Isethionat in den Mund zu nehmen. Es sollte doch bekannt sein, dass die Mundschleimhaut 80 Prozent der mit ihr in Kontakt kommenden Stoffe absorbierte.

Mit einem prüfenden Blick untersuchte sie ihre Hände. Manchmal waren diese im Winter vor Kälte, den beheizten Räumen, sowie ihrer Arbeit so trocken, dass die Haut aufriss. Dann nahm sie an ihren Waschtagen ein kleines Stück Butter in die Hand, ließ es schmelzen und verrieb das Fett zwischen den

Fingern. Aber heute, bemerkte sie zufrieden, brauchte sie diese Pflege nicht. Sie ging ins Schlafzimmer. Im Schein dreier Kerzen las sie, die Schafwolldecke mit weichem Naturfaserüberzug bis unters Kinn gezogen, »Barfuß durch Manhattan«, eine Neuerscheinung aus der Bücherei. Sie hatte geprüft, welcher der kürzlich angeworbenen Romane die wenigsten Gebrauchsspuren aufwies. Die BWL-Bücher hatte sie schon längst zurückgebracht und wegen geringem Interesse keine weiteren mehr ausgeborgt. Ihr waren Konkurrenz, freie Märkte, Kapitalismus egal. Die Reinigungsbranche war ein Nachfragemarkt; Putzfrauen wurden immer gesucht. Außerdem würde sowieso alles den Bach hinuntergehen. Oder wie Ludmilla sagte: »Alles muss hin wer'n«.

Rosa erwachte an einem sonnigen Wochenende, an dem unwiderruflich der Frühling in die Stadt einzog, was dutzende Vögel von den Dächern pfiffen. Rosa öffnete die Fenster. Am Margaretenplatz drehten bereits einkaufswütige Autolenkerinnen ihre Runden, verzweifelt auf der Suche nach Parkplätzen. Im Hof waren neben Vögeln auch Kinder stimmgewaltig zugange. »Is' immer ruhig hier«, hatte Ludmilla früher gesagt und die weitläufige Parkanlage der Baumgartner Höhe gemeint. »Schön und ruhig. Bin ich gern hier. Stell' da vor, musst im Irrenhaus im AKH sein, nix gut.« Ludmilla schreckte selbstverständlich vor Worten wie Irre, Deppate und Krüppel nicht zurück. Auch dafür liebte sie Rosa. Die beiden verband Fatalismus und ihre Liebe zur Stille.

»Kumm, setz' ma uns aufs Sonnenbankl«, forderte Ludmilla an Frühlingstagen. Nach ihrem Dienst saßen die zwei auf einer Bank vor dem Holzschuppen der Baumgartner Höhe, mit Blick über den hügeligen Wienerwald. Beide reckten ihre weißen Gesichter hungrig ins Licht.

Ludmilla und Rosa, die eine im Arbeitskittel, die andere im

Frotteemantel über ihrem Krankenhausnachthemd. Sie lauschten der Stille, die ferne Betriebsamkeit erahnen ließ. Noch rauschten keine Blätter im Wind, aber ein klarer Duft von frischem Gras, das sich mühsam durch die Erdoberfläche bohrte, lag in der Luft. Auf dem Weg zum Sonnenbankl hatten sich die Augen der beiden an jedes junge Grün geheftet. In diesen Momenten richtete Ludmilla kaum jemals ein Wort an Rosa. Und die schwieg sowieso. Sie hatte das Gefühl, all die Jahre zuvor zu viele Worte und Sätze vergeudet zu haben. Sie hatte ihren Wortvorrat unsinnigerweise an Menschen, die ihre Worte nicht haben wollten, verschwendet. Künftig wollte sie nicht mehr reden, weil sie schon alles gesagt hatte und nichts gehört wurde. Weil es auf ihre Worte nicht mehr ankam.

Ludmilla und Rosa verband eine ausgebrannte Vergangenheit. Ludmilla war an der übermächtigen Kriegslust, Rosa an ihren übermäßigen Ambitionen gescheitert. Beide letztendlich an dem Zwiespalt zwischen Wollen und Bekommen. Die Stille auf der Baumgartner Höhe, insbesondere wochentags, tröstete sie über diesen unüberbrückbaren Graben hinweg, versöhnte sie mit ihrer verbrannten Vergangenheit, salbte ihre Verletzungen und ermöglichte es ihnen, ihre Narben durch die kommenden Tage zu tragen.

Rosa erinnerte sich beim Blick aus dem Hoffenster an Ludmilla. Sie vermisste sie in letzter Zeit häufig, was kein gutes Zeichen war. Obwohl Rosa sie nie aufgesucht hätte, selbst wenn dies noch möglich gewesen wäre. »Is' eh alles wurscht«, hörte sie Ludmilla sagen, und Rosa fiel Hatscheks Schlüssel ein. Sie würde ihn nicht mit der Post zurückschicken. Sie würde ihn behalten. Sie würde weiterhin Hatscheks Wohnung putzen. Sie würde ihre Pflicht erfüllen, solange 55 Euro auf dem Marmortisch bereitlagen. Gelassen, kühl, unaufgeregt, so wie bei jeder anderen Kundin auch. Eine Trennung müsste von Hatschek ausgehen.

Ludmilla wohnte, bevor sie nach Österreich kommen musste, in Bihac. Das war für sie die schönste Stadt. Die schönste Stadt, aus der sie sich den allerschönsten Mann pickte und zu ihrem Mann machte.

Sie freute sich über ihren Mann wie ein Neugeborenes über frische Windeln. Er hatte die schönste aufgebogene Nase, an deren Rücken ihr Finger Schispringen konnte. Er hatte die schönsten braunen Augen, die sich so schnell mit Tränen füllten, dass sie mit dem Taschentuch immer zu spät zur Stelle war. Das schönste bärtige Kinn, an dem sie ihr Gesicht so lange reiben konnte, bis ihre Wangen rot wie von Rouge waren. Sie freute sich jeden Tag, ihren schönen Mann anzuschauen, auch wenn sie dazu nicht oft Gelegenheit hatte.

Denn ihr Mann begann in den Siebzigerjahren ein Haus zu bauen, das Mitte der Achtziger fertig wurde. Dafür arbeitete er jedes Jahr von März bis November in Deutschland. Er kannte Stuttgart, Hamburg, Frankfurt, Köln, und jeden November, wenn er wieder zu Ludmilla zurückkam, erzählte er, wie schön doch Bihac wäre und wie hässlich die deutschen Städte. Er sagte, er liebe diese Stadt, dieses Land – und Ludmilla. Da Ludmilla ihre Stadt ebenfalls liebte und auch ihr Land, glaubte sie ihrem Mann auch den Rest.

Ende der Achtziger wurde Europa neu aufgeteilt. Jedenfalls hörte Ludmilla das von überall her. In ihrem Land schaute alles wie immer aus. In ihrer Stadt schaute alles wie immer aus. Und auch in ihrem schönen Haus schaute seit nunmehr fünf Jahren alles wie immer aus. Nur ihre zwei kleinen Kinder wurden von Tag zu Tag größer. Man hörte, dass da eine Mauer in Deutschland zerfiel. Man hörte, der ganze Ostblock würde zerfallen. Ludmilla schaute aus dem Fenster und fand alles so wie immer.

Anfang der Neunzigerjahre hörte Ludmilla, dass ihr Land neu aufgeteilt werde. Die Kroaten, die Serben, die Slowenen, die Kosovaren, die Bosnier sagten vom jeweils anderen, er wäre daran schuld und würde sich auch noch einen viel zu großen Teil vom Land nehmen. Ludmilla meinte, alle wären verrückt, schaute aus dem Fenster und fand, es sei doch genug für alle da. Dann kamen viele Serben und umzingelten ihre Stadt. Dann kamen viele UNO-Blauhelme und meinten, das wäre eine Schutzzone. Ludmilla schaute aus dem Fenster und hatte Verständnis für all die Menschen, die unbedingt in dieser schönen Stadt sein wollten. Dann kamen viele Bosnier und Kroaten, nannten sich Flüchtlinge und noch immer meinte Ludmilla, ihre Stadt wäre schön und böte Platz für alle.

Dann begannen die Serben zu schießen, was Ludmilla weniger schön fand. Als auch noch die Kroaten zu schießen begannen, schaute sie aus dem Fenster und merkte, dass sich ihre Stadt tatsächlich verändert hatte. Jetzt sah auch sie, dass da einiges zerfiel. Und während sie vorne zum Fenster rausschaute, schoss ihr eine Scud-Rakete hinten das Haus weg. Das Haus und ihre zwei Kinder.

Als sie in einem Körper, den sie nicht mehr spürte, auf Steinen, die einmal ihr Haus waren, saß, hatte nicht einmal mehr ihr Verstand Platz in dieser Stadt. Sie saß inmitten von Trümmern und dachte an ihren Dachstuhl, der das ganze Jahr über trocken und warm gewesen war. In dem im Sonnenlicht, das durch seine Fenster fiel, dutzende Staubflankerl tanzten und von dem aus sie ihr schönes Bahic überblicken und ihren beiden Kindern beim Spielen zuschauen konnte.

Sie saß auf den Steinen, als an ihren zerschundenen Beinen Blut entlangrann und man ihr zwei rote Breihaufen aus den Armen nahm, die gerade eben noch ihre Kinder waren. Irgendwann zog man sie von den Steinen weg, und brachte sie in ein Krankenhaus.

Sie sah, dass sich ihr Land verändert hatte. Sie sah, dass ihre Stadt nicht mehr schön war. Sie erfuhr, dass ihr Mann bei Kämpfen mit kroatischen Verbänden gegen die serbische Miliz von einem Streifschuss am Kopf getroffen worden war.

Ludmilla wurde bald aus dem Spital entlassen und wohnte bei ihren Eltern, gleich neben den Ruinen ihres Hauses. Man sagte ihr, dass Bihac Glück gehabt hatte und weitgehend von den Kämpfen verschont geblieben war. Sie wusste nicht, warum man ihr das erzählte. Weil sie glauben sollte, dass auch sie verschont geblieben war?

Dann kam ihr schöner Mann nachhause. Ihm blieb jedoch die Ansicht seines zerstörten Hauses und auch Ludmillas entsetztes Gesicht erspart. Denn dem Mann, den sie Ludmilla da im Rollstuhl hinschoben, fehlte das schöne linke Auge. Und über dem schönen rechten Auge hing sein Lid und verstellte ihm die Sicht. Ihm fehlte die schöne aufgebogene Nase. Die war einfach weg und der Rest ungenügend von Haut bedeckt. An seinem bärtigen Kinn würde sie sich nicht mehr die Wangen rot reiben können, weil sein Unterkiefer nicht mehr da und vom Oberkiefer auch nicht viel übrig geblieben war. Der Streifschuss hatte den schönen Mann ziemlich heftig getroffen.

Irgendwie, dachte Ludmilla, ist das gar nicht mehr mein schöner Mann. Aber irgendwie, dachte sie weiter, bin auch ich nicht mehr diejenige, die meine Stadt schön findet. Und als unter dem hängenden Lid ihres Mannes eine Träne zum Vorschein kam, wurde ihr klar, dass sie jetzt diejenige sein musste, die in die hässlichen deutschen Städte arbeiten gehen würde. Sie schob den Mann im Rollstuhl zu ihren Eltern und machte sich auf den Weg.

Es dauerte nicht lang und sie kam in Traiskirchen an. Ludmilla wollte weiter, blieb aber. Blieb. Und blieb, bis sie gefragt wurde, ob sie im Flüchtlingsheim putzen wollte. Warum nicht, antwortete Ludmilla, mittlerweile schon auf Deutsch. Und während sie einige Wochen lang die Gänge im Heim wischte, ergab sich die Möglichkeit, für eine Reinigungsfirma zu arbeiten. Warum nicht, dachte sie, und das dachte sie bei jeder Stelle, die ihr angeboten wurde. Warum nicht, dachte sie, putzte und schickte Geld zu ihrer Familie nach Bihac. Warum nicht, sagte sie, als sie eine Stelle im Pavillon 23 des psychiatrischen Krankenhauses Baumgartner Höhe annahm. Und weil sie sich mittlerweile mit Wahnsinn sehr gut auskannte, wurde nach nur fünf Jahren in Wien diese Abteilung zu ihrem Lieblingsplatz.

»Stell' da vor«, erzählte sie Rosa – wie immer saß die auf ihrem Bett und Ludmilla stützte sich auf ihren *Swiffer*, »erst jetzt hat Mann gesagt, er is' gar nicht angeschossen wor'n. Der Depp. Selbst hat er geschossen. Mit Gewehr unterm Kinn, aber deppat, zu steil. Na stell' da vor.« Ludmilla schaute zu Boden. »Das Einzige, was d' nicht selber machen musst im Leben, macht er, und dann so …« Sie schloss dieses Kapitel mit einer raschen Handbewegung.

Auch weiterhin schickte sie den Großteil ihres Einkommens nachhause. »Ich hab genug«, sagte sie oft und meinte damit nicht nur ihre finanziellen Mittel, sondern sie hätte »vom Leben« ergänzen können.

Ludmilla war fünfzig Jahre alt, als sie Rosa kennenlernte. Rosa legte sich die Theorie zurecht, dass in jedem Leben nur eine gewisse Menge an Erfahrung Platz hätte. Sollte man so eifrig gewesen sein, diese gleich in den ersten fünfzig Jahren zu sammeln, dann konnte man sich auf restliche ruhige Jahre einstellen. Jedenfalls wünschte sie Ludmilla das.

Von Ludmilla erfuhr Rosa alles über das Reinigungsgewerbe. Ob sie nun Raumpflegerin, Putze oder Facilitymanagerin genannt wurde, sie kannte alle Vorteile dieser Arbeit und alle Macken ihrer Kundinnen und Kunden.

Schon bald nach dem ersten Kennenlernen hatte sich in Rosa der Wunsch geregt, Putzfrau zu werden. Ausschlaggebend dafür war Ludmillas Erzählung von ihrem ehemaligen Arbeitseinsatz im Büro. Das war noch bevor Ludmilla an die psychiatrische Abteilung kam. Damals war sie seit geraumer Zeit bei einer Reinigungsfirma angestellt gewesen, die für mehrere Bürogebäude zuständig war. Jeden Tag nach Büroschluss rückte die Putzkolonne im Großraumbüro aus; Ludmilla musste den Müllkorb jedes Arbeitsplatzes leeren und über Schreibtische wischen, wenn diese das zuließen. Die meisten jedoch waren von Schreibmappen und ähnlichem Kram bedeckt. Zusätzlich musste Ludmilla die Toiletten reinigen. »Stell' da vor«, geriet sie fast in Rage und betonte das Doppel-L ganz nach Sitte des 12. Wiener Gemeindebezirks, »zwei Klos für neunzig Frauen, na derf des wahr sein? Kannst da vorstellen, wie die ausg'schaut haben.« Ludmilla verzog angeekelt das Gesicht, wobei Rosa nicht genau wusste, ob sie jene zwei Toiletten oder die neunzig Frauen meinte. »Alles voller Papierdln«, sagte sie.

Einige der neunzig Frauen halfen sich, in völliger Verzweiflung über den Zustand des WC-Bereichs, mit Mahnzetteln. Über der Klopapierhalterung hing ein rotes Blatt mit dem Schriftzug »Bitte nachfüllen wenn leer. Danke!« An der Innenseite der Tür: »Örtchen so hinterlassen wie frau es vorfinden will. Danke!« Am Boden stand eine rosa Duftspraydose mit schwarzem Kreuz auf orangem Quadrat als Symbol, dass der Inhalt der Dose reizend war. Darüber hing: »Der Nächsten zuliebe«, daneben »Lieber Menschengeruch als Chemie« mit vier Ausrufezeichen. Am Seifenspender klebte ein Post-it, zusätzlich mit Tixo befestigt, da sich das Zettelchen einrollte, mit der Aufforderung »Bitte Seife nachfüllen«, was an Ludmilla, nicht an die Bürokolleginnen gerichtet war. An der Papiertücherbox stand: »Bitte nicht zu viele Tücher einfüllen, sonst nicht einzeln entnehmbar. Danke!« Das richtete sich wieder an Ludmilla. Und weil die Frauen, die diesen Ort meist ungern aber notgedrungen aufsuchen mussten, nicht humorlos erscheinen wollten, hatte eine von ihnen einen

Comic an die Kabinentür gehängt. Darauf unterhielt sich eine Klobürste mit einer Klopapierrolle. Sagt die eine: »An manchen Tagen kommt mir vor, ich habe den beschissensten Job der Welt«, darauf die Papierrolle: »Hhm?!?«.

»Kannst da vorstellen«, sagte Ludmilla und schüttelte ihren Kopf mit Abscheu für alle Witzeerzähler. Rosa brauchte sich nichts vorzustellen, sie kannte diese Frauen, die während ihrer Arbeitszeit Sprüche im Word-Programm grafisch gestalteten, bunt ausdruckten und mit einem »So, das muss jetzt mal gesagt werden« an die Öffentlichkeit oder auf die Toilette gingen. Dabei wetzten ihre Jeans an den Oberschenkeln energisch aneinander. Sie erinnerte sich an diese Frauen. Sie arbeitete früher mit solchen zusammen.

»Stell' da vor, lauter schiache Männer«, lachte Ludmilla über die unzähligen Familienfotos, die überall im Büro aufgestellt waren. Lachende Kinder in pastellgrünen Studios schlechter Fotografen; Männer mit Schnauzbärten, an deren ernsten Schultern treuergebene Gattinnen lehnten. Rosa kannte alle Mondkalender und Buddha-Bilder mit Sinnsprüchen, alle Duftkerzen und Leuchtkristalle, alle ergonomischen Sessel und Gymnastikbälle. Sie konnte sich mit grauenvoller Intensität an ihre Zeit in der Marketingabteilung der Versicherung erinnern. Sekretärinnen, Sachbearbeiterinnen, Assistentinnen – alle hatte sie abrufbar. Nichtsdestotrotz setzte Ludmilla wieder mit einem »Stell' da vor« an und beschrieb die Gemeinschaftsküche des Großraumbüros.

Durch eine Glastür vom Raucherzimmer getrennt, bot die Küche ein Abbild weiblicher Überforderung. Der Großteil der neunzig Frauen waren Mütter und zuhause alleine für den Haushalt verantwortlich. Aus natürlicher Abwehrreaktion fühlten sie sich für fremde Küchen nicht zuständig. Das, was sie daheim ihren Männern zu überlassen nicht schafften, überließen sie hier ihren Kolleginnen mit Leichtigkeit. Sie stellten ihre schmutzigen Kaffee- und Teehäferl (wobei von Diddlmaus bis zu Exemplaren mit ganz persönlich gestalteten Kinder- und Hundefotos alles anzutreffen war) einfach in oder neben das Spülbecken. Ließen Brösel, Flecken, Speisereste dort, wo sie angefallen waren und eilten bei etwaiger Anwesenheit anderer Kolleginnen mit den Worten »Ich muss mein Kind abholen« – ein K.o.-Argument – oder mit »Ich muss meinen Zug erwischen« – wofür schon weniger Verständnis aufgebracht wurde – aus der Küche. »Stell' da vor«, beschrieb Ludmilla den zugigen, kalten Raum mit stets klebrigem Boden und der Akustik einer Bahnunterführung.

Rosa kannte all diese Personen und Büroumstände. Unliebsame Erinnerungen wurden in ihr wach und gleichzeitig das Bewusstsein, nie wieder in diese Umgebung eintauchen zu wollen. Wie immer beendete Ludmilla ihre Ausführungen mit geringschätzigem Schulterzucken. Rosa jedoch hatte beschlossen, nach ihrem Krankenhausaufenthalt selbstbestimmte Putzfrau zu werden.

Rosas Geschichte

Obwohl sie am Anfang natürlich ganz anderen Karriereplänen nachging. Das mit dem Umweltbewusstsein kam von ihr. Damit hatte Ludmilla, die ihr sonst alles beibrachte, nichts zu tun. Ihr ökologisches Pflichtgefühl war das Einzige, das sie sich aus ihrem vorherigen Leben bewahrte; darauf konnte und wollte sie nicht verzichten. Auch wenn ihr ihre Therapeutin die Aussichtslosigkeit dieses Ansinnens einredete – Rosa wollte biologische, rein pflanzliche Putzmittel. Und ihre Mission gab es schließlich nicht mehr, die hatte sie gleich nach ihrem Zusammenbruch abgelegt. Sie wollte es nur *für sich.*

Gemeinhin gilt, jemand, der auf Nachhaltigkeit, öko- und biologische Lebensmittel, auf Abbaubarkeit von Substanzen achtet, würde das in Hinblick auf eine saubere, länger währende Zukunft tun. Vor ihrem Kollaps traf diese Annahme auch auf Rosa zu. Doch danach änderte sich ihre Einstellung von Grund auf. Danach waren ihr andere oder gar die Zukunft völlig egal. Sie war vom baldigen Untergang der Menschheit überzeugt. Den sah sie als systemimmanentes, unausweichliches Resultat menschlicher Lebensführung an. Und es sorgte sie nicht im Geringsten. Nein, es beruhigte sie sogar. Die sichere Vernichtung erübrigt jedwedes Streben. Jedes Bemühen um eine reinere Umwelt, um Karriere, um Familie, ja selbst um die eigene Existenz war absolut sinnlos. Diese Gewissheit befreite Rosa ungemein. Trotzdem wollte sie ihre Hände nicht in *Palmolive* (also in Pareth Sulfate, Betaine, Lauryl Polyglucose, Sodium Strene, Acrylat Copolymer, 2-Bromo-2-Nitropropane-1,3-Diol), sondern nur in Essigreiniger tauchen, weil sie bei allem menschlichen Tun keine Rückstände hinterlassen wollte.

Das mit der Umwelt hatte schon früh begonnen und wie so vieles relativ harmlos.

Ermuntert von ihrer Volksschullehrerin, die einen integrativen Erziehungsstil praktizierte, scharte Rosa einige Klassenfreundinnen um sich und gründete einen Umweltclub. Acht bis zehn Kinder zogen mit ihr durch die Straßen der Nachbarschaft und sammelten Müll ein, der sich in Büschen und Sträuchern verfangen hatte. Damit die Erde wieder durchatmen konnte, dachte Rosa. Um Motivation in ihren Umweltclub zu bringen, schrieb sie ein Umweltlied, das mit »Lieben wir unsere Erde – nein, wir lieben sie nicht« begann und mit »Die Politik kann reden nur, aber machen tut sie nichts« endete. Ein Protestlied, sozusagen, das beim Mülleinsammeln gesungen wurde, wobei nach Art damals beliebter ökumenischer Gottesdienste Rosa den einfältigen Rhythmus klatschte. Einige könnten nun meinen, dass sich anhand solcher Aktionen Rosas zukünftige Entgleisung bereits abzeichnete. Fairnesshalber muss aber hinzugefügt werden, dass schon viele Kinder Banden gründeten, aber nur wenige Al Capone geworden sind. Weiters beschränkten sich die Lieder- und Müllsammelaktionen des Umweltclubs auf ein einmaliges Großereignis von einer Stunde. Danach löste sich der Club ziemlich unspektakulär aufgrund allgemeiner Müdigkeit auf und trat niemals wieder in Erscheinung.

Von diesen Anfängen auf die Laufbahn einer radikalen Umweltschützerin zu schließen, wäre übertrieben. Die kleine Anekdote vom Umweltclub belegt lediglich, dass Rosas Sensibilität für den Zustand des Planeten schon früh ausgeprägt war. Ihre Aufmerksamkeit ökologischen Belangen gegenüber blieb lange Zeit konstant, steigerte sich dann aber nach ihrer Anstellung in der Versicherung rapide.

Impulsgebend hierfür war Rosas Angewohnheit, flugs von sich auf andere zu schließen, und einer daraus zwangsläufig resultierenden Enttäuschung. Rosa lebte ihre Schulzeit hindurch in der Meinung, allen Menschen läge das Wohlergehen der Umwelt am Herzen. Ihr war diese Annahme so selbstverständlich, dass sie Gegenteiliges nicht einmal in Betracht zog. Zu ihrer Verteidigung muss angeführt werden, dass sie bis zum Eintritt ins Angestelltenverhältnis tatsächlich ausschließlich Umgang mit umweltbewussten Menschen pflegte. Sie und ihre Schulkolleginnen recycelten Papier, kauften Glas- und keine Plastikflaschen, sammelten Biomüll, ließen Verpackungen im Supermarkt zurück; demonstrierten, wo immer möglich, ihre kritische Einstellung als mündige Konsumentinnen. Aber auch die Lehrerinnenschaft lebte in ökologisch aktiver Atmosphäre: Biologielehrerinnen organisierten Exkursionen zur Kläranlage Simmering; Mathematiklehrer erzählten von ihren Wochenendholzhäuschen ohne chemische Baumaterialien, wo heimische alte Schafrassen wie Heidschnucke und Montafoner Steinschaf gezüchtet und bei abnehmendem Mond sanft geschoren wurden; Chemielehrerinnen ernährten sich vegetarisch und lehrten die Zusammenhänge von Massentierhaltung und Methangasausstoß; Religionslehrerinnen traten in Hungerstreik für ein anthroposophisches Tiertransportgesetz; Englischlehrerinnen protestierten für die Abschaffung von Tieren im Zirkus. Für Rosa war das alles selbstverständliche Freizeitgestaltung und der Einstieg ins Berufsleben ein Schock.

Rosa fing gleich nach der Matura in der Marketingabteilung einer Versicherung an. Zu ihrem Leidwesen merkte sie bald, dass es keine ihrer Arbeitskolleginnen auch nur peripher interessierte, was die Aludose in ihrer manikürten Hand verursachte. Vom *Red Bull* darin ganz zu schweigen.

Niemand kümmerte sich um Geräte, die stundenlang im Stand-by-Modus liefen. Obwohl in Österreich ausschließlich dafür die Leistung des halben Donaukraftwerks Freudenau verbraucht wurde. Niemand wollte von Rohstoffverschwendung hören, wenn sie ihren Körpern Kartoffelchips, Erdnussflips und Tacos mit Paprikageschmack zuführten. Von Sojaproteinhydrolisat, Dinatriumguanylat, Dinatriuminosinat und Mononatriumglutamat, das Taubheitsgefühle in Nacken, Armen und Rücken, Schwächegefühl, Herzklopfen und Kopfschmerzen bewirken kann, sowieso nicht.

Dabei waren Rosas Kolleginnen ausgesprochen nett. Sie hielten Rosa spendabel Snackpackungen unter die Nase, boten ihr Weichmacher und E-Nummern an, luden sie zum Mittagessen in die Pizzeria ums Eck zu Analogkäse und Pressschinken. Sie schenkten ihr Duftkerzen mit künstlichen Aromen, Plastiknippes aus Taiwan und Schokoosterhasen eines Nahrungsmitteldiscounters in Alu verpackt. Und Rosa verpasste keine Gelegenheit, ihre Arbeitskolleginnen über deren Fehlverhalten aufzuklären. Sie erzählte von Wasserverbrauch und

Energieaufwand, davon, dass künstliche Duftstoffe nicht abbaubar wären und sich im menschlichen Körperfett auf Lebenszeit ablagerten. Dass Plastik aus China unerlaubte, krebserregende Substanzen enthielt und durch lange Transportwege ungeheure CO2-Emissionen verursache. Sie machte sie darauf aufmerksam, Licht, Computer, Drucker, Duft- und Lavalampen bei Büroschluss auszuschalten. Sie bat sie, von individuellen Minikühlschränken neben den Schreibtischen Abstand zu nehmen und lieber den Kühlschrank in der Gemeinschaftsküche zu benützen; nicht nur wegen des erhöhten Stromverbrauchs, sondern auch in Hinblick auf das wachsende Ozonloch.

Ihre Kolleginnen dankten ihr anfangs für die zahlreichen Informationen, wurden mit der Zeit wegen Rosas direkter Handlungsanweisungen jedoch stutzig und mieden nach und nach ihre Anwesenheit. Rosa wurde nach nur zwei Jahren inoffiziell zur unbeliebtesten Mitarbeiterin der Firma gewählt. – Obwohl sie weit entfernt von ihrem jetzigen, radikal umweltschonenden Lebensstil war. Ja, sogar noch Fleisch aß.

Sie lebte damals in einer heterosexuellen Partnerschaft. Ihren Freund hatte sie schon in der Schule kennengelernt. Er absolvierte nach der Matura ein Abendkolleg an der Technischen Universität Wien und arbeitete bei einem internationalen Telekommunikationskonzern. Er nahm Rosas Umweltambitionen wahr, manchmal sogar ernst, und ließ ihr freie Hand in Bezug auf Haushaltsführung und Konsum. Was heißen soll, er verzehrte alles, was sie ihm vorsetzte und verwendete jedes Pflegeprodukt, das sie kaufte. Ihm war wichtig, dass Rosa bei ihm war, weil er sich an sie gewöhnt hatte. Sie gingen morgens gemeinsam aus der Wohnung, arbeiteten vierzig Stunden pro Woche und schliefen meist gegen 22 Uhr ein. Und das Ganze wiederholte sich.

Rosa unterlag den Bekleidungsvorschriften der Versicherung. Sie trug Kostüme und Hosenanzüge, die modische Veränderungen durchliefen. Dazu elegante Schuhe mit maximal fünf Zentimeter hohen Absätzen. Ihre Frisur variierte saisonal in Länge und Farbe. Selbst Wimperntusche, Lidschatten und Lippenstift konnten in ihrem Gesicht aufgefunden werden. Sie war eine durchschnittliche Angestellte, die den Dresscodes ihrer Branche entsprach, mit großem Interesse für Umweltschutz und einem unstillbaren Hang zur Belehrung. Es wäre falsch zu glauben, dass Rosa unsensibel bezüglich ihrer sozialen Stellung in der Firma gewesen wäre. Es machte ihr zu schaffen, beinahe kontaktlos durch den Büroalltag zu gleiten. Aber Rosa konnte sich ihren Drang zur Ausbesserung nicht verkneifen. Obwohl sie genau merkte, wie sie dadurch erst recht ihre Kolleginnen verschreckte. Aber sie musste ihre Mission erfüllen: *Die Rettung der Welt.*

Die soziale Sackgasse, in der sich Rosa befand, verstärkte ihre ökologischen Bemühungen. Umso auswegloser ihre Situation wurde, desto weniger wollte Rosa glauben, ihre Kolleginnen wären unbelehrbar. Daher weitete sie ihren Aktionsradius aus: Gemeinsam mit dem Betriebsrat organisierte sie Obst- und Gemüsejausen für die Mitarbeiterinnen – als gesunde Alternative zu Chips und Kuchen –, natürlich von Wiens erstem Biobauern, dem Biogärtnerhof Polzer aus der Lobau. Den hatte sie schon in ihrer Schulzeit, im Rahmen eines Ausflugs als Umweltbeauftragte kennengelernt. Sie forderte Fahrradständer vor dem Versicherungsgebäude, die auch tatsächlich aufgestellt, aber von niemandem außer Rosa je zweckdienlich verwendet wurden. Ihr größter Reinfall jedoch war die Aktion »Büro ohne Rauch geht auch«, bei der Rosa einzelne Büros rauchfrei bekommen und dafür separate Raucherzimmer schaffen wollte.

Sie sorgte sich dabei gar nicht so sehr um die gesundheitlichen Schäden von Raucherinnen und Rauchern, sondern um den weltweiten Ausstoß von Schwefelstoffen, Schwermetallen und CO2 sowie die gewaltigen Auswirkungen der Tabakplantagen auf das Mikroklima und die sozialen Strukturen der Plantagenarbeiterinnen. Außerdem waren Firmen wie *Philip Morris*, denen Verbindungen zum Ku-Klux-Klan sowie zur Waffenindustrie nachgesagt wurden, ethisch völlig inakzeptabel.

Mit dieser Aktion gab sie sich gesellschaftlich den Rest. Nichtraucher und Vorstandsvorsitzender Bein allerdings wartete schon des Längeren auf eine Nichtraucherbewegung aus der Belegschaft, quasi auf Unterstützung von unten. Er nahm Rosas Idee dankbar auf und rief nach einer Vorlaufzeit von zwei Wochen Wiens erstes rauchfreies Bürogebäude aus. Ein genialer PR-Schachzug für ein Unternehmen, das Gesundheit versicherte. Bloß mussten alle Raucherinnen und Raucher fortan vor dem Gebäude rauchen …

Die Aktion »Büro ohne Rauch geht auch« fand zu einer Zeit statt, in der in New York erstmals Arbeitnehmer unter Nichtraucherschutz gestellt wurden – noch lange bevor die EU darüber nachdachte, sich in Österreich aber bereits gewaltiger Widerstand gegen diesen Trend formierte. Und weil sich ihre Kolleginnen schwerlich bei Herrn Bein beklagen konnten, ließen sie Rosa ihre Geringschätzung noch deutlicher spüren. Ihre Zigaretten drückten sie auf den Fahrradständern aus, die Tschikstummel ließen sie einfach auf den Boden fallen. Wo doch jede dank Rosas Belehrungen wusste, wie viel Kubikmeter Grundwasser und Humusschicht schon ein einziger Zigarettenfilter verseuchte! Auch innerhalb des Bürogebäudes ließen sie ihrem Unmut freien Lauf. Demonstrativ schmissen sie Altpapier in oder sogar neben den Restmüll oder versprühten Raumspray »Tannenduft«, also Dimethyl Ether, 2-Propanol und Ethanol, wenn Rosa an ihren Schreibtischen vorbeiging.

Der Vorstandsvorsitzende Bein behielt Rosa aber im Auge. Egal, ob gesunde Jause, Fahrradständer oder »Aktion Stromsparen«, Herr Bein unterstützte jeden ihrer Vorschläge. Ihm gefielen ihr Ehrgeiz und ihr Durchsetzungsvermögen gerade in unpopulären Bereichen. Obendrein war er nicht nur militanter Nichtraucher, er war auch leidenschaftlicher USA-Fan.

Seine aufgewecktesten Studienjahre hatte er an der Ostküste verbracht und war seither vom amerikanischen Lebensstil begeistert. Er lobte das kundenorientierte Service, den Willen jedes Einzelnen für sein Glück zu sorgen, und obendrein zierten Bücher von Milton Friedman seinen Bürotisch. Der smarte Mittfünfziger wollte den amerikanischen Traum im grauen Wiener Becken leben. Auf Weihnachtsfeiern liebte er es, im lässigen Nadelstreifanzug, das Whiskeyglas in der Hand und einen Borsalino neckisch schief auf seinen Pomadenhaaren, »I did it my way« zu singen. Aber auch Herr Bein hatte oft Gelegenheit zu Frustration. Seine Belegschaft zierte sich vor Überstunden, Personaleinsparungen, Verantwortung und Flexibilität. Deshalb heftete er seine an Enttäuschung gewohnten Augen bereitwillig an Rosa. Und die glaubte damals noch, dass für eine, die im Betrieb keine Freunde hatte, aber einen guten Draht zum Chef, beste Karrierechancen bestünden.

Nach sechs Jahren in der Marketingabteilung war sie an einigen Sonderprojekten beteiligt gewesen, konnte aber auf keinerlei berufliche Weiterentwicklung zurückblicken. Da trat Herr Bein eines Tages an sie heran und fragte: »Die Abteilungsleitung, wäre das was für Sie?«

Sie bewarb sich mit Lebenslauf und Motivationsschreiben, stellte sich einer Kommission, durchlief ein dreistündiges Assessment und wurde danach mit der überraschenden Feststellung konfrontiert, dass sie doch noch sehr jung für diese verantwortungsvolle, vor allem gut bezahlte Position sei. Sie wurde zu Herrn Bein gerufen. Der empfing sie in seinem Dachgeschossbüro mit Blick vom Donaukanal bis zum Riesenrad. »Schauen Sie, ich halte große Stücke auf Sie«, sagte Herr Bein.

»Diesmal hat es nicht geklappt. ›You're high in April, shut down in May‹. Aber es wird auch wieder bergauf gehen. Tragen Sie es mit Fassung.« Er klopfte ihr auf die Schulter und sein fester Griff verhieß Zuversicht. Eine Woche später bezog ein 30-jähriger Absolvent der Werbeakademie das Leitungsbüro.

Rosas Kolleginnen freuten sich, dass auch gute Beziehungen nach oben bei ihr nichts nützten. Während ihr Lebensgefährte im Telekommunikationskonzern monatlich bereits tausend Euro mehr als sie verdiente, lieferte sie hundert Prozent Zielerreichung und stagnierte auf mittlerem Angestelltenniveau.

Ja, Rosa verspürte eine gewisse Enttäuschung. Mit ihren Kolleginnen verbanden sie keinerlei Gemeinsamkeiten, beruflich war sie abgekapselt und privat in die Gewöhnungsphase eingetreten. Umso mehr engagierte sie sich bei Schwerpunktaktionen von *Greenpeace*, *Global 2000*, *Attac* und anderen NGOs – zusätzlich zu den monatlichen Geldbeträgen, die sie diesen Organisationen zukommen ließ. Ihre Urlaube verbrachte sie auf *WOOF*-Bauernhöfen, fuhr nach Pommern ins Ökodorf Krummenhagen, half in Griechenland Strände vom Müll zu befreien, besuchte Wochenendseminare von *Demeter* zu dynamisch-biologischer Landwirtschaft. Nach jeder dieser Aktivitäten kam sie zutiefst erschüttert nachhause zurück und war sich ihrer schuldhaften Verstrickung ins ökologische Ungleichgewicht noch stärker bewusst. Sie vermied Plastik sowohl im privaten als auch im beruflichen Bereich, achtete noch intensiver auf saisonale, biologische Lebensmittel aus der Region – wozu sie enge Kontakte zu Biobauern rund um Wien aufbaute –, konnte immer weniger mit ihren Kolleginnen anfangen, dafür aber immer mehr Sinnlosigkeit in ihrer Marketingarbeit entdecken.

Nach fünf innovativen Jahren als Abteilungsleiter ließ sich der ambitionierte Werbeakademieabsolvent vom Konkurrenzunternehmen abwerben. Rosas Kolleginnen knallten bei seiner

Verabschiedung mit Sektkorken und meinten: »Was Schlimmeres kommt nicht nach.« Und tatsächlich hatten sie diesmal kein Problem, als Rosa mit knapp einunddreißig Jahren den Abteilungsleiterinnenposten bezog. Anscheinend legten sie bei einer Vorgesetzten weniger Wert auf private Gespräche als bei einer Kollegin. Jedenfalls lief es gut für Rosa. Ihre Abteilung wies in kurzer Zeit hervorragende Zahlen, hohe Mitarbeiterinnenzufriedenheit und eine geringe Fluktuation auf.

Trotzdem erschien Rosa die Kluft zwischen Arbeit und ökologischer Verträglichkeit immer größer. Sie konnte weder in gängige Restaurants e ssen gehen, noch einen schnellen Mittagssnack im Supermarkt besorgen. Deshalb traf sie ihre Geschäftspartner meist in veganen Biorestaurants oder nahm sich ihr Mittagessen von zuhause in der Lunchbox mit. Zusätzlich reizte sie der Laminatboden in ihrem Büro; Computer, Drucker, Scanner, Fax, das viele unnötig vergeudete Papier, die Energiebilanz des Gebäudes, die darin befindlichen Angestellten samt deren Privatautos in der Garage.

Rosa fühlte eine wachsende innere Entzweiung. Dennoch glaubte sie mit Fleiß und Beharrlichkeit an die Umsetzbarkeit ihrer ökologischen Mission. Sie war davon überzeugt, dass, wenn sie die Karriereleiter nur hoch genug hinaufsteigen würde, sie Einfluss auf Leitung und Angestellte des Unternehmens hätte. Dann könnte sie das globale Ruder herumreißen. Dann könnte sie die Menschheit zur Umkehr bekehren. Und die Welt wäre gerettet.

In der Zwischenzeit tat sie kleine Schritte als Abteilungsleiterin. Zum Geburtstag schenkte sie ihren Mitarbeiterinnen Weidenkörbchen mit Leinensäckchen voll Vollkornmehl. Zu Weihnachten gab es selbst gestrickte Socken aus biologischer Schafwolle. Und zur Weihnachtsfeier spendierte sie biologisch-dynamischen Wein ihrer Weinbaufreunde Flechl. Selbstverständlich machte sie nach wie vor alle Mitarbeiterinnen permanent auf fahrlässiges unökologisches Handeln aufmerksam. Rosa begann sich zu jener Zeit organisch zu kleiden, wobei sie in den Zwiespalt von Farblosigkeit und Businessschick geriet. Die Auswahl an schmucker Kleidung, vor allem, weil Rosa damals noch minimalen Wert auf Sexappeal legte, war sehr gering. Rosa befand sich im fünfunddreißigsten Lebensjahr und sah aus wie ein dünner *Waluliso* ohne Stirnkranz und Hirtenstab, als ihr nächster Karriereschritt ins Büro trabte.

Genauer gesagt stieg Herr Bein von seiner Vorstandsetage zu ihr herab. Er hätte da eine spezielle Sache, keine direkte Beförderung, aber einen Sonderauftrag, *Joint Venture* sozusagen; ein Partnerunternehmen investiere in ein Großbauprojekt, Rosa wäre für die gemeinsame *Corporate Social Responsibility* verantwortlich. Da kenne sie sich doch bestens aus. Bei positiver Abwicklung winkten satte 1,5 %, in Anbetracht der gewaltigen Projektsumme »wär' das doch was für Sie«, schloss er. Wieder kollegiales Schulterklopfen, hoffnungsvoller Handschlag und die Visitenkarte des beteiligten Unternehmens zwecks Kontaktaufnahme.

Eigentlich hatte Rosa keine zusätzlichen Ressourcen zur Verfügung. Neben ihrer vierzigstündigen Verpflichtung als Marketingleiterin beschäftigten sie noch weitaus zeitaufwändigere Aufgaben. Sie musste jedes Wochenende kilometerweit zu Biobauern radeln. Denn mittlerweile traute sie keinem Bauern- oder Biosupermarkt mehr. Sie zweifelte deren Umweltgarantien an und die allerorts neu aufkommenden Bio-Marken waren ihr sowieso suspekt. Deshalb baute sie direkte Kontakte zu Obst-, Gemüse-, Milchbauern und -bäuerinnen auf. Sie besichtigte Höfe und kaufte – so der Zustand des Betriebs dies gestattete – direkt ab Hof. Dabei kam man ins Gespräch, fachsimpelte, und das ein oder andere Subsidiärprodukt wechselte die Besitzerin.

In dieser Zeit lernte Rosa die beiden Biobäuerinnen und

Imkerinnen Lies und Lena kennen. Sie entwickelte ihre Vorliebe für pflanzlich gefärbte Strickwesten, Filzjacken und Wollsocken, die sie von *Frau Wolle* aus Perchtoldsdorf bezog und erhielt die Weinfass-Badewanne der Flechls. Ihre gesamte Freizeit wurde der Nahrungsbeschaffung gewidmet. Wobei hier nicht mehr von reinem Interesse gesprochen werden konnte, sondern passenderweise von Internalisierung medialer Konflikte. Artensterben, Erderwärmung, Polarkappenabschmelzung, Klimakatastrophen und allgemeine gesellschaftliche Missentwicklungen fielen in Rosas persönlichen Verantwortungsbereich. Sie lebte in gesteigerter Empathie für alles. Sie fühlte sich persönlich zuständig für die Lösung globaler Probleme. Rosa klärte ihre Mitmenschen, wo immer möglich, über Umweltverschmutzung und wie sie ihren Beitrag zu deren Linderung leisten konnten, auf. Alle Verkehrswege legte sie mit dem Rad oder zu Fuß zurück. Denn auch Züge und Straßenbahnen brauchten Kraftwerksstrom. Sie verzichtete auf Fleisch wegen der Umwandlung von Tropenwäldern in Weideflächen, wegen der Anbindehaltung, wegen wachstumsfördernden Milchaustauschern und Antibiotikarückständen und weil Tierzucht zu einem Fünftel am Treibhauseffekt beteiligt war und für ein Kilo Fleisch zehn Kilo Pflanzen verfüttert werden mussten.

Sie kam in arge Bedrängnis bezüglich ihres Gehaltskontos. Ihre Bank weigerte sich, Investitions- und Beteiligungsgeschäfte offenzulegen, was Rosa zu der Annahme zwang, ihr Geld würde für unethische, unökologische Spekulationen herangezogen. Als sie in der Personalabteilung der Versicherung um Barauszahlung ihres Gehalts bat, damit sie ihre kontobedingte Anteilnahme an kriminellen Finanzgeschäften beenden konnte, lehnte man ihr Ansuchen ab und ihr Schrulligkeitsfaktor stieg nochmals enorm. Alles um und an Rosa musste biologisch sein. Ihre damals noch verwendeten Tampons waren aus hundert Prozent ungebleichter Biobaumwolle, ihre Kleidung war *Fairtrade*; ihre Gesichtscremes, Seifen, Shampoos durften nur aus pflanzlichen Inhaltsstoffen bestehen, ihre Einrichtungsgegenstände mussten kompostierbar sein.

Das war zeitaufwändig. Trotzdem wurde ihr generelles Misstrauen allen Anbietern gegenüber immer rigoroser. Sie kam in unüberwindliche Gewissenskonflikte und verzichtete auf immer mehr Produkte: Die Wimperntusche, erdölfrei aus kontrolliert biologischem Anbau, war in eine Kunststoffempore gefüllt, also nicht mehr zu verantworten. Der Kautschuk für ihre sündhaft teuren Fahrradreifen kam von einer indigenen Bäuerin aus Guatemala, musste allerdings mit dem Schiff nach Europa transportiert werden – und war folglich inakzeptabel. Ihr städtischer Energieanbieter produzierte 5.432 Millionen Megawattstunden im Jahr, davon nur 719.000 Megawattstunden aus nicht-fossilen Energiequellen und kaufte obendrein 6.374 Millionen Megawattstunden zu; Erdgas aus Russland und Atomstrom aus Tschechien, vermutete Rosa, weshalb sie einen Tischherd vom Bauernflohmarkt und Bienenwachskerzen von Lies und Lena besorgte. Die Tampons wurden gegen wiederverwendbare Stoffbinden ausgetauscht. Und so empfand sie bald bei jedem Gebrauchsgegenstand Konsumwiderstand.

Bis sie eines Tages auch die fair gehandelten CO2-neutralen Naturkautschuk-Latexkondome nicht mehr verwenden wollte. Aber das hatte schon lang vor deren Nutzung mit dem Geruch begonnen. Es war ein diffuses Unbehagen, nicht auf das auslösende Moment, sondern auf das scheinbar unausweichliche Resultat gerichtet. Stets hatte sie diesen Geruch der Schleimabsonderung an den darauffolgenden Tagen gehasst. In einem gebündelten Faden unter Freisetzung üblen Gestanks, entließ ihre Scheide das Ejakulat, das Tage zuvor in sie hineinplatziert worden war. Diese widerliche, fremde Körperabsonderung musste sie aus sich herauswischen. Manchmal riss der Faden ab und zog sich in die Scheide zurück, wobei er außerhalb ihres Körpers abkühlte und ein unangenehm nasskaltes Gefühl bewirkte. Rosa wurde die Assoziation mit Leichengift nicht los. Erst nach einiger Zeit lenkte sie ihre Aufmerksamkeit vom ekelhaften Ausfluss weg, hin an den Anfang der Kausalkette – und stieß auf ihren Freund. Sie erzählte ihm von Verhütung, verändertem Hormonhaushalt und notwendiger, gesteigerter Obacht. Künftig nur mehr mit Kondom.

In die Hintergründe und Details ihrer Entscheidung weihte sie ihn nicht ein, sie befürchtete Trotzverhalten und Verweigerung. Aber er fügte sich ohnehin in alle ihre Vorschläge. Doch auch ein erdölfreies Produkt, ohne künstliche Aromen und Gleitmittel, aus ökologischer Produktion mit kurzen Transportwegen war in Verbundmaterial verpackt. Für einige Zeit konnte sie das schwelende, schlechte Gefühl unterdrücken, sich einreden, dass beim Abstreifen des Naturkautschuks nichts an ihr haften bliebe. Die Unverbindlichkeit des Körperkontakts wurde größer, was Rosa dabei half, über das Unwohlsein bezüglich ihrer Müllproduktion hinwegzusehen.

Aber auch das wurde bald zu viel. Denn sie begann, auch noch nach umfangreichen Auswaschungen Geruchsreste wahrzunehmen, entdeckte Schweißspuren und Fettrückstände seiner Haut an sich. Außerdem führten die zur Trockenheit neigenden Kondome zu schmerzhaften Abreibungen an ihrer Scheide. All diese negativen Punkte standen einem relativ unwesentlichen Lustfaktor gegenüber und konnten von Rosa letztendlich nicht mehr gutgeheißen werden. Eines Tages offenbarte sie ihrem Freund, komplett auf Körperkontakt verzichten zu wollen, sofern er nicht bereit wäre, seine Körperflüssigkeiten einzubehalten. Diese Mitteilung konnte sie nun weder diplomatisch noch auf indirektem Wege überbringen. Eine heftige, abneigende Reaktion, Trotz und Kränkung waren die unausweichliche Folge. Nach diesem Gespräch zog er aus, das Doppelbett *Fred und Frieda* von *GEA* blieb.

Neben solchen Dingen sollte sie nun also auch noch ein Staudammprojekt grün waschen. Ein Projekt, das 313 Quadratkilometer fruchtbares Ackerland, sensible Ökosysteme, bedrohte Tierarten und unschätzbare, archäologische Kulturgüter in der südöstlichen Türkei flutete, wofür 78.000 Betroffene umgesiedelt werden mussten und die einzige anatolische Stadt aus dem Mittelalter zerstört werden würde. Auf diese Völker-, Umwelt- und Tierrechtsverletzungen stieß Rosa allerdings erst nach einem Monat intensiver Arbeit, als sie die umfassenden Versicherungsabschlüsse für etwaige Pannen und Schadenersatzforderungen zu Gesicht bekam.

Erst als sie vom Rückzug einiger Exportkreditagenturen und der Weltbank aufgrund ethischer Bedenken hörte, erst nachdem sie dem europäischen Baukonsortium, das an dem *Ilisu*-Staudammprojekt beteiligt war, ein Monat lang in die Hände gearbeitet hatte, da machte es *klick*.

Sie war übermüdet und gereizt, ihre Kolleginnen tranken immer noch Instantkaffee aus Plastikbechern und aßen immer noch denaturierte Nahrungsmittel, machten immer noch die gleichen dämlichen Sprüche, wenn Rosa mit dem Fahrrad zur Arbeit kam, ließen immer noch Licht und Gerätschaften unnötig lange eingeschaltet. Das Gebäude der Versicherung war noch immer nicht thermisch saniert oder zum Passivhaus umgebaut worden, dafür lief die Klimaanlage bei geöffneten Fenstern und einer Außentemperatur von fünfunddreißig Grad auf Hochbetrieb. Rosa hatte sich noch immer nicht aus ihrer ökologischen Mitschuld befreien können. Ihr Scheitern bezüglich umweltrettender Maßnahmen empfand sie nicht ausschließlich auf privater Ebene, sondern sah es als weltweites an. Obendrein aktiv an einem kriminellen Energieprojekt mitzuarbeiten, dem sie den grünen Stempel der Unbedenklichkeit aufdrücken sollte, war zu viel.

Da machte es *klick.*

Herr Bein hatte ihr diese Schuld willentlich aufgehalst. Er hatte sie bewusst ins Verderben laufen lassen. Er hatte ihr wichtige Informationen absichtlich vorenthalten, damit sie dieses Projekt zur vollsten Zufriedenheit für seine Kunden abwickeln würde. Denn keine andere kannte sich im Bereich *Corporate Social Responsibility* dermaßen gut aus. Nur sie wäre beim *Greenwashing* dieses Projekts erfolgreich gewesen. Herr Bein hatte sie kaltblütig ausgenutzt. Herr Bein hatte sie vorsätzlich der Geldwirtschaft zum Fraß vorgeworfen. Herr Bein hatte sie für 1,5 Prozent verkauft.

Es machte *klick.*

Sie lief die Treppen zum Dachgeschoss hinauf. Ihre Optik glich der eines Gewehrlaufs. Herr Bein befand sich im Fadenkreuz. Sie riss seine Bürotür auf. Er saß mit nach hinten gelehntem Kopf im ledernen Chefsessel; auf dem Schreibtisch vor ihm noch deutliche Spuren weißen Pulvers. Der amerikanische Traum im grauen Wiener Becken war oft staubig.

Herr Bein tat sich sichtlich schwer, die Intention von Rosas Überraschungsbesuch zuzuordnen. »Sie zugekokstes Arschloch, Sie schleimiger Neoliberalist, Sie rücksichtloser SUV-Fahrer mit Blaulicht, Sie Finanzopportunist, Ihr scheiß *Porsche Cayenne* verbraucht 18 Liter und emittiert 350 Gramm CO2 pro Kilometer, Sie Ellbogenarschloch, Sie Freihandelsfaschist! Sie legen mich nicht mehr rein, von Ihnen lass' ich mich nicht mehr mit Schuld besudeln. Sie missbrauchen mich nicht, Sie zugekokstes Arschloch.«

Ähnliches äußerte sie immer und immer wieder, wobei es wichtig ist, zu erwähnen, dass sie gleich nach dem Betreten seines Büros mit einem präzise platzierten linken Haken Herrn Beins Nasenbein zersplitterte und ein beachtlicher Blutschwall, unterstützt von bereits geschwächten Nasenschleimhäuten, über seinen Mund und seinen Hals aufs weiße Hemd strömte. Sie packte ihn, den doppelt Betäubten, an der Krawatte und schleifte ihn unter oben erwähnten Verlautbarungen, die Treppe hinunter, den Gang entlang, die Treppe hinunter durch die Personalabteilung, die Treppe hinunter durch die Marketingabteilung und so durch jedes Stockwerk, so weit sie der Wachdienst des Hauses und kurz danach Polizei und Rettungsarzt eben kommen ließen.

Bei der Verhandlung plädierte Rosa auf Notwehr, obwohl ihr Anwalt davon abgeraten hatte. Niemand im Gerichtssaal war für ihre Argumente zugänglich. Nein, auch profitgierigen Umweltzerstörern, deren rücksichtslose Methoden sich epidemisch in der Geschäftswelt, ja in der gesamten Bevölkerung ausbreiteten, die völlig skrupellos jedwedes Lebewesen ausnutzten und vor ihren dreckigen Karren spannten, sich über alle Ressourcenknappheiten hinwegsetzten und letztendlich mit Gewinnen und gesellschaftlichem Ansehen bar jeder Vernunft davonkämen, durfte sie *nicht* die Nase brechen. Ihrer impulsiven Beweisführung hatte sie es allerdings zu verdanken, als »zur Tatzeit instabil«, also unzurechnungsfähig, erklärt worden zu sein. Ihre achtmonatige Haftstrafe wegen schwerer Körperverletzung verbrachte sie daher in der geschlossenen Abteilung 23 des Otto-Wagner-Spitals auf der Baumgartner Höhe.

Daraufhin wurde Rosa still. Ihr Leben war entleert. Nicht sinnentleert. Menschenleer. Sie legte ab sofort keinerlei Wert auf soziale Kontakte. Die behandelnden Ärztinnen bezeichneten ihr Verhalten als lethargisch, aber Rosa als um Besserung bemüht. Sie sprach wenig bis nichts. Ihr Körper wurde androgyner, zunächst unterstützt von der Krankenhauskleidung, später fortgesetzt von T-Shirts, Leinenhosen und dem Kurzhaarschnitt.

Nach ihrer Entlassung fand sie zu einem geregelten Tagesablauf, der kaum gesellschaftlichen Auflagen unterlag. Rosa hatte alle Karrierewünsche überwunden. Als Putzfrau setzte sie ihre soziale Position rigoros fest. Sie wollte, vereinfacht gesagt, nicht mehr *mitspielen.* Einer geschlechtlichen Zuschreibung als Frau entzog sie sich durch ihr Äußeres. Etwaigen Gebärforderungen mitteleuropäischer Gesellschaften widersetzte sie sich mittels Kinderlosigkeit. Der allseits propagierten, allheilbringenden Paarbeziehung setzte sie Einsamkeit entgegen, dem Konsum ihren Verzicht, jeglichem Streben nach Erfolg ihren geringen Anspruch des Überlebens.

Selbst ihr Körper stellte sich auf minimalen Stoffwechsel ein. Rosa wurde dünner, wies einen niedrigen Blutdruck auf, schwitzte nie, hatte anspruchslose Haut und lediglich drei Tage lang schwache Monatsblutungen. Als Putzfrau konnte sie ihre Auftraggeber selbst wählen. Gab es Probleme, löste Rosa, ohne vorher den Konflikt zu klären, die Arbeitsvereinbarung. So konnte sie ihrer Forderung nach geringem Verbrauch, nach umweltschonendem Leben, nach weitgehender Spurlosigkeit sowohl privat als auch beruflich gerecht werden. Die größte Veränderung in Rosas neuem Leben war jedoch, dass sie niemanden mehr bekehrte und schon gar nicht mehr die Welt retten wollte. Sie war, ohne selbst Schäden verursachen zu wollen, von der Auslöschung allen Lebens als unausweichliches Schicksal dieser von Gier und Dummheit beseelten Menschheit überzeugt. Dagegen war nicht mehr anzukämpfen. Das flößte ihr Ruhe und Gelassenheit ein. Gegen ein sicheres Ende konnte oder besser *musste* nichts gemacht werden. Das enthob Rosa von jedweder Verantwortung und besänftigte sie ungemein.

»Was sag'n Sie, krieg' ich den Reißverschluss in zwei Monaten zu?«

Frau Gulmbrich drehte sich vor Rosa mit erhobenen Händen hin und her. Ihr rosa Kleid von *La Redoute* klaffte an der linken Seite zehn Zentimeter auseinander. Ein Versandkarton lag am Küchentisch. »Ich hab' ja schon drei Kilo abgenommen, in nur zwei Wochen. Da sollt'n sich die restlich'n fünfzehn doch ausgeh'n!«

Rosa sah Chemiefasern einem Zerreißtest standhalten. Oben, unten und seitlich quoll Körpermasse.

»Oder doch zurückschick'n?«

Es war Mitte April, Frühlingstemperaturen setzten sich jetzt immer öfter, immer länger durch. In Frau Gulmbrichs Achseln hinterließen sie dunkle Schweißflecken am neuen Kleid.

»Ich weiß nicht, is' es nicht verschnitt'n? Was sag'n Sie?« Frau Gulmbrich konnte ihren Bauch nicht länger einziehen. Sie benötigte Atemluft, die wiederum mehr Platz einforderte.

Der Reißverschluss gab dem vielseitigen Drängen nach und war schnell für alles offen. An Rosa hing eine saloppe Leinenhose. Ihren flachen Oberkörper verhüllten ein naturweißes Trägerleiberl und ein hennagefärbtes Hanfhemd. Sie fühlte sich rundum atmungsaktiv und wollte sich weder zur Passform noch zur Stoff- oder Materialwahl des *La Redoute*-Fetzens äußern. Ihr schwirrten nur die Begriffe Elasthan, Polyacryl und Polyester im Kopf herum.

Sie schnappte sich den Karton vom Tisch und faltete ihn auseinander. Wie immer war es ihre Aufgabe, Altpapier aus der Gulmbrich'schen Wohnung zu entfernen. Sie hatte einen weiteren Verpackungshaufen im Kinderzimmer entdeckt. Auch den Zwillingen war es gestattet, Versandhäuser mit der Ausstattung ihrer Frühjahrskollektion zu beauftragen.

Frau Gulmbrich fasste Rosas Beseitigungsmaßnahme als Entschluss auf, das Kleid nicht mehr zu retournieren. Was ihrer Bequemlichkeit entgegenkam, denn der Weg zur Post stand in Anbetracht des geringen Kaufpreises in keiner Relation.

Egal, dachte Frau Gulmbrich, während Rosa an die Arbeit ging und sie in der Küche stehen ließ, wo sie linker Hand in einer *Brigitte*-Diät blätterte und mit der rechten elegant in der Naschlade wühlte. Deren Inhalt *musste* sie, so kurz nach Ostern, vor dem Verderb retten.

Bertrams Frühling

Selbst bei Bertram schlugen in dieser Woche die Frühlingsgefühle an. Er wechselte seine langbeinigen Jeans mit einer abgeschnittenen Jeans, knöpfte sein russisches Bauernhemd auf und trug statt *Doc Martens* schwarze *Traktor* von *GEA*.

Im Bioladen stand eine Produktneuheit: Strohballen. Martin hatte es geschafft, sein Haus mit diesem nachwachsenden Abfallprodukt der Landwirtschaft zu isolieren. Nun wollte er Bertram helfen, das Raumklima im Bioladen zu verbessern. Einen Strohballen hatte Bertram zwecks frühlingshafter Gaudi und zur Erhöhung des Bioflairs am Estrich verteilt. »Hey Rosa, was sagst du, is' doch gleich viel angenehmer.«

Rosa reihte ihre leeren Rexgläser auf dem Tapeziertisch aneinander. Martin, der zwar noch immer geknickt, aber schon ein wenig über den Trennungsschmerz hinweg war, klärte Bertram auf: »Na, das dient eher nur so zur Deko. Du musst das gepresste Stroh schon verlegen, sonst nutzt das nichts.«

Belehrungen in seinen eigenen vier Bioladenwänden stand Bertram widerborstig gegenüber. Jemandem wie ihm, der von

Anfang an »dabei war«, hatte Martin nichts zu erklären. »Wirst seh'n Rosa, im Sommer bleibt's angenehm kühl.« »Um die zwanzig, einundzwanzig Grad«, warf Martin ein. Er trug ebenfalls Sandalen, die zu viel Einblick auf weiße Zehen mit langen Zehennägeln boten, eine pfirsichfarbene Leinenhose und einen selbst gewebten Poncho, der aus zirka fünfzehn Farben bestand.

»Im Winter«, war es Bertram ein Bedürfnis, Martins Dominanz zu untergraben, »könnt's ein bissl wärmer werden, wenn wir das Zeug abfackeln.« Er lachte schallend über seine humorige Äußerung. Martin rückte verlegen seine Naturhornnickelbrille mit dem Zeigefinger die Nase hinauf. Rosa erkannte weitere Übereinstimmungen zwischen Bertrams Gesichtszügen und jenen des Traktors an der Wand. »Natürlich ist es auch voll angenehm, hier zu stehen«, sagte Bertram und hob abwechselnd seine Sandalen. »Voll weich, oder? Total schonend für die Gelenke.« Martin nickte. Er signalisierte, keinerlei Reibungsfläche für männlichen Konkurrenzkampf bieten zu wollen. Beide schauten Rosa an und erwarteten Lob. Als hätten beide hier ein Nest für Rosa gebaut und waren nun bereit, Dank dafür in Empfang zu nehmen.

Rosa fand den Geruch im Laden ganz ungewöhnlich, aber nicht unangenehm. Der Geruch war wahrscheinlich daran beteiligt, dass ihr der völlig unpassende Gedanke an den bethlehemitischen Stall kam. Sie stellte sich Ochs und Esel neben Bertrams Getreidesäcken vor und die beiden als Maria und Josef. Aber Stroh interessierte sie nicht im Geringsten; Essen beschaffen, hieß ihr Auftrag. Und weil für sie Frühlingsgefühle mit einem geänderten Speiseplan in Verbindung standen, lockte sie ein riesiger Bund Bärlauch, der auf dem Tapeziertisch lag.

»Der geht beim Kochen eh zusammen«, meinte Bertram und schlichtete Unmengen grüne Blätter in eine Stofftragetasche, nachdem er auf »selbst gepflückt« hingewiesen hatte. Nämlich von ihm. Im Wiener Wald. »Aber keine Sorge, ganz weit weg von der Straße.« Rosa schaute Bertram fragend an. Sie machte sich keine Sorgen. Worüber auch?

Denn Rosa hatte vorgestern die Tür von Hatscheks Wohnung aufgesperrt, ihre Sandalen wie immer vor der Tür auf der Matte stehen gelassen und barfuß Hatscheks Vorzimmerboden betreten. Kaffeegeruch hing wieder in der Luft. Auf dem Marmortisch lagen 55 Euro.

Die Sonne schien. Der Spielplatz im Hof wurde von einigen Kindern samt Aufsichtspersonal frequentiert. Die Platanen ließen gemächlich ihre Knospen sprießen. Zwei Angestellte des asiatischen Restaurants bereiteten den Schanigarten auf Sommerbetrieb vor. Sie hatten bereits Holzstühle und Tische auf die Waschbetonterrasse gestellt und gingen nun daran, den zerrupften Bambus in neue rote Töpfe zu stopfen.

Rosa öffnete die Badezimmertür. Hier hatte jemand erst vor Kurzem geduscht. Das Badetuch, das an einem Haken an der Tür hing, war feucht, sehr feucht. Ebenso die Wanne. Selbst die Raumluft war schwanger mit Zitronenduft. Das *Ringana*-Shampoo stand wieder am Wannenrand, daneben ein herkömmliches Duschgel – Polysorbate 20, PEG-6 Caprylic, Sodium Myreth Sulfate, CI 42051. Rosa nahm beides und stellte es in den Aluschrank. Sie schaute in den Schrank. Länger. Und ordnete sein Inneres neu. Die Handtücher im obersten Fach beließ sie, wie und wo sie waren. Die Parfümfläschchen darunter schob sie ganz nach hinten an die Wand und stellte das Shampoo davor. Duschgel, Schminktasche und andere konventionelle Pflegeprodukte reihte sie dazwischen, elektrische Zahnbürste und Rasierer stellte sie ins letzte Fach ganz nach hinten, zu Waschmitteltabs, Weichspüler und Pre-Wash-Dose, sodass sie beim Öffnen des Schranks gar nicht zu sehen waren.

Das war Rosas Bedingung. Das hatte sie während ihres Waschtags, bei der Entscheidung den Schlüssel doch nicht zurückzuschicken, sondern weiter bei Hatschek zu putzen, mit sich selbst ausgemacht. Sie würde Ordnung in Hatscheks Wohnung bringen. *Ihre* Ordnung. Das wäre zwar eine Spur – *ihre* Spur –, aber auch ihre Art der Spurlosigkeit. Denn dieser Wohnung lag ohnehin eine Ordnung inne. Und die wollte Rosa weiter perfektionieren; herausarbeiten, sozusagen. Rosa dachte nicht darüber nach, ob Hatschek damit einverstanden war; sie begann einfach im Badezimmerschrank aufzuräumen.

In der Bibliothek gab es keine Asche mehr im Kamin. Die Abende für offenes Feuer waren definitiv vorbei. Rosa ergriff den Band »Makroökonomie I & II«, der auf dem Lehnsessel lag, fügte ihn zum Bücherstapel auf dem Schreibtisch hinzu und klopfte diesen zu einem kompakten Block. Aber heute störte dieser ihr ästhetisches Empfinden. Er passte nicht in die neue Ordnung. Rosa schaute sich um. In einem Fach des Bücherregals war noch Platz. Sie stopfte die Uni-Unterlagen hinein und war mit der dadurch entstandenen leeren Schreibtischfläche äußerst zufrieden. Zuvor musste sie allerdings noch die Espressotasse, die Hatschek nach neuester Unart dort stehen gelassen hatte, wegräumen und den Kaffeerand, den die Tasse angerichtet hatte, beseitigen.

Das Wohnzimmer benötigte keinerlei Verbesserungen und zeigte sich vorbildlich, ohne Abnützungserscheinungen. Das Schlafzimmer jedoch war in desaströsem Zustand. Das Bett zerwühlt. Beide Pölster lagen übereinander, die Decken waren gar ans untere Bettende getreten worden. Am Boden neben dem Bett lagen benützte Taschentücher, und auf dem fleckigen Leintuch ließen sich mittellange Haare, eindeutig blondiert, auffinden. Die halb hinuntergelassene Jalousie tauchte das Zimmer in ein schummriges Licht, dem ein Hauch Verruchtheit hätte angelastet werden können. Rosa wollte nur schnell die Tasse in die Küche bringen, um sich des Schlafzimmers anzunehmen, doch in der Küche gammelten zwei weitere benutzte Tassen herum.

Keine *Bialetti* zog Rosas Aufmerksamkeit auf sich, sondern eine *Nespresso*maschine verstellte die sonst so vorbildlich leere Arbeitsplatte. Das ging gar nicht. Großkonzern, Werbekampagne, Schauspieler mit grauen Schläfen, ein Löffel Kaffeepulver in Aluminium, Weltdominanz am Nahrungsmittelmarkt, Stromverbrauch, Transportkosten, Plastikmaschine, Müllproduzent, ... erregten Rosas Widerstand. Eine Firma, die Regenwald für Palmölplantagen rodete, die Milchpulver in Länder ohne sauberes Wasser verkaufte, die globale Politik betrieb, um Trinkwasser zu privatisieren, Wasserquellen aufkaufte und jährlich einen Umsatz von 8,8 Milliarden Franken mit Wasser in Plastikflaschen machte, konnte in Hatscheks Wohnung nicht geduldet werden. Sofort reinigte sie alle Einzelteile der Maschine, wischte sie trocken und verstaute sie im hintersten Küchenkasten beim Küchenfenster, ganz unten, im guten Glauben, Hatschek würde sie nie wieder benutzen. Den Kaffeesud kratzte sie aus den Alukapseln und wollte ihn in den Biomüll-Papiersack entleeren. Im Müllsystem unter der Abwasch war jedoch ein Plastiksackerl voll perforierter *Nespresso*kapseln eingespannt. Geschockt, aber geduldig wie eine Mutter, die es besser weiß, nahm Rosa eine nach der anderen heraus, schnitt sie auf und entleerte den Sud in den Papiersack, den sie wie immer für Hatschek mitgebracht hatte.

Nachdem diese Entgleisungen beseitigt waren, wusch Rosa noch die Espressotassen aus und machte sich dann an die Rekonstruktion eines ordentlichen Schlafzimmers.

Bei Familie Bräuner konnte Rosa ausgiebig über den vergangenen Vormittag nachdenken. Die Bräuner'sche Wohnung war nicht sehr mitgenommen. Die Familie hatte das Osterwochenende golfend in Dubai verbracht: 4.238 Kilometer entfernt; 14.833 Liter Kerosin für den siebenstündigen Flug; in der Wüste bei vierzig Grad im Schatten, mit einem klimatisierten Caddie; auf echt britischem Rasen, der pro Tag und Quadratmeter 1.800 Milliliter Wasser benötigte, das auch noch mit 15 Kilogramm Pestiziden, Fungiziden und Herbiziden pro Hektar versetzt war.

Grausamkeiten wie diesen gaben sich Angestellte auf Bräuners Niveau gerne hin. Trotzdem hatte der Osterhase auch genügend Zeit gefunden, neue Geräte anzuschleppen. Ein digitaler Hometrainer stand deplatziert im Wohnzimmer herum. Irgendwie brachten ihn die Bräuners noch zwischen Sofalandschaft und Flatscreen unter. Die gelb-orangen Vorhänge waren gegen zartgrün-lila Gazestoffe ausgetauscht worden. Auch bei den Bräuners war eine neue Kaffeemaschine anzutreffen, allerdings die vierte: eine *Bugatti Diva*. Kaum anderes Design, absolut gleiches Ressourcen- und Abfalldilemma, darüber hinaus teurer, aber mit billigeren Pads.

Justins Zimmer bot einen abgeschwächteren Eindruck als nach Weihnachten oder an Geburtstagen, dennoch lagen etliche Blu-rays und ein neues *iPhone* in roter Schutzhülle am Boden. Er hatte es also endlich geschafft und seine Eltern weich geraunzt. Schon vor Wochen hatte Frau Bräuner erzählt: »Wie uns der in den Ohren liegt, ›auch der Kevin hat jetzt eins, nur ich nicht‹, jammert er, ich sag Ihnen, mir bleibt auch wirklich nichts erspart. Er hatte das gute Stück also endlich in seinen Besitz gebracht, doch mit in die Schule nehmen durfte er es nicht. Oder Bräuner junior hatte bereits das Interesse daran verloren und ließ es freiwillig zuhause.

Rosa schüttelte über die neuen materiellen Anhäufungen der Bräuners nicht einmal den Kopf. Sie grübelte über die drei in Hatscheks Wohnung aufgefundenen Espressotassen nach. Die aus dem Kaminzimmer war sichtlich älteren Datums. Die musste Hatschek am Vortag oder sogar Vorvortag dort hingestellt haben. Was ja definitiv zu wünschen übrig ließ, aber bitte, diese Macke, überall Tassen stehen zu lassen, wo sie gerade ausgetrunken wurden, zeichnete sich ja schon vor Frühlingsbeginn ab.

Weshalb Hatschek plötzlich mit dieser Unart anfing und nicht, wie vorher üblich, ihre Tasse ordnungsgemäß im Geschirrspüler verräumte, konnte sich Rosa nicht erklären. Gesteigerter Stress oder erhöhte Zeitknappheit am Morgen konnten wohl keine ausreichenden Gründe für ein derartiges Verhalten sein. Aber zwei Tassen, deren Kaffeerückstände auf denselben Entstehungs- bzw. Benützungszeitpunkt schließen ließen, wie das bei jenen aus der Küche der Fall zu sein schien, konnten vielerlei Gründe haben. Entweder die neue Maschine verleitete aufgrund ihrer raschen und einfacheren Zubereitung zu erhöhtem Kaffeekonsum. Folglich kippte Hatschek eine Tasse nach der anderen. Weshalb benutzte sie dann nicht die gleiche, sondern patzte eine neue an? Oder aber eine Besucherin hatte Hatschek beigestanden! Dieser Gedankengang entfachte heiße Wellen in Rosas Darm. Wann wäre die dann in die Wohnung gelangt? Nur zum Frühstück? Mal auf eine Tasse *Nespresso* um halb neun vorbeigeschaut? Oder hatten sie schon den vergangenen Abend miteinander verbracht? Rosa dachte an das zerwühlte Bett. Ans Fußende getretene Decken, achtlos verstreute Taschentücher, blondierte Haare am unleugbar verschwitzten Leintuch. Ihr fiel das feuchte, *zu* feuchte Handtuch an der Badezimmertür ein. Als hätten sich damit zwei Personen abgetrocknet. Rosas Darm brodelte, was sie auf den heute Morgen erstmals ausprobierten Getreidekaffe von *Sonnentor*, in der Sonderedition ohne Kunststoffverpackung, zurückführte.

Zweifelhaft, dass eine Frau wie Hatschek mit einer anderen das Badetuch teilte. Vor allem, wenn eine Selektion an Frotteetüchern im Aluschrank bereitlag. Auch das Bett – Rosa kannte das ja selbst von schlaflosen Nächten – konnte schon mal so ausschauen. Dafür bräuchte es keine Besucher. Aber natürlich hätte *sie* das Bett wieder ordnungsgemäß zurechtgemacht. Hatschek doch normalerweise auch.

Was war nur los mit ihr, dass sie benützte Taschentücher und ausgefallene Haare einfach so zurückließ? Und dann zählte Rosa Wasserstoffperoxid, Ammoniak, Phosphorsäure und Kaliumpersulfate – gängige Inhaltsstoffe von Haarbleichmitteln – zusammen und Hatscheks Reaktionen waren ihr ganz plötzlich einleuchtend. Schließlich war sie nicht die erste, die mit starkem Haarausfall auf Blondiermittel reagierte! Deren Nasenschleimhäute auf Natriumpyrophosphat und Natriumstannat mit Sekretbildung antworteten. Deren Haut eine nässende Kontaktallergie auf Ammoniumchlorid ausbildete.

Diese körperlichen Beschwerden mussten Hatschek gewiss verunsichern. Daher war es verständlich, dass sie in ihrer Verwirrung, ja vielleicht sogar leichten Panik, vergaß, das Bett zu machen. Da sonst keinerlei Indizien für die Anwesenheit einer zweiten Person in Hatscheks Wohnung sprachen, gelangte Rosa zu der Annahme, Hatschek hätte alle Espressi alleine und selbst getrunken. Was das zerwühlte Bett vollends erklärte, befand Rosa. Denn dieser Kaffeemassenkonsum bewirkte nicht nur Müllberge, sondern auch Dehydrierungserscheinungen, Magen- und Nervenprobleme und vor allem Schlafrhythmusstörungen. Aber das würde sich bald zum Besseren wenden, nachdem Rosa die Maschine vorsorglich verräumt und auch die Kapseln an einem entlegenen Ort, irgendwo in den hintersten Reihen der Küchenregale, verborgen hatte.

Rosa war mit sich und ihren Schlussfolgerungen im Reinen, die Bräuner'sche Wohnung ebenfalls sauber, als Frau Bräuner nachhause kam.

»Kaum drei Tage in der Firma, schon ist die Erholung wie weggeblasen. Die Spatzen pfeifen's ja von den Dächern, Sie haben's vielleicht auch schon gehört: Wir werden fusioniert! Na bravo. Das auch noch. Als wär' nicht schon genug los. Und kein Licht am Ende des Tunnels.« Frau Bräuners *Louis-Vuitton*-Tasche – eine Anschaffung während des vorletzten Wochenendtrips nach Paris – wurde energisch auf den Boden gestellt. Alle ihre Bewegungen umgab stets ein Hauch von Verdrängung. Als musste sie Leute neben sich wegdrücken, um nicht unterzugehen. »Den anderen is' das völlig Blunz'n, die putzen sich ab und alles bleibt wieder an mir hängen. Von dem her muss ich sagen, selber schuld. Ein Esel wird eben beladen.«

Rosa stellte sich Frau Bräuner in ihrem Bankbüro vor. Im sportlichen Hosenanzug, dessen Saum faltenlos am Rist auflag und freie Sicht auf den Stöckel ihrer *Marc-Jacobs*-Stiefeletten bot. Wie sie, um ihre Unabkömmlichkeit zu betonen, immer wieder den Knopf des Sakkos packte und ihre Schultern in Position warf. Wie sie delegationsunfähig »Ich werd' das Kind schon schaukeln« und »Lassen Sie das nur meine Sorge sein« ins Headset gurrte, um sich anschließend bei den Kolleginnen in der Kaffeeküche über ihre enorme Arbeitsbelastung zu beschweren. »Und heut' geht's ja munter weiter. Ich muss den Justin von Karate abholen, dann will der was essen. Ich zahl' ja Unsummen für diese Privatschule, aber ob der dort auch isst, das kontrollieren die Erzieherinnen wieder mal nicht …«

Die Bräuners waren typische Wirtshausesser. Herr und Frau Bräuner aßen mittags in den jeweiligen Firmenkantinen, Justin in der Ganztagsschule. Abends holte man sich Sushi, Pizza oder ging zu *McDonald's*. Zum Frühstück gab es Kaffee für die Eltern und Choco-Pops für Justin. Am Wochenende, falls keine

Restaurants aufgesucht wurden, aß Familie Bräuner Tiefkühlkost. In Bräuners Dreistern-Gefrierfach konnte man die bewährtesten Bausteine der Fooddesigner antreffen: Natriumnitrit, Antioxidantien, Maltodextrin, Dimethylnitrosamin. Rosa sah Dickdarm- und Rektumkarzinome aus dem Kühlschrank winken und beschloss, keinen weiteren Gedanken an Justins ungesunden Lebensmittelumgang zu verschwenden.

»Wenn man nicht alles selber macht …«, zeigte Frau Bräuner heute keinerlei Anzeichen, ihre Jammertirade rasch zu beenden. Wie üblich klingelte Frau Bräuners neueste Anschaffung: Sie zog ein Palm Pre im Touchcase von *Versace* aus ihrer *Louis-Vuitton*-Tasche und während sie, noch um Rosas Aufmerksamkeit buhlend, »Einen Tag lass' ich mich vertreten, schon haben wir den Salat« postulierte, nahm sie den Anruf entgegen.

»Bitte, ich hab' sie noch nicht gesehen, aber nach allem, was man so hört, muss die ein ordentliches Luder sein. Mindestens dreißig Jahre jünger als er, dann weißt eh schon alles.« Rosa starrte auf Frau Bräuners Hand am Ohr. Zwischen ihren Fingern funkelte ein Diamant, der an einem goldenen Handyanhänger baumelte. »Müd schaut er aus, unser Sir aus Döbling, ein Schatten seiner selbst. Ich möcht' nicht wissen, was die mit ihm aufführt …«

Rosa sah weggesprengte Berge inmitten Afrikas Regenwäldern; 3.200 Meter tiefe Krater, 70.000 Tonnen Gestein, das täglich von schweren Baggern abgetragen wurde und 20 Tonnen schwermetallhaltigen Giftmüll, der auf Jahrhunderte Schwefelsäure an die Atmosphäre abgeben würde, damit an Frau Bräuners Handy ein Schmucksteinchen in den Initialen von *Yves Saint Laurent* glitzern konnte. Von verschmutzten Flüssen, in denen tote Fische trieben, siliziumdioxidhaltigem Schwebestaub, Schwefeldioxid durch das Rösten von sulphiden Erzen und 182.000 Tonnen Zyanid, die jährlich weltweit für Goldgewinnung verbraucht wurden, hatte Frau Bräuner freilich noch nie etwas gehört. Die musste sich um anderes kümmern, um Behauptungen ihren Chef betreffend.

»Er wird sein Interesse an der schon wieder verlieren, das war doch noch bei jeder seiner Affären so. Aber seine Frau tut mir halt so leid ...« Rosa versuchte es mit geräuschvollem Ausatmen, doch es dauerte noch eine Weile, bis Frau Bräuner Rosas desinteressiertes Gesicht zur Kenntnis nahm. Gerade als Frau Bräuner Hypothesen über die sexuellen Vorlieben des Chefs und diesbezügliche Fertigkeiten seiner Liebschaft aufstellte, sagte sie »Wart' ein Sekünderl« in ihr Palm Pre und zog ganz konzentriert einen 10-Euro-Schein nach dem anderen aus der *Prada*-Geldbörse. Und tatsächlich wurde Frau Bräuner stiller, fast besinnlich, beim Anblick ihrer 55 Euro in Rosas Hand.

Novotnys Frühling

An Herrn Novotnys Küchenfenster klopften schon die hellgrünen Zweige des Kastanienbaums. Bald würde die dichte Baumkrone jegliche Lichtzufuhr verhindern. Gerade wenn die Tage bereit waren, ein bisschen mehr Sonnenlicht zu schenken, verdunkelte die Hofkastanie Novotnys Lebensraum. Aber das machte dem gar nichts. Herrn Novotny reichte schon die Zeitumstellung Ende März, um leichte Aprilhaftigkeit zu generieren. Außerdem änderte sich für ihn nicht viel. Er trug ab sofort unter seinem Pullunder statt Lang- nur noch Kurzarmhemden, die allerdings dieselben Streifen in genau denselben gedämpften Farben hatten. Das gelang Herrn Novotny, indem er von jedem Hemd mehrere Stücke einer Ausfertigung besorgte und ein paar davon bei der Änderungsschneiderin um die Ecke kürzen ließ.

Mehr als am Frühling erfreute sich Herr Novotny an Rosas

kühner Entschlossenheit, mit der sie souverän den Staubsauger um seine Modelleisenbahn lenkte, ohne auch nur ein winziges Wipfelchen zu streifen. Er ahnte selbstverständlich nicht, dass ihr forscher Umgang nur ein Nebenprodukt der neuen Ordnung in Hatscheks Wohnung war. Er übersetzte ihr Durchsetzungsvermögen fälschlicherweise mit Fürsorge für *ihn* und war erleichtert, dass sie nun endlich wieder zu diesem Schritt bereit war, denn mittlerweile waren ihm beim Eisenbahnspielen regelmäßig die Stirn- und Nebenhöhlen zugeschwollen. »Danke, Fräulein Rosa, ich bin nämlich Stauballergiker … sehr sensibel«, informierte er sie.

Was für Rosa ein Beweis mehr für den Vormarsch von Allergien als klarem Zeichen des nahen Untergangs war. Außerdem hatte sie das Bild von Herrn Novotnys geritztem Unterarm vor Augen, der vom Allergietest widerlich rot geschwollen war. Das Schöne am Untergang war, dachte Rosa, dass auch Herr Novotny dabei sein würde.

Spaziergang

Am Wochenende erwachte Rosa in ihrem *Fred-und-Frieda*-Nussvollholzbett. Sie hatte erstmals das hofseitige Fenster über Nacht offen gelassen. Es war kühl und frisch, fast zu frisch. Rosa rutschte tiefer unter ihre organic-grüne Bettdecke aus Schafschurwolle, spielte aber gleichzeitig mit dem Gedanken gegensätzlicher Bewegung, nämlich einen Spaziergang zu unternehmen. Das Eckchen Himmel, das sie von ihrem Bett aus sehen konnte, ließ einen einwandfreien blauen Frühlingstag erwarten. Sie würde aus dem Haus treten und immer in eine Richtung gehen. Raus aus der Stadt und dann sehen, wohin. Vielleicht ein, zwei Winteräpfel einpacken und Einkornreisbrei im Glas mitnehmen. Die Raststätten am Weg konnten nicht zur Einkehr genutzt werden – Frittierfett mit zugesetztem Dimethylpolysiloxan, Fertigsaucen mit Guanosinmonophosphat, mikrowellenerwärmte Tierfarmleichen und sonst noch allerhand Verbrechen, die sie sich angesichts eines solchen Himmels gar nicht vorstellen wollte.

Zwanzig Grad im Schatten. Da wurde Rosas Bekleidung einige Schichten ärmer. Keine Wollsocken. Der nackte Fuß kam in grüne *Traktor*-Sandalen. Leinenhosen karminrot, Spaghettiträgershirt naturweiß, darüber Leinenhemd löwenzahngelb. Alles heimische biologische Materialien, alles pflanzliche Farbstoffe.

Sie wusch sich mit kaltem Wasser und Ringelblumenseife. Keine Creme. Rosa wusste natürlich, dass die für diesen Tag zu erwartende Sonneneinstrahlung nur mit Sonnenschutzfaktor sechzig ohne nennenswerte Hautschäden zu überstehen war. Aber die Sonnencremeindustrie und die dahinterstehende Marketingstrategie der Panikmache, ganz abgesehen von Inhaltsstoffen, Verpackungen und Transportwegen, waren absolut abzulehnen. Rosa ging es doch nicht um ihre Gesundheit, sondern um Rückstandslosigkeit in und außerhalb ihres Körpers. Sonnencremes passten da nicht ins Konzept, legten sich nämlich zuerst an die Haut und später an die Wasseroberfläche.

Deshalb hatte Rosa auch das Problem mit Familie Bitterfels-Weidinger. Die waren sich des Umweltdebakels durchaus bewusst. Die waren einsichtig für den bereits erreichten Grad der Zerstörung. Trotzdem bedeckten sie sich und ihre Kinder mit Sonnencreme, als könnten sie damit das Ozonloch wieder zusammenflicken. Aber klar, die Bitterfels-Weidingers taten das alles *ihren Kindern zuliebe*. Für diese mussten sie zwangsläufig versuchen, noch irgendetwas zu retten – das war natürlich völlig aussichts- und zwecklos. Es fing ja schon bei dem Irrsinn an, hier überhaupt Kinder hineinzusetzen.

Die Bitterfels-Weidingers hatten im Grunde das Sensorium, ihnen fehlte aber die Konsequenz, den Tatsachen ins Auge zu sehen. Hier Kinder hineinzusetzen, zeugte doch von heilloser Hoffnung. Da konnte jemand noch nie über Überbevölkerung nachgedacht haben oder war zu fantasielos, sich Verteilungskriege und Klimaflüchtlinge vorzustellen. Außerdem bedeutete ein Baby unendlich viele, unvermeidbare Schritte die Konsumspirale hinab. Das erste, was sich neue Eltern anschafften, war ein größeres Auto und eine Digitalkamera. Das sagte ja schon alles. Von dem Haufen kunststoffhaltiger Wegwerfwindeln ganz zu schweigen.

Jedenfalls wappnete Rosa sich weder mit Sonnenschutzfaktoren noch mit Antiallergiepräparaten oder Asthmaspray, ja nicht einmal ihr Stofftaschentuch steckte sie ein. Sie lieferte sich einer frühlingshaft erwachenden Natur aus, die aufgrund von landwirtschaftlicher Ausbeutung, saurem Regen, in den letzten hundert Jahren jährlich um durchschnittlich 25.550 Tonnen gestiegener CO2-Emissionen, Feinstaubbelastungen und noch weiteren Faktoren, deren Einflüsse die Wissenschaft noch nicht einmal in Betracht gezogen hatte, mit einem derart aggressiven Überlebenswillen antwortete, dass wiederum immer mehr Menschen auf diese sich wehrende Natur mit Unverträglichkeit reagierten. Diesen Umstand sah Rosa auch bei einem ihrer seltenen Kinobesuche bestätigt; »The Happening« beschrieb das künftig zu erwartende Szenario durchaus realistisch.

Rosa spazierte die Linke Wienzeile entlang, an Schönbrunn vorbei, wo wie alle Tage und zu jeder Stunde Reisebusse und einheimische Autos im Stau hupten, ging die Auhofstraße entlang nach Purkerdsdorf und weiter. Was in Hatschek so vor sich ging, fragte Rosa sich. Was die so dachte, wenn sie DVDs im Wohnzimmer herumliegen ließ, wie letzte Woche geschehen. Auch noch solche Filme! »P. S. – Ich liebe Dich«, »Männer, die auf Ziegen starren« etc.: sinnlos repetitive Erzählstränge mit einfachsten Vorstellungen von Gut und Böse; mit ewig redundanten klischeebehafteten Geschlechterrollen; nicht-existenten oder lebensunfähigen Frauen, die dafür schön waren; und handlungsvorantreibenden starken Heldenmännern, die ausschauen konnten, wie sie wollten; in Geschichten mit immer gleichem Aufbau. Tradierte Überlieferungen falscher Mythen.

Was bezweckte Hatschek mit zwei leeren Chipspackungen und auf dem Parkett verstreuten Bröseln? Was war los mit ihr? Befand sie sich in einer Krise? Brachte sie das BWL-Studium dazu? Musste Rosa jetzt auch bald mit diesen unmöglichen *Timberlands* rechnen, die jeder BWL-Student spätestens nach dem ersten Studienabschnitt an den Füßen trug? Falls Hatschek tatsächlich in derselben Bank wie Frau Bräuner arbeitete, litt sie vielleicht auch unter der Fusion? Unter Arbeitsplatzstreichungen; angeblich effizienten Einsparungen; sich in ihr langsam, aber sicher formierender Systemkritik und wachsender Ablehnung kapitalistischer Schocktherapien? Oder unter dem zweiten, dritten, vierten Frühling ihres Chefs? Oder unter Frau Bräuner? Was Rosa noch am ehesten nachvollziehen konnte. Jedenfalls sollte Rosas Ordnung Hatschek wieder zur Besinnung bringen. Denn von selbst, das hatte Rosa mittlerweile erkannt, würde sie auf entbehrliche Dinge wie DVDs und *Nespresso*kaffee nicht verzichten.

Rosa ließ Purkersdorf, eine Ansammlung kleinkarierter Einfamilienhöllen, bei denen Rosa Atembeklemmungen verspürte und in jedem zweiten Keller urösterreichische Machtverhältnisse vermutete, hinter sich und spazierte in den Wald. Den Wienerwald.

Rosa gestand sich ein, dass Hatscheks Wohnung in letzter Zeit deutliche Zeichen von Verwahrlosung aufwies. Dabei ihren sachlichen, reinlichen Charme fast einbüßte. Hätte sich die Wohnung, so wie sie momentan anzutreffen war, schon bei

Rosas erstem Besuch präsentiert, ihr wäre nie etwas an der Wohnung oder Hatschek gelegen. Eine harte Erkenntnis, fand Rosa, und nur mit einer Lebenskrise zu erklären. Bei Hatschek mussten sich gravierende Veränderungen ereignet haben, sonst wäre sie nie von ihrer grundlegenden Ordnungsliebe abgewichen.

War dieses Verhalten ein Hilferuf? Rosa wollte die Angelegenheit nicht überinterpretieren, kannte sich aber mit beruflichen Extremsituationen aus. Und Hatscheks Verhalten erinnerte sie sehr stark an manche ihrer früheren Symptome. Zunächst ihr Hang zum Perfektionismus, dann der Grundfehler par excellence: Karrierepläne. Hinzukommend das BWL-Studium, um berufliche Vorteile zu erlangen (weshalb sonst sollte man wertvolle Gehirnkapazität mit Theorien zur Geldanhäufung lahmlegen?). Und natürlich die gläserne Decke. Die konnte einer klugen Frau die Absurdität ihres Karrierewunsches so richtig schön gegen den Kopf stoßen. Vielleicht war Hatschek deshalb verzweifelt? Vergaß allen Anstand und schaute Blockbuster-Filme.

Rosa hatte zwar Kenntnis von solchen Situationen, aber keinerlei Verständnis dafür. Sie blieb ihrem Plan treu, die Hatscheks Wohnung zugrunde liegende Ordnung weiterhin auszubauen. Hatschek würde früher oder später erwachen und dankbar sein. Und falls nicht, hätte Rosa eine Wohnung nach ihrer reinsten Zufriedenheit geschaffen. Aber Hatschek würde schon erwachen.

Die Temperaturen pendelten sich Ende April um die zwanzig Grad ein. Es war allerdings häufig bewölkt und windig, was für Rosa zu gefühlten zwölf Grad führte.

»Herrlich, herrlich, finden S' nicht?«, sprach Frau Helmberger aus dem Wohnzimmerfenster. Sie hielt die Hände vor Entzücken ans Dekolleté und schaute verzückt auf den blühenden Kirschbaum, der voller Sperlinge war. Rosa ließ das Parkett mit Wachs ein. »Ich mag dieses Wetter. Wechselhaft, kühl, mit einer frischen Brise. Wie am Meer.«

Vom Boden stieg warmer Bienenwachsgeruch auf. Das Mittel hatte Rosa auf ihrem Spaziergang gekauft. Sie war bei der Wanderimkerei Zach vorbeigekommen, die sie noch von früher kannte. Die Imkermeisterin ging liebevoll mit ihren Bienenvölkern um, entnahm pro Stock höchstens 30 Kilo Wabenhonig, fütterte ausschließlich hochwertigen Vollrohrzucker zu, stattete alle Bienenwohnungen mit Vollholz, Lehm und Stroh aus und suchte Bienenweiden mindestens fünf Kilometer von städtischen Gebieten, Autobahnen, Abfalldeponien und Industriegebieten entfernt aus.

»Mein Mann und ich waren oft am Meer. Südengland, Normandie, Bretagne. Wir lieben dieses Klima.« Rosa hatte Schwierigkeiten, sich einen Herrn Helmberger vorzustellen, der irgendetwas liebte. Der zufrieden seine gerade Nase in den Wind hielt und dabei einen Arm um Frau Helmberger legte. Am Ostermontag, vor gut zwei Wochen, wurde er erneut ins Krankenhaus gebracht. Schwindel, Kopfschmerzen, Stechen in der Lunge. »Er liebt das Meer.«

Seit er weg war, sprach Frau Helmberger viel über ihn und durchwegs positiv. Rosa kannte diesen Mann nicht, von dem Frau Helmberger sprach. Sie kannte nur einen mürrischen

Mann im Rollstuhl, dessen einziger Lebensinhalt darin lag, seine Tage so kurz und schmerzfrei wie möglich zu halten. Wenn andere Leute darunter litten, umso besser.

Frau Helmberger entließ die Außenwelt aus ihrer Aufmerksamkeit und ging in die Küche. Heute war sie es, die mit den Töpfen am Herd klapperte und kostete, ob einer Speise Salz oder Pfeffer fehlte. Rosa fragte sich, wer das Gekochte essen sollte, wo doch der Hauptabnehmer, Herr Helmberger, abwesend war. Aber für Frau Helmberger stellte sich diese Überlegung nicht. Sie musste ihren Alltag aufrechterhalten, alle Abläufe und Tätigkeiten wie immer verrichten, um nur bloß keine Ahnung aufkommen zu lassen, dass irgendetwas anders war. Und womöglich anders blieb.

Anstaltsabschied

»Na bitte, stell' da vor«, hatte Ludmilla gesagt und die Hände zusammengeklatscht, geradeso als wollte sie ein Kleinkind von der Existenz des Christkinds überzeugen. »Morgen gehst schon ham. Unglaublich, wie die Zeit vageht.«

Rosa saß wie immer im Spitalsnachthemd am Bett und ließ ihre Beine baumeln.

»Schen war's mit dir«, sagte Ludmilla, und noch bevor sich eine unangenehme Rührung ins Zimmer schleichen konnte, setzte sie hinzu, »bin g'spannt, was für eine Deppate als Nächstes einekommt.«

Rosa erwartete den kommenden Tag mit gemischten Gefühlen. Am liebsten wäre sie für den Rest ihres Lebens hier geblieben. Hier umgab sie Sorglosigkeit und Ludmillas tägliche Unterhaltung. Ab morgen müsste sie selbstständig sein. Rosa versuchte zu lächeln, um Ludmilla ihre Dankbarkeit zu zeigen, um sich bei ihr für die letzten acht Monate, für all die Geschichten, einfach für ihre Gegenwart zu bedanken. »No brauchst nicht traurig sein«, munterte Ludmilla sie auf.

Oberarzt Schmoll kam zur Tür herein und wurde von Ludmilla mit »Servus, Doktor« begrüßt. »Da haben wir ja die junge Dame«, sagte Oberarzt Schmoll zu Rosa, die vor ein paar Wochen ihren sechsunddreißigsten Geburtstag gefeiert hatte. »Is' ein bissl traurig, unsere Rosa«, diagnostizierte Ludmilla, weil sie wusste, dass diesem Arzt sonst das Wichtigste entgehen würde. »Stell' da vor, will lieber bei uns bleiben. Na sicher, da draußen is' nicht so schen.« »Als Leiter dieses Pavillons schmeichelt mir das überaus, keine Frage, trotzdem hör' ich so was nicht gerne.« Schmoll erzählte Rosa was von einem neuen Leben, wieder Fuß zu fassen; den großen Fortschritten, die sie in letzter Zeit gemacht hatte. »Sie werden sehen, es wird Ihnen sehr gut gefallen, wieder in Ihrer eigenen Wohnung zu sein und im eigenen Bett zu schlafen.« Dieses Killerargument gab er noch jeder Patientin mit auf den Weg zur vollkommenen Zuversicht. »Na sicher, wird supa, stell' da vor, hat sie schon zwei Adressen zum Putzen von mir«, war Ludmilla stolz, wesentlich zu Rosas Genesung beizutragen.

Rosa versuchte noch immer, ein dankbares Lächeln auf ihr Gesicht zu spannen. »Na, na, wer wird denn gleich weinen?«, missverstand Oberarzt Schmoll ihre Bemühungen. »Sie brauchen überhaupt nicht besorgt zu sein. Die nächsten paar Monate kommen Sie sowieso einmal pro Woche zum Therapiegespräch und sollte zwischendurch irgendetwas sein, rufen Sie uns an.«

Rosa bekam das mit den Lippen nach wie vor nicht so perfekt hin. Sie sah sich einen Tag nach dem anderen in ihrer Küche sitzen und darauf warten, dass Ludmilla mit dem *Swiffer* in der Hand zur Tür hereinkommen würde. Aber nie käme sie und nie mehr sähe Rosa Ludmilla von glänzendem Linoleum umgeben.

Schon allein, weil sie zuhause einen unbehandelten Holzbohlenboden hatte. »Hab' ich da alles g'sagt, was wichtig is' für Putzen, wirst sehen, wird voller Erfolg.«

An diese Worte musste Rosa in den ersten Jahren als selbstständige Putzfrau oft denken. Speziell dann, wenn sie schon wieder von einer Kundin mit unmöglichen Lebensgewohnheiten flüchtete oder ihre Arbeit quittierte, weil sich jemand über den Geruch ihres Essigreinigers beklagt hatte. Oder weil sie ihr wegstarben, wie im Falle des Pflanzenliebhabers Herrn Marlois. Aber grundsätzlich behielt Ludmilla recht. Sie hatte Rosa alles, was sie für diesen Job brauchte, gesagt, die ersten zwei Kundenkontakte organisiert und alles Weitere ergab sich von selbst. »Stell' da vor, hast immer mehr und mehr Kunden, machst bald Imperium auf. Dann stellst *mich* ein, stell' da vor.«

Das war die einzige Fehleinschätzung, die Rosa je aus Ludmillas Mund hörte. Denn natürlich war Rosa an einem wachsenden Kundenstock nicht im Geringsten interessiert. Mit zwanzig Stunden pro Woche verdiente sie ausreichend. Und Ludmilla sah sie nach diesem Tag nie wieder.

Frühlingskleid

»Was sag'n Sie, Frau Rosa«, strahlte Frau Gulmbrich sie an. Frau Gulmbrich stand mit guter Laune in der Küche. »Das hätt'n Sie sich nicht gedacht, stimmt's?« Sie hatte wieder ihr scheußliches Sommerkleid an. Die Chiffongrausamkeit, die zur Messlatte ihres Diätvorhabens geworden war. »Eiserne Disziplin, Frau Rosa, das hat mich einige Überwindung gekostet, sag' ich Ihnen.«

Der Stoff fiel locker über Frau Gulmbrichs Busen, spannte weder am Bauch noch an den Hüften und der Reißverschluss war ordnungsgemäß zugezogen. Ihr Gesamtumfang jedoch wirkte keinen Zentimeter geringer. Natürlich war Frau Gulmbrich nicht annähernd so fröhlich, wie sie spielte. Ihr Magen knurrte seit Beginn der Diät durchgehend; ständig plagte sie der Hunger, obwohl sie letztendlich genauso viel aß wie immer.

Es war der gewohnte Diätkreislauf. Sie wollte weniger essen, versuchte es, dachte *nur* ans Essen, aß daraufhin mehr und dachte reuig daran, weniger zu essen. Zum Drüberstreuen trank sie Entschlackungstees, Nieren-, Blasen- und Magentees zusätzlich zu unverdünnten Obst- und Gemüsesäften. Alle Diätbemühungen scheiterten an Pizzaschnitten, Wurst- und Käsebroten und allerorts auffindbaren Schokoladedepots. Wirklich effektiv war die Diät nur in Bezug auf Frau Gulmbrichs Frustration und komplette Fixierung auf die Nahrungsaufnahme, von der sie auch die Reiswaffeln, auf denen sie permanent herumkaute, nicht ablenkten.

Fast hätte Rosa Mitleid empfinden können, hätten Frau Gulmbrichs Diätkollateralschäden gesamtgesellschaftlich nicht derartige Zerstörung angerichtet. Aber die Rolle der Frau als flächenarmes Tragegestell von Markenprodukten oder vom Körper nicht abbaubarer Fettersatzmittel wie Sorbitanmonostearat und unverdaulicher Füllstoffe wie E 1200 verursachten Frau Gulmbrich keine Überlegungen. »Das hab' ich alles der neuen *Brigitte*-Roh-Trennkost zu verdank'n«, sagte Frau Gulmbrich, griff ins Gemüsefach und knackte von einer Karotte ab. Natürlich nicht aus kontrolliert biologischem Anbau.

Die Küchenbank wurde lückenlos von Pölstern bedeckt. Rosa vermutete, dass da seit Ostern einige hinzugekommen waren. Noch so eine Ersatzhandlung während der geplanten Nahrungsmittelreduktion.

In Anbetracht ihres derzeitigen Gemütszustands verhielt sich Frau Gulmbrich allerdings sehr tapfer. Sie war, gelinde gesagt, am Rande ihrer Belastbarkeit angelangt. Bei Diäten, so schien es ihr, wollte die Zeit überhaupt nicht vergehen. Deshalb war sie ungeduldig geworden. Sie hatte nach drei Wochen, in denen der Zeiger der Personenwaage stur auf achtundachtzig Kilo deutete, die Nerven verloren. Aus Angst, dass das mit dem Abnehmen überhaupt nichts mehr werden würde, hatte sie zu einer Notlösung gegriffen. Dass sie aber auch noch den Karton selbst aus der Wohnung geschafft hatte, wäre wirklich nicht nötig gewesen. Rosa war der Gedanke sowieso gleich gekommen. Bei gleichbleibendem Umfang und weil es bei dem Preis eh schon egal war, musste sich Frau Gulmbrich das Kleid zwei Nummern größer nachbestellt haben.

Der Schönheitswahn treibt wirklich seltsame Blüten, dachte Rosa und starrte auf Frau Gulmbrichs rosa Chiffonblumen, denen bei jeder Bewegung ein elektrisches Knistern entwich.

Rosas Ordnung

Erste Maiwoche. Es war noch immer nicht so, dass Rosa ins Schwitzen kam, wenn sie mit ihrem Rad von Margareten in die Josefstadt fuhr. Sie brauchte noch immer eine Schurwollfilzjacke über ihrem Leinenhemd, weil ihr der kühle Wind beim Hinunterrollen der Kirchengasse die Schultern an die Ohren zog. Die Sandalen behielt sie allerdings bei; wenn sie für sich schon mal Frühling ausgerufen hatte, dann wollte sie das auch nicht mehr rückgängig machen.

Rosa war gespannt, ob die Wohnung in der Lederergasse 35/7a bereits Zeichen von Hatscheks Läuterung erkennen ließ.

Schon das Vorzimmer strafte ihre Hoffnung Hohn: Dunkelbraune *Budapester* Größe 42 standen parallel zueinander unter dem Marmortisch. Am Garderobenhaken hing eine ockerfarbene Weste im Landhausstil. Aber Rosa geriet nicht mehr in Aufregung; dank ihrer täglichen Übung, sich mögliche

Zusammenkünfte mit Hatschek en detail auszumalen, würde sie ihr in ruhiger Gelassenheit gegenübertreten können. Eine Entgleisung wie noch vor eineinhalb Monaten würde ihr nicht mehr passieren. Die neue Unart, überall Espressotassen abzusetzen, ergänzte Hatschek jetzt scheinbar auch mit dem Zurücklassen von Kleidungsstücken.

Es war ausgesprochen still in Hatscheks Wohnung. Weder drang vom Hof noch von der straßenseitig gelegenen Berufsschule Lärm in den vierten Stock. Die Stille war angenehm, doch auch diffus bedrückend. Das Wetter, das noch vor wenigen Tagen mit Wärme und Sonnenstrahlen beinahe alle Städterinnen und Städter – außer Herrn Novotny – ins Freie gelockt hatte, veranlasste sie heute, ruhig in ihren Wohnungen oder an ihren Arbeitsstätten zu verharren und auf hellere Tage zu hoffen. Kein Kind tummelte sich unter den Platanen am neu ausgestreuten Rindenmulch des Spielplatzes, und die Berufsschule schien mitten in der Woche einen schulautonomen Direktorstag ausgerufen zu haben.

Rosa packte Hatscheks Paar Schuhe, hob die Weste, der ein Hauch strenges Parfüm gleich einem Rasierwasser entfleuchte, vom Haken und trug beides ins Schlafzimmer. Die Weste gehörte in den Teakschrank, die Schuhe auf den Schrankboden neben ähnlich geschnittenen Paaren. Rosa schrieb die Wandlung in Hatscheks Schuhwerk – von Stilettos zu Halbschuhen – ihrem beharrlichen Einfluss zu. Trotzdem erkannte sie an der Menge der vorhandenen Schuhe Hatscheks Faible für Konsum. Zu den Anzügen, die schon letztens im Schrank gehangen hatten, hatten sich Wickelkleider im Stricklook, geradlinige Cocktailkleider in Schwarz und weiße Blusen dazugesellt. Die Studienrichtung zeigte deutliche Wirkung. Ja, Hatschek war nach wie vor geschmackvoll, aber auch zu viel von dem, was Rosa seit ihrem Zusammenbruch hinter sich gelassen hatte und dem sie seither aus dem Weg zu gehen versuchte.

Rosa schüttelte das Bettzeug auf, das schon wieder zerwühlt war. Aber nicht mehr lange. Sie legte beide Kopfpölster akkurat aufeinander und breitete eine der Decken aus. Die zweite faltete sie zusammen und schob sie ins oberste Fach des Kleiderschranks. Die nächtlichen Temperaturen waren schon lang nicht mehr unter null gefallen, weshalb eine Zweitdecke überflüssig war. Sie zog die Jalousie hoch, betrachtete das adrette Zimmer und freute sich, demnächst alle Oberflächen mit einem feuchten Baumwollfetzen abwischen zu können. Zunächst jedoch schaute sie noch in die Küche, wo schon wieder die *Nespresso*maschine auf der Arbeitsplatte stand.

Heute war es Zeit, beschloss Rosa, ab heute würde es ein Ende mit den Kaffeekapseln vom Nahrungsmittelgroßkonzern und dem zerwühlten Bettzeug haben. Rosa entschied, mit der gründlichen Reinigung zu beginnen. Schon letzte Woche hatte sie hierfür aufgerüstet. Sie war zum unliebsamen Biosupermarkt geradelt. Der Anblick, der sich ihr dort bot, war nicht schön. Alles in Plastik verpackt, zwei- oder mehrfach. Eine aufstrebende Bioindustrie, die sich mit wachsenden Umsatzzahlen, höherem Marketingbudget und massenwirksamer Konsumentenverdummung auf den Supermarktregalen breitmachte. Und lauter *Bobos* oder *Lohas* oder wie diese unmöglichen Menschen genannt wurden, die in völliger Verzweiflung und Aufgeriebenheit zwischen Konsumtion und schlechtem Gewissen ihre Geldbörsen erleichterten. Menschen, die keine Ahnung hatten, was wirklich ablief, nicht sehen wollten, wohinaus alles laufen würde. Menschen, die nicht wahrhaben wollten, dass ihre hilflosen Bemühungen zwecklos waren.

Überall Kinderwägen. Bezeichnend für völligen Realitätsverlust. Rosa seufzte; fast wäre sie von so viel gutem Willen gerührt gewesen, wenn das Übermaß an Dummheit und Inkonsequenz nicht emotional stabilisierend gewirkt hätte. Sie wollte hier nur biologische Kautschukhandschuhe und Mundschutz aus 100 % ungebleichter, organischer Pflanzenfaser holen und diesen Ort schnell wieder verlassen. Obwohl es sie angenehm überraschte, dass die Handschuhe lediglich von einem Hanfspagat zusammengehalten wurden. Sie hatte sich auf absurde Kunststoffschutzhüllen gefasst gemacht; diese nutzlose Verpackung hätte sie natürlich im Geschäft zurückgelassen. Rosa zahlte und entwich der neuen, nachhaltigen Biodiversität, die nur reiche, bewusste, gesunde Menschen, Tiere und Pflanzen zuließ.

Alles, was sie sonst noch für ihre gründliche Reinigung benötigte, fand Rosa in Hatscheks Putzmittelschrank. *Danklorix*, *Cillit Bang*, WC-Reiniger, Glasreiniger, *Meister Proper*. Perfekt. In einem durchschnittlich idyllischen Haushalt konnten bis zu fünfhundert Chemikalien aufgefunden werden. Mehr brauchte es auch für einen Giftanschlag nicht. Den Abtropfbehälter der *Nespresso*maschine löste Rosa vom Gerät und spülte ihn, obwohl das in diesem Fall nicht wirklich zielführend war, genau wie den Rest der Maschine, insbesondere Kapselplatzierungsmulde und Wasserbehälter, mit purem Desinfektionsmittel aus. Wobei sie die beißend stinkende Flüssigkeit von einem Gefäß ins andere fließen ließ. Schließlich wollte sie nicht mehr Chemikalien als nötig verwenden.

Sie schwemmte die Behältnisse nicht mit Wasser aus, sondern ließ sie an Ort und Stelle trocknen. Rosa nahm an, dass Hatschek den Chlorgeschmack ihres Morgenespressos wenig schätzen und endlich ihren Kaffeekonsum überdenken würde. Oder aber sie würde wieder auf die *Bialetti* umsteigen. Für diesen Fall benetzte Rosa alle drei Teile der metallenen Kaffeemaschine mit Danklorix und tat desgleichen mit den Espressotassen und Kaffeelöffeln. Auch Arbeitsplatte und Abwasch bearbeitete sie mit dem Bleichmittel – unverdünnt und ohne es wieder abzuwaschen. Ebenso verfuhr sie in Bad und WC.

Auf das Parkett wischte sie das pure Mittel und war überrascht, wie schnell es im Sonnenschein trocknete. Sie war sehr froh über ihren Mundschutz, denn in der Wärme wandelte sich das Aktivchlor rasch in Chlorgas um und das wollte sie keinesfalls in ihre Lungenlappen bekommen. Abschließend ging sie mit der Flasche *Danklorix* durch alle Räume, um Details zu präparieren. Sie versenkte Hatscheks Zahnbürsten darin, träufelte es über den Schreibtisch, die Armstützen des Kanadiers, über den Designertisch und das Teakholzbettgestell.

Nach getaner Arbeit wehte Rosa ein Gestank entgegen wie aus einem Hallenbad zur Hochsaison. Sie befürchtete, Hatschek würde vorzeitig Verdacht schöpfen. Aber einige Minuten gezielte Luftzufuhr vertrieben ihre Besorgnis und erweckten Vorfreude. Nächsten Mittwoch wollte sie Glasreiniger und *Meister Proper* in der Lederergasse 35/7a verteilen. Benzisothiazolinone, Glutaral, Citral Hexyl Cinnamal. Das in allen antibakteriellen Produkten enthaltene Triclosan erhöht die Widerstandskräfte von Bakterien und lagert sich im Körperfett ab. Das sollte Hatschek dann doch zu denken geben.

Martins Tod

»Hey«, sagte er, als sie unter seiner klingenden Türglocke stand. Hey, und nichts weiter waren für Bertram äußerst ungewöhnlich. Wo blieb das Schwanzgewedle? Rosa schloss die Tür, worüber sich die Glocke nochmals freute, und blieb beim Eingang stehen. Sie wollte schon fragen, da antwortete Bertram: »Martin ist tot.«

Rosa verstand nicht recht. Martin? Das war doch der Naturhornnickelbrillenträger aus dem deutschen Ökodorf. Das war der gedemütigte Veganer in Sandalen, der zu Bertram »dufte« sagte, wenn er knietief in Beleidigungen stand.

»Ein Unfall. Ich fass' es nicht. Rosa, vor zwei Tagen war er noch bei mir, hat gesprochen, sogar einen Hirse-Rhabarberkuchen mit mir gegessen. Alles ganz normal.«

Rosa bezweifelte Bertrams Beurteilung; selbst wenn Martin Blut aus der Halsschlagader gesprudelt wäre oder er seine Eingeweide wie eine Schleppe nachgezogen hätte – *nichts* wäre Bertram aufgefallen. Aber dass Martin gelebt hatte, das glaubte sie ihm.

»Der Tod ist so dumm und banal«, Bertram drückte sich Daumen und Zeigefinger auf die Augen. Vielleicht zeigte er allergische Reaktionen auf das noch immer am Boden herumliegende Stroh, vielleicht wollte er aufsteigende Tränen vom Herunterkullern abhalten. Plötzlich lachte er. Etwas gekünstelt, als misstraute selbst er seiner Heiterkeit. »Auf der Seife ausgerutscht«, sagte er und schaute Rosa an. »In der Badewanne auf der Seife ausgerutscht und die Schädeldecke am Waschbecken aufgeschlagen.« »Na stell' da vor«, hörte Rosa Ludmilla sagen, der diese Geschichte gefallen hätte. »Das geht schnell, hat Olaf gemeint, Martin hätte sicher nichts mehr mitbekommen, keine Schmerzen, gar nichts, einfach Licht aus.« Rosa überlegte, wer Olaf sein könnte. »Olaf muss das wissen, der is' schließlich Unfallchirurg.« Rosa überlegte noch immer, ob sie Olaf schon jemals gesehen hatte.

»Ich hab' dir doch schon von ihm erzählt«, sagte Bertram, »der den Bio-Veltliner im Doppler kauft.«

Rosa schaute sich um. Ihr war es unangenehm, Bilder des dürren Martin, der eingeseift und nackt, mit gespaltenem Kopf in der Badewanne lag, dessen Blut vom Duschwasser in den Abfluss gespült wurde, und eines Chirurgen im weißen Mantel, der einen Doppelliter Veltliner neben der Leiche stemmte, vor Augen zu haben.

»Seine Freundin hat ihn nach einigen Stunden gefunden. Die is' jetzt in Krisenbehandlung. Er war schon ganz steif. Na ja, so lange haben sich die dann auch wieder nicht gekannt.« Rosa schaute noch gequälter zu Bertram. Der merkte natürlich nichts, sondern erfreute sich an der Ironie des Schicksals. »Martin hat ihr erst vor zwei Wochen seine Haustorschlüssel gegeben. Was eh ein Witz war, weil er seine Tür sowieso nie zugesperrt hat.«

Das hätte Ludmilla garantiert gefallen. Ein Typ, der im Ökodorf von seiner Frau mit einem Gewaltlackel betrogen wurde, der sich in Wien sein Haus mit Stroh wärmedämmte, der keinen Wert auf Eigentum legte und seine Tür unversperrt ließ, stirbt an einer rutschigen Seife. *Stell' da vor.* Für jeden Sicherheitsfanatiker musste diese Geschichte der völlige Wahnsinn sein.

Das fand sogar Bertram komisch. »Hey, keine Angst vor nix, der Typ, und dann die Seife«, sagte er und auch Rosa lachte. Derart stark, dass sie ihre weiße Zahnreihe weit aufriss, sich vorbeugte, auf die Schenkel klopfte und nach Luft schnappend wieder hochkam. »Rosa?«, fragte Bertram, der sie das erste Mal lachen sah. Sie machte eine wegwerfende Handbewegung, die sie von Ludmilla gelernt hatte und beruhigte sich.

»Jetzt brauchen wir ein Schnapserl«, sagte Bertram und griff dermaßen routiniert unter seinen Tapeziertisch, dass Rosa vermutete, die Geschichte von Martins Tod wäre nur ein Anlass zum Saufen gewesen. Er entstöpselte mit einem markanten Ploppen eine schlanke Flasche durchsichtigen Inhalts. Bertram erwartete seitens Rosa Widerstand, Ablehnung oder Zurückweisung. Aber Rosa schnappte sich das Stamperl, erwiderte sein »Auf Martin« und kippte wie Bertram Kopf und Zwetschkenschnaps nach hinten. Auch der zweite wurde mit »Prost« beauftaktet und mit »Aaahhhh« beschlusspunktet.

»Sehr fein, Palatschinken mit Apfelmus«, sagte Bertram, als er Rosas Einkäufe begutachtete. Dinkelmehl, Milch, Eier, ein Kilo Äpfel. Erstaunt und besorgt zugleich packte sie alles in ihren Rucksack. Er wusste definitiv zu viel über ihre Essgewohnheiten.

Bertram nützte die gemeinschaftliche Atmosphäre, die Martins Tod ermöglichte. »Hey, gehen wir zusammen aufs Begräbnis?« Rosas Stirnfalten legten sich zwischen ihre Augenbrauen. Martins Tod musste ihn wirklich mitgenommen haben. Was sollte sie auf einem Friedhof?

»Er wollte eine Baumbestattung, bei der kein Formaldehyd, Methanol oder Ethanol in die Erde übergeht. Er wird einfach im organischen Baumwollhemd verbrannt und in einer Pappurne an der Wurzel eines Baumes beigesetzt. Das ist ganz toll. Da kann sich der Baum von Martin ernähren.«

Rosa machte die Handbewegung, die sie von Ludmilla abgeschaut hatte, schüttelte den Kopf und trug sich, ihre Milchkanne und den vollen Stoffrucksack aus dem Laden. Bertram hatte wirklich ein Gespür wie ein Strohhalm, aber an ihn wollte sie sich nicht klammern.

Rosas Ordnung II

Und es wirkte. In der nächsten Woche fand Rosa nicht die Spur einer Veränderung vor. Es standen keine unmotiviert in der Wohnung verstreuten Espressotassen herum, Bücher und Kleidungsstücke lagen nicht an unsachgemäßen Orten, das Bett war gemacht. Nicht mit präziser Ausrichtung der aufeinandergefalteten Bettzeugenden und nicht im optimalen Abstand zwischen Kopfpolster und Decke, aber so, dass Rosa Hatscheks guten Willen erkennen konnte.

Wohlwollend bemerkte sie, dass ihre Ordnung im Gewand-, Schuh- und Bücherbereich beibehalten worden war. Trotzdem griff Rosa zum Glasreiniger, dessen 2-Bromo-2-Nitropane-1,3-

Diol zu heftigen Augen-, Haut- und Atemwegsreizungen führen würden. Sie war milde gestimmt. Vielleicht würde Hatschek bald einsichtig werden. Vielleicht sogar noch bevor sie sich ernsthafte körperliche Schäden zugezogen hatte. Vielleicht würde sie sich schon vor einem Lungenödem von ihrer *Nespresso*maschine verabschieden. Vielleicht würde sie schon vor hässlichen Hautverätzungen ihrem Blondiermittel den Rücken zukehren. Würde vor umfassendem Zahnausfall sich von ihrer unökologischen Kleidung voller Azofarbstoffe, Dioxine und Furane trennen. Bevor diverse Allergien von Enzymen, Chlor, Brom, Jod ausbrechen würden, auf Schminke, Parfüms und industrielle Kosmetika verzichten. Würde ihre Stöckelschuhe für immer zugunsten ihrer *Budapester* stehen lassen und würde vor allem – ein Gespräch mit Rosa aufsuchen.

Rosa verteilte Glasreiniger auf Waschbecken und Zahnbürsten. Besprühte die Badewanne damit. Möglicherweise tat Hatschek ihrer Haut wirklich ein Vollbad mit Laureth 10, COC Amidopropyl Betaine, Glyceryl Oleate und PEG 7 an, da würde das bisschen Limonene nicht weiter stören. Sie besprühte die Handtücher am Handtuchhalter und im Alukasten, die Türschnallen und Fenstergriffe in der gesamten Wohnung. Ihr Blick fiel dabei in den Gastgarten des Asiaten. Kinder liefen vom Rindenmulchspielplatz die Stiegen zur Waschbetonterrasse hinauf und störten ihre plaudernden Muttis, denen die Sonnenbrillen aus den tadellosen Frisuren rutschten.

Rosa bemerkte zufrieden, dass der Glasreiniger weniger penetrant roch als *Danklorix*. Wahrscheinlich lag auch dessen Effektivität auf anderem Gebiet. Während der eine spezialisiert auf Desinfektion und Bleiche war, richtete der andere sein Hauptaugenmerk auf Fett- und Kalklösung. Ätzend waren beide. Deshalb trug Rosa auch ihren Atemschutz, den sie, nachdem sie ihre Kautschukhandschuhe am Bettzeug abgewischt hatte, im Rucksack verstaute. Aus dem zog sie wie immer einen

Papiermüllsack für Hatschek hervor. Doch dieses Mal kam weder Asche noch Kaffeesud hinein.

Dieses Mal vollendete Rosa ihren Arbeitstag, indem sie Hatscheks Aluschrank ausräumte. Sie schmiss Waschmitteltabs, Weichspüler und Pre-Wash-Dose hinein. Von diesen Dingen konnte sich Hatschek sicherlich leicht trennen, wo es doch gar keine Waschmaschine in der Wohnung gab. Phosphate, Protease und Amylase gehörten auf den Sondermüll, zu dem Rosa das Papiersackerl sogleich bringen würde. Auch das Deodorant mit seinem brustkrebsfördernden Aluminiumchlorhydrat, Zykomethikon und Disteardimimoniumhektorit fand den Weg in den Müllsack. Genau wie die Bodylotion, Gesichtscreme und das Peeling. Paraffinum liquidum, Isododecane und Ozokerite hatten sowieso keinerlei hautpflegende Eigenschaften. Das würde Hatschek schon noch merken. Vor der Wohnungstür schlüpfte Rosa in ihre *Traktor*-Sandalen. Außer Hemd und Leinenhosen benötigte sie keine weiteren Stoffschichten, da Anfang Mai die Stadt mit Sonnenschein und 25 Grad verwöhnt wurde.

JUSTIN

Mangold und in Jungzwiebel angeröstete Sieglinde sowie die milden Temperaturen halfen Rosa, über die Auseinandersetzungen mit den Müllmännern der Problemstoffsammelstelle hinwegzukommen. Letztendlich gaben sie Rosas Unerbittlichkeit nach, mussten aber vorerst einmal widersprechen. Doch in Fällen renitenten Widerstands wurde Rosa noch ruhiger als gewöhnlich. Sie schaute ihr Gegenüber schweigend an und ihr wunderschöner Kappenmuskel spannte sich zu zarter Halsstarrigkeit. Da konnte nur ein »Mir is' eh wurscht« entgegnet und der Papiersack mit Hatscheks Chemikalien entgegengenommen werden.

Rosa jedenfalls radelte im Wissen, dass Hatscheks Problemstoffe bestmöglich entsorgt wurden, über die Floridsdorfer Brücke nach Stammersdorf. Selbst als sie der vierte LKW – »Oder wollen Sie es selbst tragen« – anhupte und mit 90 km/h überholte, genoss sie die warmen Sonnenstrahlen. Sie dachte nur ganz kurz an die 25 Millionen Tonnen CO2 jährlich, die der Verkehr in Österreich verursachte, Ruß- und Feinstaubemission versuchte sie zu ignorieren. Ein wenig irritiert schien sie erst, als nach dem Öffnen von Familie Bräuners Wohnungstür »Rien ne va plus, Spinnenmann« an ihr Ohr drang.

Rosa reckte ihren Kopf nach vor und sah ins Wohnzimmer. Justin saß knappe dreißig Zentimeter vor dem Flatscreen und sprach den Text von *Spiderman III* nach. Den Film hatte er schon zweimal im Kino gesehen, wie Rosa aus Erzählungen der stolzen Mutti wusste. Nun perfektionierte er seine Souffleurambitionen dank Blu-ray-Player.

Rosa schloss die Tür hinter sich, stellte Besen und Bodenbürste im Vorzimmer ab, begrüßte Justin, der keinerlei Reaktionen zeigte, und dann leuchtete nur noch ein Nicht-das-auch-noch in Rosas Kopf auf. »Frau Rosa, Sie kommen wie gerufen, Sie seh'n ja, wir sind in Teufels Küche. Den Justin ham's mit irgendwelchen Darmviren angesandelt, bei mir im Büro brennt der Hut, aber irgendwer musste ihn ja aus der Schule holen. Der Herr Papa befindet sich in Florida auf Geschäftsreise. Na bravo.«

Frau Bräuner zeigte sich im hellblauen Kostüm, ihre *TOD*s hatte sie ausgezogen und stakste auf Strumpfhosen durch die Wohnung. Ihre Erscheinung, ja ihre pure Anwesenheit brachte Rosa aus dem Gleichgewicht. Sie hatte sich auf drei Stunden Arbeit in friedlicher Atmosphäre eingestellt. Jetzt musste sie sich an die Aussicht gewöhnen, Justin und seine Mutter für 180 Minuten an ihrer Seite zu haben. Dabei halfen ihr auch Mangold, Jungzwiebel und Sieglinde nicht. Sie spürte den deutlichen Wunsch, dieser unvorhergesehenen Situation schnell zu entkommen.

»Am besten Sie fangen in Justins Zimmer an, dann kann er, wenn Sie fertig sind, den Film dort weiterschauen«, bekam sie auch noch Tipps von Frau Bräuner. Die Zweit- und Drittgeräte in diesem Haushalt waren mit ein Grund, weshalb in den letzten fünf Jahren der Energieverbrauch österreichischer Privathaushalte um 10,8 Prozent gestiegen war. »Wenn der mal vorm Fernseher sitzt, is' er wie das Kaninchen vor der Schlange.« So wie Rosa das einschätzte, würde ihr die nächsten Stunden jemand anderer als Justin im Weg sein. Hoffnung schöpfte Rosa erst, als Frau Bräuner verriet: »Wir bleiben bis vier, dann sperrt der Hausarzt auf, der soll was tun für sein Geld und sich den Justin anschauen.«

Rosa ergriff ihren Besen und kehrte langsam, mit bemüht regelmäßigem Puls, die Küche. Wie erwartet, war es ihr nicht vergönnt, Frau Bräuners Stimme zu vermissen. Die nutzte die Gelegenheit des freien Nachmittags, alle Kolleginnen telefonisch von ihrem Stress in Kenntnis zu setzen. Die Gier nach dem neuesten Handy hatte Frau Bräuner zu einem grotesk großen *Samsung Galaxy Tab Tablet* geführt. Diese Mischung aus Weltraumsatellit und Röhrenbildschirm, die mit dem Laptop, der 43 Wattstunden pro Stunde verbrauchte, synchronisierbar war, wofür beide Geräte eine Bestrahlungsstärke von 350 Mikrowatt pro Quadratmeter aufbrachten, wirkte in Frau Bräuners Hand wie ein Walkie-Talkie aus den 80er-Jahren.

Frau Bräuner schienen ionisierende Strahlen piepegal zu sein. Sie ging im Wohnzimmer auf und ab, das Kabel der Freisprechanlage hing ihr aus dem Ohr. Justin starrte weiterhin auf den Bildschirm. »Ich hab nur läuten hören, sie würd' sich permanent beschweren. Aber ich versteh's nicht ganz, seine Villa im Neunzehnten hat doch alles, goldene Armaturen, Fußbodenheizung, Saunalandschaft ...« Rosa erlebte einen jener seltenen Momente, in denen sich Frau Bräuner leicht verunsichert zeigte. »Ach soo, die wohnt in seiner Zweitwohnung ... die nimmt er gar nicht mit nach Döbling! Jetzt kenn ich mich aus«, erhielt sie dank aufschlussreicher Informationen einer Kollegin wieder die Oberhand.

Rosa konnte sich an Frau Bräuners Karikatur eines Handys gar nicht sattsehen und musste an die ungeheuren Müllberge denken, die diese Produkte der Telekommunikation verursachten. In Europa landeten jährlich 100 Millionen Stück, in den USA 130 Millionen im Abfall. Das interessierte Frau Bräuner sicherlich bei keinem einzigen ihrer in diesem Jahr bereits zum vierten Mal getätigten Handykäufe. Auch nicht, dass in China und Indien Handyinhaltsstoffe wie PVC, Blei, Quecksilber und Arsen ungeschützt aus den Handywracks gelöst wurden.

»Da soll'n ja bereits die Fetzen flieg'n, hab ich g'hört. Unserm Grandseigneur is' angeblich schon die Lust an ihr vergangen. Ich sag' ja immer, auf heiße Liebe folgt kalte Dusche.«

Rosa blieb keine andere Wahl. Um diesen Reden zu entgehen, musste sie ihren Besen beiseitelegen und in Justins Zimmer den 2500-Watt-Staubsauger erklingen lassen. Leider tat Frau Bräuners Stimme alles, um nicht im Lärm zu versinken.

»Aber der wird noch schau'n, ich kenn' solche Frauen, mich würd's nicht wundern, wenn ihm die die Bude ausräumt, Zweitwohnung hin oder her!«, schrie sie auf das bizarr große Touchscreen ein. »Die hat ihn sicher nicht wegen seiner maßgeschneiderten Anzüge genommen, das sag' ich dir. Na ja, finanziell wird er's schon verkraften und am Ende fahrt er halt wieder mit seiner Frau auf Versöhnurlaub.« Rosa tat dieser Tag weh. »*Ich* bin doch bei all dem die Leidtragende, an *mir* bleibt die ganze Arbeit hängen, na und Dank brauch' ich mir schon gar keinen erwarten.« Rosas Unwohlsein verminderte sich schlagartig, als Frau Bräuner ihrem *Samsung Galaxy Tab Tablet*

»Du, ich muss mich sputen, es is' schon vier, der Justin muss zum Arzt«, anvertraute und Justin vom Flatscreen wegzerrte.

Vollständige Besserung stellte sich ein, nachdem Rosa die Bräuner'sche Wohnungstür kurz nach fünf Uhr hinter sich zuzog und sich mit Bodenbürste und Holzbesen wieder auf den Heimweg begab.

Geständnis

Rosa zerrte den stoffbezogenen Fernsehsessel vom geschmacklosen Teppich herunter. Zeitgleich schüttelte Frau Gulmbrich die Zierpölster der Ledercouch auf. Rosa überlegte, ob sie den Atemschutz, den sie für Hatscheks Spezialreinigung verwendete, auch bei Kundinnen mit Teppichen anlegen sollte. »Wiss'n Sie«, setzte Frau Gulmbrich an.

Rosa dachte daran, dass Frau Gulmbrich ihr versprochen hatte, sich nie im selben Raum mit ihr aufzuhalten, sich aber andauernd in just denselben Zimmern herumtrieb, in denen Rosa gerade zugange war. Damals hatte Frau Gulmbrich von Bewunderung gesprochen – für Rosas Fähigkeiten und Gründlichkeit. Dabei war es doch selbstverständlich, nach der Nassreinigung Badewanne, Waschbecken, Fliesen, Steckdosen und Lichtschalter trocken zu wischen. Frau Gulmbrich hatte wahrscheinlich Respekt vor Rosas Autonomie und Willensstärke, selbst wenn sie manchmal dachte: »Na ja, allein und Putzfrau«. Obwohl sie natürlich nicht die blasseste Vorstellung von Rosas kargem Leben hatte, so ohne Kühlschrank, Naschlade und mit nur einem Kopfpolster auf dem *GEA*-Bett.

»Wiss'n Sie«, sagte sie in einem Moment von heimeliger Alltagsintimität, dem Lederbezüge einen unverfälschten Gestank gaben, »wiss'n Sie, ich hab' gar nicht abgenommen.« Frau

Gulmbrich hielt in ihrer Pölsterbetreuung inne und schaute so verschämt zu Rosa, als hätte sie soeben die Nichtexistenz des Osterhasen ausgeplaudert. »Ich hab' Sie angelog'n. Ich pass' gar nicht ins Sommerkleid. Ich hab' mir einfach ein um zwei Nummern größeres bestellt.«

Rosa spürte den seltsamen Mix aus Vertraulichkeit, Grenzüberschreitung und erzwungener Nähe. Sie schaltete den Staubsauger ein. Frau Gulmbrich legte Fleecedecken auf die ungemütliche Liegefläche der Couch. Dabei knisterte die elektrostatische Entladung der künstlichen Maschenware, was jedoch vom Staubsaugerlärm übertönt wurde. Als Rosa fertig war, half ihr Frau Gulmbrich, den Fernsehsessel wieder an seinen Platz zu heben, damit der Teppich keine unschönen Wellen schlug, was nach Rosas Empfinden auch schon egal gewesen wäre, sie jedoch aufgrund ihres Ordnungssinns guthieß.

»Wiss'n Sie, derweil ess' ich gar nicht so viel, und alles ohne Fett und ganz gesund. Lightmilch, Lightjoghurt, kein Zucker, nur Saccharin, nur Putenfleisch, Diabetikerschokolade, aber das nützt nichts.« Rosa wurde bei der Vorstellung des Haufens denaturierter Nahrungsmittel schlecht. Unverdaulicher Füllstoff Polydextrose, geschmacksverstärkende Ribonucleide, Propylenglykol und andere Ester, Polysorbate und dann noch die Menge an Lebensmittel, die Frau Gulmbrich zwar verzehrte, aber nicht angeführt hatte.

»Wie mach'n denn Sie das eigentlich, dass Sie so schön schlank bleib'm? Ich mein', Sie sind ja auch nicht mehr die Jüngste, wenn ich das so sag'n darf.« Rosa ging mit ihrem Holzbesen ins Kinderzimmer. Hier musste Frau Gulmbrich zuvor tätig gewesen sein, denn die Zwillinge hätten ihr Zimmer ohne Müll auf dem Boden nie zurückgelassen. »Sicher, Sie hab'm keine Kinder. Vor den Zwillingen hab' ich ja auch noch eine Taille gehabt. Aber, betreib'm Sie außer Radfahr'n noch irgendeinen Sport?«

Solche Gespräche liebte Rosa nicht sonderlich. Schon als sie bei der Versicherung arbeitete, wich sie Diätthemen aus, die sofort zur Sprache kamen, sobald zwei oder drei Personen in der Gemeinschaftsküche standen. Unzählige Theorien grassierten da rund um das Verhältnis von Essen zu Bewegung. Ob man mehr Kohlehydrate, Eiweiß oder Fett zu sich nehmen sollte, ob in Form von Drinks, Tabletten oder Energieriegeln. Was in welchem Essen drin oder nicht drin war, und welche Tagesdosen davon benötigt wurden. Rosa drängte sich von jeher der Verdacht auf, Geschmack interessierte die Wenigsten.

»Aber ich glaub', Sie sind eher so ein Typ, oder? Sie können sicher ess'n, was Sie woll'n, stimmt's?«

Rosa war es ein Rätsel, wie viel Wirbel um Gewichtsreduzierung gemacht wurde. Als ob das bei siebzig Millionen Tonnen CO2-Emission täglich überhaupt ins Gewicht fallen würde. Leute allerdings, die sich über die Tropfenanzahl des Olivenöls auf ihrem mit Spritz- und Düngemittel verseuchten Blattsalat Gedanken machten, hatten regelmäßig zu ihr »Nimm' das nicht so ernst« gesagt, wenn Rosa von den wirklich großen Dingen wie dem Absterben der Korallenriffe sprach. Sie hatte schon damals größte Schwierigkeiten, die Prioritäten anderer zu verstehen. Und das wurde mit der Zeit nicht besser.

»Wie oft ess'n Sie überhaupt? Ich glaub', abends sollte man nicht so viel essen, oder? Das legt sich am stärksten an. Morgens wie ein Kaiser, mittags wie ein König, abends wie ein Bettelmann, sagt man doch, oder?«

Rosa kehrte das Zimmer kommentarlos auf. Heute noch Herr Novotny, morgen Frau Helmberger und dann wäre wieder Hatschek dran. Die hielt sich seit bereits drei Wochen erstaunlich gut. Nach Rosas Überlegungen musste Hatschek schon erste Veränderungen an den Schleimhäuten bemerken. Rosa konnte ja auch mal Putzmittel direkt ins Shampoo oder die Haltbarmilch tun. Aber eigentlich wollte sie nicht übertreiben;

Hatschek sollte nur die alltäglichen Gefahren erkennen, mit denen sie sich freiwillig im häuslichen Bereich umgab. Und vielleicht des Weiteren Schlüsse auf gesamtgesellschaftliche Systeme und ihre Rolle darin ziehen.

»Woll'n Sie das Kleid? Ich mein', es passt mir sowieso nicht. Was soll ich damit?«, fragte Frau Gulmbrich aus heiterem Himmel, wo sie doch schon derart vertraut mit Rosa war. Das waren die heiklen Momente in ihrem Beruf. Von einer Putzfrau glaubten viele, sie sei ihnen finanziell unterlegen und von mildtätigen Zuwendungen abhängig. Rosa hätte sich niemals die Blöße gegeben, Frau Gulmbrich über den Preis von ökologischer Bekleidung aufzuklären, sie über finanzielle Autarkie versus Abhängigkeit vom Ehemann, weibliche Kaufkraft und ihre Ausgaben für biologische Nahrungsmittel zu belehren. Rosas momentanes Ziel war es, eine Endlagerung von nicht abbaubarem Kunststoffmüll, für die sie auch noch Dankbarkeit zeigen sollte, zu verhindern.

Sie drehte ihren Kopf eindringlich von rechts nach links, unterstrich diese Bewegung durch das Schließen der Augen und erkannte den Erfolg ihrer Geste in Frau Gulmbrichs »Okay, war nur eine Frage.«

Atemnot

Es stank wieder erbärmlich nach altem Fett. Herr Novotny hatte seine Fritteuse in Verwendung. Schon im Vorzimmer umfing Rosa eine Mischung aus schmierigem Geruch und beklemmender Düsternis. Draußen blendete zwar strahlender Sonnenschein, doch die Kastanie vor dem Novotny'schen Fenster absorbierte jegliche Helligkeit. Obendrein hatte Herr Novotny mit Sicherheit seit Tagen nicht mehr gelüftet. Es müffelte wie im Turnsaal einer Volksschule mit angeschlossenem Freibadbuffet.

Rosa dachte an das sicherlich auffindbare Turnsackerl von Herrn Novotny, während er sie höflich wie immer begrüßte. »Schönen, guten Nachmittag, Fräulein Rosa. Kommen S' nur rein. Tasse Tee oder Kaffee?« In gestreiftem Kurzarmhemd und dunkelblauem Pullunder, den die heutigen Temperaturen gewiss nicht nötig hatten, wartete er Rosas Ablehnung ab und eilte in die Küche. Er musste irgendetwas Paniertes ins heiße Fett versenken. Rosa hatte bereits genug damit zu tun, nicht an Herrn Novotnys Schnitzel samt Nahrungsmittelzusätze im Verdauungstrakt zu denken. Auch die Bilder von seiner grauen Haut und den Milben in seinem Pullunder und manch anderem, körpernahem Gewebe, musste sie verdrängen.

»Fräulein Rosa«, sprach er, als sie gerade den Staubsauger aus dem Abstellzimmer holte, »Sie brauchen die nächsten zwei Wochen nicht zu mir kommen. Ich verreise. Na ja, ich mach eine Kreuzschifffahrt.« Herr Novotny war voller Vorfreude. Rosa sah tausende Liter Schwarzwasser, die dreizehn Seemeilen vor der Küste ins Meer abgelassen, 900 Tonnen Schwerbenzin, die pro Urlaubswoche in die Luft geblasen wurden. Und alles zu Herrn Novotnys reinstem Vergnügen. Aber sie lächelte ihn trotzdem an. Ihn und seine grauen Arme, die hoffnungslos aus den Kurzarmhemden blinkten, vierzehn Tage nicht zu sehen, seine Modelleisenbahngrotte im Panierfettdampf vierzehn Tage nicht zu betreten, stimmte sie überraschend fröhlich.

»Fräulein Rosa!«, entlockte ihm Rosas zufriedenes Gesicht, doch noch während er aufgeregt von seiner Reiseroute, den Sehenswürdigkeiten und dem ungeheuren Amüsement an Bord erzählte, kehrte Rosa in Seelenruhe das Vorzimmer. Er dozierte weiterhin neben ihr, bis er ein »Jössasna!« ausrief und zur Quelle des mittlerweile exorbitant gesteigerten Gestanks lief. Sein Schnitzel von *Chef-Menü* und die Pommes Frites von

Kraft Food brutzelten bereits zu lange und die Benzpyrene mitsamt des Dimethylpolysiloxans machten es sich in der Raumluft gemütlich.

Nach dem vereitelten Wohnungsbrand saß Herr Novotny mit vollem Teller vor der »Wien-Heute«-Sendung. Im Wohnzimmer wischte Rosa das Parkett und zerrte kurz darauf den Staubsauger ins Bild. Herr Novotny, zu höflich, um irgendwelche Unmutsäußerungen von sich zu geben, blieb devot in seinem Fernsehsessel sitzen und steckte regelmäßig die gehäufte Gabel in seinen Mund, wobei er starr auf den Bildschirm schaute, der einem kleinen Schwarz-Weiß-Apparat ohne Fernbedienung, aber mit klassischer Antenne, gehörte. Die Pommes spießte Herr Novotny zu dreien oder vieren auf die Gabel und hievte sie mit einer gekonnten Drehbewegung in den Mund. Zunächst das eine Ende der Kartoffelbreistäbchen in die linke Backe, den Mund weit aufgerissen und die gesamte Länge der Pommes über die Mundecken in den Rachen gedrückt. Er mampfte und schmatzte und es stank. Aus den Fernseherlautsprechern drangen Berichte vom vergangenen Tag.

Rosas Fuß tippte den Startknopf des Saugers an und hüllte das Zimmer in alles nivellierenden Lärm. Sie reinigte gründlich, gedankenverloren und vor allem lang. Als sie das Gerät mit dem Fuß ausschaltete, stank es noch immer, aus dem Fernseher sprach's noch immer, doch statt Herrn Novotnys Schmatzen hörte sie leises Röcheln.

Rosa stand hinter Herrn Novotnys Fernsehsessel und konnte sein Gesicht nicht sehen, aber den Teller, der samt Schnitzel und Pommes auf dem Boden lag, den sah sie. Als sie sich vor Herrn Novotny stellte, sah sie auch, dass dessen Gesicht rot angelaufen war – wie von einem zu üppigen Solariumsbesuch, was bei Leuten seiner politischen Gesinnung oft geschätzt, aber von Herrn Novotny im allgemeinen sowie momentanen Zustand sicherlich nicht befürwortet wurde. Seine Augen waren geweitet. Mit beiden Händen fasste er sich an den Hals, als würgten ihn E 634, E 900 und E 1200 seiner Pommes Frites nicht schon genug. Unbeholfen wollte er aufstehen, rollte allerdings nur im Sessel hin und her.

Rosa schaute ihn an, dachte kurz an einen Herrn Novotny, der im Matrosenanzug am Deck des Traumschiffs neben Chefsteward Sascha Hehn spazieren ging, dann schob sich Hatscheks Bild vor Novotnys Agonie. Hatschek, die mit verquollenem Gesicht und entzündeten Augen und Pusteln um den Mund, büschelweise gebleichte Haare verlor – welche obendrein viel zu lang und pflegeaufwändig waren –, wie sie hustete, nach Luft rang und letztendlich Blut ausspuckte. Rosa schüttelte Hatscheks Bild aus ihrer Vorstellung und packte Herrn Novotny bei den Händen, zog ihn ruckartig hoch und klopfte ihm den Rücken. Als er sein ungesundes Betragen nicht wesentlich änderte, stellte sie sich hinter ihn, umfasste seinen Bauch und presste heftig gegen seinen Magen. Ein Stück Panier, von dem Rosa garantiert wusste, dass sie es nicht wegputzen würde, flog durch die Luft. Herr Novotny kutzte einige Male, hängte sich noch ein wenig an Rosa und sank schließlich erschöpft in seinen Sessel. »Danke, Fräulein Rosa, danke.«

Nun bekam Rosa all jenes zu hören, was Leute, die gerade fast erstickt wären, ihrer Lebensretterin eben so sagen. Sie bemerkte letztlich aber doch ihre völlige Unlust, sich noch länger in Novotnys Wohnung aufzuhalten. Unter Herrn Novotnys retardierenden Dankesbezeugungen verräumte sie ihre Putzutensilien und schlüpfte ins bequeme Schuhwerk.

»Schöne vierzehn Tage. Ich werd' Ihnen eine Postkarte schicken«, kündigte er, noch leicht mitgenommen, an, als er ihr die Wohnungstür aufhielt. Rosa durchzuckte ein leichtes Reuegefühl, ihm jemals einen Brief geschickt und damit ihre Adresse übermittelt zu haben. Auf Rosas Urlaubsglückwünsche wartete Herr Novotny vergeblich.

Urlaub

»Osa, Osa«, rief Paula und drückte Rosa ein oranges Schwimmflügerl in die Hand. Sie war, so wie alle anderen Kinder von Herrn und Frau Bitterfels-Weidinger, mit Badeanzug, Sonnenhut, Flossen und Taucherbrille in wilder Kombination und Verwendung bekleidet.

»Nächste Woche brauchen Sie nicht zu uns kommen.« Im Vorzimmer standen drei riesige Trolleys und jedes Kind schleppte einen eigenen kleinen hinterher. Familie Bitterfels-Weidinger war abreisebereit. »Wir fahren zu meinen Eltern aufs Land«, erklärte Herr Bitterfels-Weidinger und packte herumliegende Spielsachen in einen *Ikea*-Sack. Momentan wurde das Spielzeug zwar ignoriert, bei dessen Fehlen am Urlaubsort würden die Kinder aber ihr ohrenbetäubendes Klagen starten. Herr Bitterfels-Weidinger war ruhig, er sprach mit Rosa und allen vier Kindern gleichzeitig, nebenbei sammelte er Möglicherweise-in-Krisensituationen-Lebensnotwendiges ein und war obendrein noch bester Laune. »Wir sind gleich weg, dann können Sie hier Ihre Wunder vollbringen. Wann fahren denn Sie auf Urlaub, Frau Rosa?«, fragte er und sie wunderte sich, warum jetzt alle aus der Stadt flüchteten. Rosa zuckte die Achseln.

Nachdem Herr Bitterfels-Weidinger das Gepäck in den Familienvan geschlichtet hatte und bevor er das Gleiche mit seinen Kindern tun würde, um daraufhin seine Frau von ihrer Werkstatt abzuholen, setzte er sich mit einer Tasse Kamillentee zu Rosa in die Küche. Die arbeitete den Geschirrberg ab. »Vom Aufwand her ist es egal, ob wir eine oder fünf Wochen wegfahren, das sag' ich Ihnen.« Jetzt wirkte er doch erschöpft.

Rosa stand vor der Abwasch, spülte einige Kakaohäferl ab und spürte seinen eher gedankenverlorenen als bohrenden

Blick im Nacken. Vielleicht wollte er fragen, was sie nächste Woche an dem spontan freigewordenen Tag tun würde. Oder er überlegte, was er überhaupt von ihr wusste? Nicht viel, stellte Rosa zufrieden fest, obwohl sie schon seit drei Jahren bei Familie Bitterfels-Weidinger putzte. Er wusste, dass sie gesundes Essen schätzte, introvertiert war, Essigreiniger verwendete und organische Kleidung trug. Rosa schaute über die Schulter zu Herrn Bitterfels-Weidinger, der, ohne seinen Blick zu ändern, einen Schluck aus seiner Tasse nahm. Im Wohnzimmer tobten die Kinder. Rosa wischte die Arbeitsplatte ab. Er war genauso alt wie sie, wusste Rosa von etlichen amtlichen Schreiben, die sie immer wieder in der Wohnung gefunden hatte. Nur zeichneten sich rund um seine Augen deutliche Lachfalten ab und aus seinen struppigen Haaren blitzten etliche graue Strähnen. Außerdem legte er beim letzten Kind einiges um die Körpermitte zu.

Erst der Auftritt seines mittleren Sohnes Lukas holte ihn aus seinem Tagtraum. Lukas hatte sich einen Wimpel aus Papier gebastelt, auf dem in Blockbuchstaben »Ferien« stand und den er an einer Holzstange vor sich hertrug. »Da kann ich ma-chen, was ich wiiill, an jedem Tag zu-frie-den sein, das ist mein Ziel!«, sang er laut und marschierte im selben Rhythmus durch die Wohnung. Seine Geschwister folgten ihm, Paula etwas wackelig und mit deutlichen Unsicherheiten im Text. Wie die Elefantenherde in *Disneys Dschungelbuch*, dachte Rosa und war froh, dass die Kinder der Bitterfels-Weidingers ohne Film und Fernsehen aufwuchsen.

»Na dann«, sagte Herr Bitterfels-Weidinger, stand auf und stellte sein Häferl in die Abwasch, »eine schöne Woche, Frau Rosa.« Er musste seine Kräfte wohl wieder gesammelt haben, denn voller Elan schrie er: »Kinder, Abmarsch!« in die Wohnung, worauf es quietschte, trampelte, ein wenig raunzte und dann, gleich nachdem die Tür ins Schloss gefallen war, ruhig wurde.

Rosas Traum

Rosa kitzelte ein Sonnenschein in der Nase. Sie erwachte, blinzelte, verspürte weder Harndrang noch einen anderen Grund aufzustehen und drehte sich zur Seite. Was sie jedoch sehr bald bitter bereuen sollte, denn trotz Sonne und 28 Grad, trotz vor dem Fenster in höchsten Höhen schwirrender Schwalben drängte sich ihr ein unerfreulicher Traum auf.

Darin bewegte sie sich durch Hatscheks Wohnung. Die Gesamtsituation hatte nichts Ungewöhnliches, nur vom Badezimmer ging ein bedrohliches Angstgefühl aus. Rosa ging auf die Badezimmertür zu, die sich aber immer weiter entfernte, da das Vorzimmer immer länger wurde. Klassisch, dachte Rosa im Traum und setzte zäh Fuß vor Fuß, ermüdete zunehmend, konnte aber letztendlich die Türschnalle ergreifen.

In Hatscheks Bad stand ein zierlicher Mann, Mitte sechzig. Er trug einen gut geschnittenen schwarzen Anzug, wie Rosa sie in Hatscheks Schrank gesehen hatte. Dazu ein gestärktes, weißes Hemd. Seine dunklen, seitengescheitelten Haare bedeckte ein Pork Pie, so schief und keck, wie ihn Dean Martin auf einigen Fotos zu tragen pflegte. Über dem Arm hing ihm ein beiger Trenchcoat, auch den hatte Rosa schon in Hatscheks Wohnung angetroffen. Genau wie die maßgefertigten *Budapester*, die er an seinen Füßen trug. Der Mann beugte sich über das Waschbecken und betrachtete sein Gesicht im Spiegel. Es war aufgedunsen und um den Mund von Pusteln verunstaltet. Eindeutige Folgen von Nitropropane, dachte Rosa im Traum. Sie sah, wie er seinen geöffneten Mund im Spiegel untersuchte und auf schwere Zahnfleischentzündung und freiliegende Zahnhälse stieß. Eben, dachte Rosa im Schlaf, das hat man von Diazolidinyl Urea auf Zahnbürsten. Sie grübelte darüber nach, weshalb dieser Mann Auswirkungen von Chemikalien zeigte, die für Hatschek bestimmt waren, da schien den Mann ein Schwindel zu überfallen. Er stützte sich am Waschbecken ab und begann heftig zu husten.

»Was machen Sie in meiner Wohnung?«, konnte er trotzdem in den Abfluss hineinfragen. »Ich sorge hier für Ordnung.« Herr Stückgrat – plötzlich wusste Rosa, dass dieser Mann Herr Stückgrat hieß – hustete zunehmend heftiger. Er hielt sich dabei ein Batisttaschentuch vor den Mund, was Rosa äußerst vorbildlich fand. Der Stoff färbte sich bald rot, doch Herr Stückgrat hörte nicht auf zu husten, sondern brach zusammen und legte sich furchtbar unvorteilhaft auf den beigen Frotteevorleger. Er stöhnte, als ob sich ein Schmerz in ihm Platz verschaffen wollte, und sein Mundwinkel setzte einen blutigen Schleimfaden frei.

Durch dieses Benehmen hatte er Rosas Sympathie selbstredend auch im Traum sofort wieder verspielt. Sie drehte sich um und stand im Schlafzimmer. Der Kleiderschrank war geöffnet und gab den Blick auf fünf Paar schwarze *Budapester*, vier Anzüge und vier weiße Hemden frei. Sonst war er leer. Die Kommodenladen vor dem Fenster waren herausgezogen; darin befanden sich einige fein säuberlich zusammengelegte Boxershorts und schwarze Socken. Rosa drehte sich erneut um und blickte Herrn Stückgrat, der ihr zu Füßen lag, streng an. »Es war nichts Ernstes«, sagte der und erbrach gleich anschließend seinen Mageninhalt auf das gestärkte weiße Hemd.

Rosa wunderte sich, dass er, trotz beachtlicher Mengen Chloracetamid und Chlorbutanol, die diese uneleganten Körperreaktionen bewirkten, seinen Kopf noch dermaßen hoch halten konnte und nicht am Erbrochenen erstickte. Aber Herr Stückgrat schien von widerspenstiger Konstitution, denn er war noch immer in der Lage zu sprechen. »Sie wohnte hier nur kurz. Zu viele ihrer Sachen lagen herum.«

Rosa schlug die Badezimmertür zu und die Augen auf. Das war wieder typisch, dass sich dieser Name in ihre Träume einnistete. Auf den Namen Stückgrat war sie letzten Mittwoch gestoßen, als sie das erste Mal Post in Hatscheks Wohnung vorfand. Ein amtlicher Brief, an Herrn Stückgrat adressiert. Sofort hatte sie an Urlaubszeit, Aushilfspostler und Verwechslung gedacht. Gleichzeitig wunderte sie sich über Hatscheks Laschheit, den Brief nicht gleich der Post retourniert zu haben. Die angegebene Adresse, Lederergasse 35/7a, stimmte zwar mit der Zustelladresse überein, aber das ließe sich sicherlich leicht aufklären. Es kam ja gerade bei Behörden oftmals zu veralteten Daten; Karteileichen sollen dort keine Seltenheit sein. Dieser Stückgrat hatte höchstwahrscheinlich nicht das Entfernteste mit Hatscheks Wohnung zu tun. Gewiss wurden einfach zwei Anschriften miteinander vermischt. Das passierte ja oft.

Rosa dachte angestrengt über ihren Traum nach, konnte – wie so oft – nicht loslassen, was ihr schon damals, nach dem Zusammenbruch, ihre Therapeutin vorgeworfen hatte. Schlussendlich tat sie ihren Traum mit »Blödsinn« ab, entstieg dem *Fred-und-Frieda*-Bett und wusch sich letzte Zweifel mit kaltem Wasser aus dem Gesicht.

Verlassen

Frau Helmberger saß aufgelöst am Küchentisch. Sie schaute mit verheulten Augen zum Kirschbaum vor dem Fenster, und selbst die darin umherspringenden Spatzen konnten sie nicht aufheitern. Rosa hatte es bereits erwartet. Es war abzusehen gewesen. Nachdem er letztens ins Spital gebracht worden war und nicht gleich wieder nachhause kam, wusste Rosa, dass er gar nicht mehr zurückkommen würde. Frau Helmbergers weiche Hände lagen auf der Tischplatte, die ein Wachstuch bedeckte, das mit Birnen und Äpfeln auf rot-weiß-rotem Karo bedruckt war. An jeder Kante hielt eine Klemme das Tuch vom Davonfliegen ab, obwohl hier in der Küche kaum erhöhte Windstärken zu befürchten waren.

Rosa erinnerte sich unpassenderweise an das Kinderspiel »Alles, was Flügel hat, fliegt«. Sie sah, wie sie und Frau Helmberger mit dem Satz »Das Tischtuch fliegt« selbiges vom Tisch ablösten, hoch über ihre Köpfe warfen und darunter aufeinander zuliefen. Frau Helmberger sah anderes. Wahrscheinlich außer ihren Tränen nicht viel. Sie wischte sich mit einem bereits nassen Stofftaschentuch über die Augen, wobei Rosa ihre von Gicht gekrümmten Finger und die dicken blau-grünen Adern auf dem Handrücken beeindruckten. Sie setzte sich neben Frau Helmberger und schaute ebenfalls aus dem Fenster.

Frau Helmberger sagte lange nichts, Rosa schwieg sowieso. Bis sie endlich an ihre Arbeit gehen wollte. Da legte Frau Helmberger ihre Hand auf Rosas und tätschelte sie. »Liebes Kind, bleiben S' bitte einfach bei mir sitzen.«

Und das tat Rosa.

Bargeldlos

Es war ein Regentag und die Temperaturen sanken auf fünfzehn Grad. Was vor zwei Monaten für Jubelstürme gesorgt hätte, stiftete nun Unmut. Rosa musste zu Fuß in den 8. Bezirk und spannte ihren Regenschirm auf.

Den ließ sie vor Hatscheks Tür abrinnen, genau wie ihre Waldviertler *Kommod* und ihre Wollweste. Hatscheks Wohnung war dusch- und kaffeegeruchsfrei, vor allem aber fehlten die 55 Euro. Rosa ging alle Zimmer ab, aber sie lagen nirgendwo. Weshalb auch? Entweder sie waren auf dem Marmortisch oder gar nicht. Weshalb sollte Hatschek urplötzlich beginnen, Rosas Geld in der Wohnung zu verstecken? Sie würde eben auch auf Urlaub sein. Oder sie hatte es vergessen. Rosa vergessen.

Diese grobe Kränkung machte Rosa wütend, aber ein leises Schuldgefühl besänftigte sie. Vielleicht hatten die Chlorgasdämpfe Hatscheks Sinne benebelt, ihr die Orientierung und das Zeitgefühl genommen? Da Hatschek nicht betäubt in der Wohnung herumlag, konnte die Vergiftung aber nicht so schlimm sein. Nein, die hatte sie vergessen, gestand sich Rosa ein. Die war derart mit ihrer Karriere beschäftigt, dass sie weder Chlorgas wahrnahm, noch an Rosa dachte.

Rosa erinnerte sich an ihre Abmachung mit sich selbst, bei Hatschek aufzuhören, sobald kein Geld mehr bereitläge. Nur so lange nach der eigenen Ordnung zu putzen, wie 55 Euro auf dem Marmortisch anzutreffen wären. Rosa stand im Vorzimmer, schaute auf die leere Marmorplatte und dann zum Fenster hinaus. Es war Mitte Mai, aber das Wetter wusste nichts davon und spielte Herbst. Keine Gäste im asiatischen Schanigarten, keine Kinder am Spielplatz, nur die Platanen taten pflichtbewusst ihren Dienst und wiegten ihre Blätter im Sturm. Dermaßen genau müsste ihre Abmachung mit sich selbst nicht befolgt werden, beschloss Rosa, stülpte ihren Mundschutz und streifte ihre Handschuhe über.

Nachdem sie die Zimmer gekehrt hatte, trug sie mit dem Baumwollfetzen Weichspüler, also kationische Tenside, Benzyl, Salicylate, Citronellol, Hexyl Cinnamal, Linalool und Alpha-Isomethyl-Ionone, auf Möbel, Sofa und Bettzeug auf. Darüberhinaus musste sie weder eine *Nespresso*maschine noch Kaffeetassen wegräumen. Auf die hatte Hatschek brav verzichtet. Trotzdem entsorgte sie sicherheitshalber alle *Nespresso*kapseln. Diesmal die unbenutzten, die in der Originalverpackung auf der Arbeitsplatte lagen. Aber wieder nach gewohnter Weise – indem Rosa jedes Kaffeepäckchen aufschnitt, das Pulver in den Biomüll leerte und die Aluminiumhüllen in den Metallbehälter warf.

Hatte Hatschek wirklich keinen Kaffee getrunken oder war sie nur seit letzter Woche auf Urlaub?, kamen Rosa Bedenken. Für Angestellte wie Frau Bräuner und Hatschek musste Urlaub sein. Das war eine Prestigeangelegenheit. Rosa kannte das noch von früher. Da wurde schon im Februar neugierig gefragt, wohin man dieses Jahr auf Urlaub fahre. Als ob es keine wichtigeren Themen gäbe. Wenn man da gesagt hätte, man fahre nicht oder wolle nichts und niemanden mit einer Reise belasten, wäre man zum absoluten No-No der Firma aufgestiegen. So wie Rosa. Es sollen ja auch Menschen existieren, die nur vorgeben auf Urlaub zu fahren, und sich stattdessen im eigenen Haus versteckten. Das jedenfalls tat Hatschek offensichtlich noch nicht.

Rosa öffnete den Küchenkasten oberhalb der Spüle und schmiss endlich den unsauber verschlossenen *Lavazza* weg. Natürlich getrennt in Bio- und Sondermüll, denn das Aluminium-Plastik-Verbundmaterial benötigte komplizierte Entsorgungsmaßnahmen. Da war die Papierverpackung des Auszugszuckers schon einfacher. Und wegen der *Tupperware*boxen würde Rosa sowieso wieder mit den MA 48-Männern streiten müssen.

Lediglich ein paar Häferl und Espressotassen blieben im Kasten zurück. Schön leer.

Urlaubswoche

In der kommenden Woche legte Rosa für sich selbst fünf arbeitsfreie Tage fest. Frau Gulmbrich und Frau Bräuner hatte sie davon bereits letzte Woche in Kenntnis gesetzt, wobei Frau Bräuner ein enttäuschtes, angefressenes Gesicht gezogen hatte, das zu ihrem Ausspruch »Alles muss man selber machen« passte.

Rosa freute sich, keine ihrer Kundinnen und Kunden sehen zu müssen. Nur Frau Helmberger wollte sie besuchen. Die hatte aufgehört zu weinen und sich aufs Putzen verlegt. Als ob sie erst ihre Umgebung ordnen musste, bevor sie das Gleiche mit ihren Gedanken tun konnte.

Jedenfalls befand sich Frau Helmberger bereits im fortgeschrittenen Stadium der Restauration. Robust und völlig autark war sie bestrebt, sich in der von Herrn Helmberger verlassenen Wohnung neu zu orientieren. Was bei ihrem Tagesablauf begann:

Sie musste nicht mehr um 11 Uhr auf tosendes Gepolter warten, nicht in hektischer Betriebsamkeit Frühstücksgeschirr auf den stummen Diener häufen und diesen vor einen Rollstuhl schieben. Sie wurde nicht mehr beschimpft – die Veränderung, unter der sie am stärksten litt –, musste des Nachmittags nicht mehr auf Zehenspitzen durch die Wohnung schleichen, sondern durfte die alten Parkettdielen unter ihren gleichaltrigen Füßen knarzen lassen.

Frau Helmberger war bereits dazu übergegangen, Neuanordnungen beim Mobiliar vorzunehmen. Dabei half Rosa ihr. Sie trugen die Psyche aus dem Schlafzimmer und aus der Wohnung. »Vielleicht kann s' wer brauchen«, sagte Frau Helmberger, als sie das altmodische Trumm einfach auf dem Gehsteig absetzten. »Ich wollt' nie dabei zusehen«, sagte sie auch, und »das lenkt zu sehr ab.«

Im Wohnzimmer drehten sie das Sofa zum Fenster, damit Frau Helmberger darauf sitzend, künftig bequem die Vögel beobachten konnte. »Und den Esstisch«, sagte sie, »könnten wir eigentlich auch runtertragen.« Sie würde sowieso in der Küche oder am Sofa essen, was bräuchte sie da noch einen Esstisch für acht Personen.

Aber sie trugen weder den Tisch noch einen der acht Sessel, auf denen früher, als Herr Helmberger noch im Amt tätig war, Kollegen und Vorgesetzte saßen, die sich von Frau Helmberger bedienen ließen, aus der Wohnung, sondern rückten alles nur ein wenig ins Eck. Genau wie die Wohnzimmerkommode.

Nun war vorerst jedes Stück an seinem neuen Platz und Frau Helmberger bat Rosa, ihr zu folgen. Sie gingen ins Schlafzimmer, wo Frau Helmberger eine Tür des Wandverbaus öffnete und einen Teppichkehrer hervorzog. Mit den Worten »Ich glaub', das is' was für Sie, oder?« drückte ihr Frau Helmberger einen *Leifheit Star* aus den 60er-Jahren in die Hand. Uneffizient, aber wenigstens leise und ohne Stromverbrauch, dachte Rosa.

Es läutete an der Tür. Rosa wollte öffnen. »Lassen S' nur, ich geh' schon, es muss ja«, sagte Frau Helmberger und ging aufmachen. Während Rosa noch erstaunt darüber war, wie konsequent das Wort »muss« menschliches Leben begleitete, sah sie, wie Frau Helmberger an der Tür Zuckerln verteilte. »Die wissen, dass es bei mir immer was gibt«, erklärte sie, zurück im Wohnzimmer, wo Rosa den Kehrer ausprobierte. »Das sind ganz liebe Kinder, die holen mir oft was vom Einkaufszentrum, ganz lieb.«

Rosa umschwebte eine leicht verträumte Ahnung von Besserung, gegen die sie sich instinktiv auflehnte. Sie verwarf das Bild einer lachenden Kinderhorde, die mit Frau Helmberger

am Wohnzimmertisch Gugelhupf aß. Frau Helmberger rief Rosa in die Küche zu Spinat und Kartoffeln mit Spiegelei. »Alles ganz frisch«, sagte Frau Helmberger, »nicht eingefroren und aufgetaut, wie das manche Leut heutzutage machen«, und Rosa aß, trotz anfänglichem Widerstand.
Auch Bertram sah sie in dieser Woche. Bevor seine Ladentür die Klingel auslöste, las Rosa einen handschriftlichen Zettel im Schaufenster: »Ich brauche Urlaub! Rosa will nicht arbeiten. Der Laden schließt daher von 1. bis 20. 6.« Darunter Bertrams kindliche Unterschrift.

Rosa, die zwischen Jutesäcken voll Zwiebeln und Kartoffeln stand, wollte wirklich was sagen. Dass Bertram da eine Grenze des Anstands überschritten hatte, dass er sie eindeutig unter Druck setzte und es ihr höchst unangenehm war, dass alle Vorbeigehenden ihren Namen lesen konnten. Doch sie stand nur da, im Laden, hinter ihr die gelb gestrichene Tür und darüber die noch immer bimmelnde Glocke. Bertram lachte sie an. »So ist das, Rosa, ich kann nicht mehr, der Kapitalismus fordert seinen Tribut, ich muss mich ausruhen, um neue Arbeitskraft zu tanken.« Er bemerkte ihren Zorn natürlich nicht, sondern erfreute sich seines genuinen Humors. »Du wirst zwei Wochen von deinen Vorräten leben müssen, außer du vertrittst mich.«

Sie war sprachlos, würde Rosas Verhalten zwar genau beschreiben, wäre aber dennoch eine Untertreibung, da sie ja kaum jemals etwas sagte. Jetzt aber glühte zusätzlich zu ihrem Schweigen ihr Gesicht. Wäre sie eine Comicfigur gewesen, ihr wären weiße Dampfwölkchen aus den Ohren gezischt. Doch Bertram erzählte von Bestellungen, die er noch abschicken musste, von Lieferungen, deren Entgegennahme keine Mühe machen würden, von Arbeit, bei der nicht viel zu tun wäre. Rosa schaute zwecks Druckausgleich zu Boden, bemerkte, dass er das Stroh endlich weggekehrt hatte und deutete dies als Bertrams Abgesang auf Martins Leben. Er schritt auf sie zu, was ihr definitiv nicht recht war, aber sie wusste auch nicht, wohin. »Du kannst die Öffnungszeiten ganz nach deinen Bedürfnissen gestalten.« Es hätte noch gefehlt, dass er ihr die Hand auf die Schulter legte.

»Wie zu einer kranken Kuh reden«, sah Rosa diese Szene betitelt. Sie flüchtete vor Bertram hinter den Tapeziertisch und setzte sich auf seinen Hocker. Eine Rauminbesitznahme, die sie noch nie zuvor vorgenommen hatte. Ihren Stoffrucksack vor sich, ließ sie die Schultern hängen. Frau Gulmbrich würde weiterlaufen, bis eine von beiden nicht mehr wollte. Herrn Novotny würde Rosa einen Brief schicken, nein, *sie* würde nach seinem Urlaub Punkt fünf vor seiner Tür stehen, ihren Holzkübel samt Naturborstenbürste verlangen und ihren Abschied bekanntgeben. Sicher unangenehm, aber für Rosa nicht das erste Mal. Frau Helmberger würde sie begleiten, solange es noch ging. In den 21. Bezirk zu Frau Bräuner würde sie bestimmt nicht mehr fahren. Ein eingeschriebener Brief mit beigelegtem Schlüssel reichte da. Frau Bräuner war nicht sentimental – das einzig Positive an Konsumjunkies. Familie Bitterfels-Weidinger würde ebenfalls weiterlaufen. Und bei Hatschek wollte sie noch abwarten. Macht Montag bis Freitag, jeweils 14 bis 18 Uhr. Rosa sprach die Worte vor sich hin, in Gedanken, mehr so als Kopfrechnung, ob sie generell Zeit finden würde, um in *Bertrams Laden* herumzustehen, ohne noch ihre prinzipielle Bereitschaft für diesen Aufwand zu überlegen.

Bertram bekam zwar nicht viel mit – *nichts*, um genau zu sein –, aber er hörte recht gut. Und Bertrams unvermittelte Naivität zwang ihn in die Knie und zwar direkt vor Rosa.

»Echt?«, fragte er. Rosa schaute von dem Strohhalm am Boden, der hinterm Tapeziertisch dem Ausmisten entkommen war, weg, hin zu Bertram, dessen Augen mit Sicherheit schon im Kopf des Kindes gesteckt hatten, das die Nacktheit des Kaiser ausposaunte. Rosa schaute ihm tief in die Pupille, an der braunen Iris vorbei bis auf die Netzhaut und dachte, dass dort hinten ihr seitenverkehrtes Konterfei von Bertrams Rezeptoren an den Sehnerv und von diesem weiter an sein Hirn weitergeleitet wurde; dass sie selbst erst in seinem Kopf entstünde und diese Atmosphäre hier so intim wie ein Heiratsantrag war. Ihrem eindringlichen Blick hatte sie es zu verdanken, dass Bertram sich nicht noch weiter näherte und von jeglichem Körperkontakt, der ursprünglich impulsiv von ihm geplant gewesen war, absah. Denn Bertram merkte zwar nichts, er hatte aber recht gute Augen und Rosas Blick wusste seine Netzhaut sehr wohl zu deuten.

»Sei nicht böse.« Bertram erhob sich, klopfte den Staub an seinen Jeans, als Zeichen echter Arbeit, nicht ab und ging zur Tür. »Ich hab den Zettel gerade vorhin aufgehängt, den hat noch niemand außer dir gesehen.« Worauf er das Corpus Delicti aus dem Schaufenster nahm. Weder beruhigte Rosa das, noch ärgerte es sie.

Ausflug

Tags darauf brach Rosa kurz nach Sonnenaufgang, der um 5 Uhr 30 stattfand, doch bisher aufgrund dauerhafter Bewölkung kaum wahrgenommen wurde, zu einer dreitägigen Radtour auf. Natürlich nicht in grellbunter Freizeitkleidung und mit 24-Gang-Rennrad, sondern in Sandalen, Leinenhose und Hanfleiberl auf ihrem Waffenrad. Im Rucksack zwei Unterhosen, T-Shirts, eine dickere Hose, einen Wollpullover und ihre Holzzahnbürste.

Eine Glasflasche mit Leitungswasser genügte, denn kaum drei Stunden später würde sie ihr erstes Etappenziel erreichen: den Landwirtschaftsbetrieb Meierhof in St. Bernhard.

Josef und Helma, das Betriebsleiterehepaar, kannte Rosa noch von früher. Sie entsprachen vollends Rosas Maßstäben. Helma war fürs »Körndl« verantwortlich. Mit ihr ging Rosa die Nackthaferfelder ab, die dank pflugloser Bodenbearbeitung eine fruchtbare Pracht waren. Helma erzählte von fortschreitenden Flurbereinigungen im Gemeindeumkreis, der damit einhergehenden Zerstörung von Lebensräumen für Vögel und Insekten, von verdichteten Böden durch schwere Maschinen, und dass *Monsanto* immer unanständigere Angebote an den Maierhof richtete. Wobei sie hell auflachte: »Die Deppen … als ob ich meine Nacktgerste allein lassen würd'.«

Josef zeigte Rosa seinen Ab-Hof-Verkaufsladen, für den er Teigwaren aus Emmer- und Einkornreis herstellte. »I sieb' di grobe Kleie aus, des schmeckst.« Was Rosa beim Abendessen im Kreise der Familie nur bestätigen konnte.

Als sie tags darauf nach dem reichhaltigen Frühstück nach Schiltern radelte, bemerkte sie, wie wohl sie sich fühlte. Was schon lange nicht mehr passiert war. In Schiltern feierte *Arche Noah* zwanzigjähriges Bestehen; im oberen Teil des Schaugartens, beim barocken Pavillon, boten Bäuerinnen und Bauern alte Gemüsesorten zur Verkostung an. Dort traf Rosa neben Tomatenraritäten und heimischen Reissorten zufällig Lies und Lena.

Sie setzte sich zu den Bäuerinnen auf eine Holzbank und trank Traubensaft aus sanfter Pressung. Lies und Lena, die eine im Dirndl, die andere in kurzen Lederhosen, redeten über ihre Bienenvölker, ihre Waldungen und ihre Rinderzucht. Vor allem aber über das schön langsam auftauchende Problem, dass nach Lies, die bereits langjährige Vegetarierin war, nun auch Lena immer mehr Bedenken und massiven Unwillen beim Verkauf beziehungsweise bei der Schlachtung männlichen Blondviehs verspürte. An jenen Tagen, da sich der Fleischer anschickte, die Hofschlachtungen vorzubereiten, weigerte sich Lena, deren Aufgabe dies bisher war, dem *Mörder*, wie sie Hannes, den

Fleischhauer nannte, die Hoftür zu öffnen. Hannes, der Fleischer, war allerdings ein äußerst sensibler Vertreter seiner Zunft. Er lehnte es ab, die traditionelle weiße Schürze zu tragen und besuchte seine *Kunden*, wie er seine Opfer nannte, schon Tage vor der Schlachtung, damit sie sich an ihn gewöhnen konnten, wie er sagte.

Mit dem zum Verkauf freigegebenen Kälbchen spazierte er jeden Tag auf die Weide, streichelte es, plauderte beruhigend darauf ein, stellte unauffällig eine Metallschüssel ins Gras, die das Kalb anfangs neugierig, später vertraut beschnupperte. Wenn es dann so weit war, begab er sich mit dem Kalb erneut auf die Weide, tätschelte es ein wenig am Hals, sprach sonorig und zog, ohne das Tier davon in Kenntnis zu setzen, das Schlachtermesser unter seinem Pulli hervor, schlitzte in einem Zug die Kalbskehle durch und ließ das Jungtier, gänzlich gegen die EU-Schlachtverordnung, in seinen Armen verbluten, während die Metallschüssel das Kalbsblut still und demütig auffing.

Erst wenn das Blondvieh »zur Ruhe gefunden hatte«, so Hannes, trug er den Leichnam in den Schlachtraum des Hofes und zerteilte ihn dort. Hannes musste allerdings immer öfter immer länger vor der verschlossenen Hoftür stehen bleiben. Er klopfte mehrmals, erhielt aber keinen Einlass. Weil Lena sich nicht von den Kälbern und die sich nicht vom Leben trennen wollten, so Lies. Lena simuliere schmerzhafte Bauchkrämpfe derart anhaltend, so Lies weiter, bis sie, Lies, deren Aufgabe das eigentlich nicht war, endlich das Tor öffnete. Hannes würde bereits aus Lies' schiefer Haltung den Grund für seine Zurückweisung erraten, aber auch nicht verhehlen, wie sehr ihn das verletze. Daher dränge er Lies und Lena zur Gruppenmeditation, zur systemischen Aufstellung, zur *Schamanenreise*, erzählte Lena. Schließlich wären die beiden Viehbäuerinnen und Hannes Schlachter.

Ob und wie man nun vorgehen sollte, besprachen Lies und

Lena mit Rosa in Schiltern, im Garten der *Arche Noah*, an einem Heurigentisch, auf Heurigenbankln, vor zwei Vierteln rotem Veltliner. Das heißt, Lies und Lena sprachen und Rosa hörte zu, was beide unkommentiert geschehen ließen, sich darüber zuhause aber lautstark wunderten, da sie Rosa noch aus ihrer Zeit als gesprächiger Umweltaktivistin kannten. Doch Rosa fühlte sich im Schweigen wohl. Sie schweifte gedanklich zu Lies und Lenas Hof ab, den sie bereits seit Jahren kannte und der sich bei ihrem ersten Besuch in einer Art restaurationsfähigem Verfallsstadium befand.

Und urplötzlich, so aus heiterem Himmel, der Rosas Kopf an diesem Tag auch wirklich umgab, während Lies und Lena über Hannes und die Kälber debattierten, erinnerte sie sich an Ludmillas Ende. Sah Ludmillas Abschiedsbrief in ihren Händen. Den Brief, den eigentlich Ludmillas ehemals schöner Mann geschrieben hatte. Und sie erinnerte sich weiter an damals, als sie aus dem Krankenhaus entlassen wurde. Wie sie darauf geachtet hatte, noch *vor* Ludmillas Putztour, also vor zehn Uhr Vormittag, das Krankenhauszimmer zu räumen. Denn sie wollte Ludmilla nicht mehr treffen. Um sich mögliche Gefühlsausbrüche zu ersparen. Das Debakel mit dem missglückten Lächeln am Vortag war ihr Warnung genug gewesen. Rosa war mit leichtem Gepäck und einer Geldbörse, die gerade so viel Münzen beinhaltete wie ein *VOR*-Ticket kostete, von der Baumgartner Höhe in den 5. Wiener Gemeindebezirk gefahren. Ihre Wohnung empfing sie mit abgestandener Luft. Sie wollte Rosa den Eindruck vorgaukeln, von ihr erst vor Kurzem, und nicht schon vor über acht Monaten verlassen worden zu sein. Rosa war die Solidaritätsbezeugung ihrer Wohnung angenehm.

Als sie Ludmillas Brief erhielt, arbeitete Rosa bereits einige Wochen als selbstständige Putzfrau. Die unleserliche Briefmarke gab nichts preis, aber der Datumsstempel verriet seine Herkunft: *Bihac*.

Unter ihren Habseligkeiten habe er Rosas Namen und Adresse gefunden, schrieb Ludmillas ehemals schöner Mann. Er wolle Rosa von Ludmillas Ableben in Kenntnis setzen, da seine Frau immer wieder von Rosa erzählt hätte. Ludmilla wäre auf dem Weg in ihre Heimat gewesen, schrieb er. Wollte Urlaub bei ihrer Familie, in ihrer Stadt machen. Mal raus aus dem hässlichen Wien, schrieb er nicht, da er aber seine Erfahrungen mit anderen Städten gemacht hatte, dachte er das wohl beim Schreiben. Ludmilla sei im Bus gesessen, runter nach Bosnien. Auf dem leeren Sitz neben ihr, was sie sicherlich erfreute, weil diese Bussitze sowieso immer viel zu eng berechnet waren, lagerte ihr Handgepäck voll typisch österreichischer Geschenke: Mannerschnitten, Mozartkugeln und einige Flaschen Zweigelt. Entspannt habe sie aus dem Fenster geschaut, sich auf zuhause gefreut, schrieb ihr ehemals schöner Mann. Und sei auf der Stelle tot gewesen. Gehirnschlag, Ader geplatzt und aus.

»Stell' da vor«, dachte Rosa sowohl damals, beim ersten Lesen des Briefs, als auch jetzt, am Heurigentisch mit Lies und Lena. Und dass Ludmillas Mann wohl ganz erfolgreich eine Physiotherapie gemacht haben musste, sonst wäre seine Handschrift nicht so gleichmäßig aufs Briefpapier geflossen. Außerdem durfte sein Auge unter dem hängenden Lid nicht gänzlich blind geworden sein, so wie Ludmilla behauptet hatte. Und Deutsch musste er in seinen Gastarbeiterjahren in den hässlichen Städten auch gut gelernt haben … Daran dachte Rosa, bevor sie sich wieder in das Gespräch der beiden Betriebsleiterinnen am Heurigenbankl einklinkte. Sie hörte ihnen zu und wunderte sich, weshalb sie all ihre freundschaftlichen Kontakte, die sie vor ihrem Zusammenbruch mit Gleichgesinnten pflegte, vernachlässigt hatte. Und eigentlich wollte ihr keine Antwort einfallen.

Aus

Und dann kam der Mittwoch. Der dritte Mittwoch, an dem kein Geld auf dem Marmortisch lag.

Es war Anfang Juni und wieder war Rosa nach dem dunklen Stiegenhaus über die Helligkeit des Vorzimmers überrascht. Denn über Wien spielten sich Wetterkapriolen ab, die besser einem April als einem Juni zu Gesicht gestanden hätten. Bewölkt, der Wind pfiff um die Ecken, traf eine aber immer von vorn, plus Nieselregen. Doch gerade als Rosa Hatscheks Wohnungstür aufschloss, riss die Wolkendecke für genau einen einzigen Sonnenstrahl auf, der Hatscheks Vorzimmer beleuchten konnte. Das erstaunte Rosa fast noch mehr als die erneut fehlenden 55 Euro.

Das sollte dann wohl das Aus für ihre Tätigkeit bei Hatschek bedeuten. So hatte sie es mit sich selbst abgemacht. Dann war das der letzte Besuch heute, vergewisserte sich Rosa. Wehmut, Reue, ein Gefühl der verpassten Chancen durchrollten sie. Sie schaute ins Badezimmer. Nichts verstellte die sauberen Oberflächen. Kein Shampoo, keine Zahnbürste, keine Zahnpaste, kein Duschgel. Exakt gefaltete Badetücher lagen im sonst leeren Aluschrank. Alle Parfüms, industriellen Pflegeprodukte und Waschmittel hatte Rosa entsorgt. Auch das *Ringana*-Shampoo war weg. Wenigstens hatte sich Rosas Ordnung durchgesetzt.

Sie ging ins Kaminzimmer, roch ein letztes Mal dessen Menschenleere. Sah mit Genugtuung, dass Hatscheks Universitätsbücher aus dem Bücherregal verschwunden und auch am Schreibtisch nicht anzutreffen waren. Konnte sie das ihrem Wirken zuschreiben? War Hatschek zur Erkenntnis gelangt?

Rosa war zumindest zufrieden, dass der Raum jetzt, nach nur fünf Monaten unter ihren Händen, unbenutzter wirkte als zuvor. Im Kamin lag keine Asche, im Zeitschriftenständer keine Magazine, nichts lungerte auf dem Lehnsessel. Auch das Wohnzimmer wirkte ordentlicher als bei ihrem ersten Besuch und schon damals, erinnerte sich Rosa, war sie von dessen Formstrenge angetan gewesen. Keine DVDs – die hatte Rosa vor zwei Wochen in den *Kost-nix-Laden* gebracht –, keine Espressotassen, weder Chipspackungen noch Unterhosen mit Strasssteinen auf dem Tisch. Auch Beamer und DVD-Player waren nicht mehr im Regal. Über die freuten sich jetzt höchstwahrscheinlich die Tagesstättenbesucherinnen der *Gruft*, wohin Rosa die Geräte, zusammen mit elektrischer Zahnbürste und Rasierer, gebracht hatte.

Ein Zimmer in vollendeter Verlassenheit lag vor ihr. Was wollte sie mehr? Das Schlafzimmer wirkte verwaist. Die Jalousie war oben, das Bettzeug akkurat aufgebettet. Die kitschigen Organzaschleier hatte Rosa gleich zu Beginn ihrer Ordnungsarbeit entfernt. Sie öffnete den Schrank und sah mit Genugtuung, dass außer fünf Paar *Budapestern*, vier Anzügen und vier Hemden kein modischer Firlefanz mehr anzutreffen war. Sie zog die oberste Lade der Kommode auf. Sie war leer. Sie zog die zweite Lade auf, in der sich mehrere säuberlich gestapelte Boxershorts und schwarze Socken befanden.

Beruhigt ließ sie das Zimmer hinter sich und schaute in die Küche. Keine *Bialetti* auf dem Herd. Aber eine Frau vor dem Fenster. Rosa betrachtete deren Rückenansicht. Ihr Blick fiel auf schwarze Stilettos von *Louboutin*, zwei schlanke Beine in Seidenstrümpfen mit schwarzen Nähten bis zum Übergangsmantel, der eng gegürtet war, glitt über zarte Schultern zu blond gemaischter Stufenfrisur.

Eleonora Hatschek drehte sich zu Rosa um und hob dabei das Kinn leicht an. Aus ihren spitzgesichtigen Lippen zog sich ein bevormundendes »Naaa?«. Was wohl fragen wollte, was Rosa so kurz vor 9 Uhr morgens schon in dieser Wohnung zu suchen hatte. Was wohl fragen sollte, wer Rosa überhaupt war.

Wie sie hierher- und hereingekommen war. Wie sie überhaupt aussah. Eleonora Hatschek ergriff eine Tragtasche mit Kordel von *Nespresso*, die zu ihren Füßen stand und die Kaffeemaschine beinhaltete. Mit der anderen Hand schulterte sie ihre *Coccinelle*, drückte sie regelrecht unter ihre Achsel, als befürchtete sie, von der dünnen Frau im Türrahmen beraubt zu werden. Und ging an Rosa vorbei. Wortlos.

Eleonora Hatscheks Stiftabsätze hämmerten penetrant den Gang entlang zur Wohnungstür, die sie beim Verlassen der Lederergasse 35/7a einfach offen ließ. Dem Hallen ihrer Schritte im Stiegenhaus gesellte sich, nach kurzem, digitalem Piepsen, ihre Stimme hinzu. »Du, ich bin jetzt fertig – nein, er war nicht da, nur so eine graue Maus hat er herg'schickt; die sollt' sicher aufpassen, dass ich nichts aus seiner madigen Wohnung schlepp'. Stell dir vor, sogar seinen Beamer hat der alte Depp weggräumt. Unglaublich. Eigentlich eine Frechheit, mich zu verdächtigen, ich würd' stehlen. Aber bitte, Hauptsache, ich bin den alten Gierrammel los und hinter mir die Sintflut – nur die Kaffeemaschine. Meine anderen Sachen sind ja schon bei dir – schau, das Positive an dem Ganzen is', ohne ihn hätt' ich dich nie kenneng'lernt ... ich dich auch. Bis gleich, Bussi.«

Das Telefonat wäre gar nicht nötig gewesen, erzählte mir Rosa bei unserem letzten Therapiegespräch. Sie wusste ohnehin sofort, dass sie sich niemals mit Eleonora Hatschek verstanden hätte. Ich gratulierte Rosa. Schließlich hatte sie eine brenzlige Situation besonnen und ohne meine Unterstützung gemeistert.

»Sie machen große Fortschritte. Ich bin stolz auf Sie«, gab ich zu. Ich konnte nicht umhin, meine vor Freude laufende Nase mit einem frischen Stofftaschentuch zu putzen, das ich danach wie immer achtmal faltete und in meine Brusttasche steckte, sodass eine Spitze von exakt zwei Zentimetern daraus hervorlugte.

Gedruckt mit freundlicher Unterstützung durch

WIEN KULTUR

BUNDESKANZLERAMT FRAUEN

Bibliografische Information Der Deutschen Bibliothek
Die Deutsche Bibliothek verzeichnet diese Publikation in der Deutschen Nationalbibliografie; detaillierte bibliografische Daten sind im Internet über http://dnb.ddb.de abrufbar.

Umschlaggestaltung: Jörg Vogeltanz, www.vogeltanz.at
Lektorat: Vanessa Wieser
Druck und Bindung: CPI Moravia Books

A-1080 Wien, Wickenburggasse 21/1-2
www.milena-verlag.at

ISBN 978-3-85286-203-3